小惊悚游戏

I0731428

第一卷③·爱心福利院

壶鱼辣椒 著

Via Lactea

Embrace You till the End of the Game

An imprint of Via Lactea Ltd.

Author: Hu Yu La Jiao
Editor: Michelle; Ora
Layout Designer: Elizabeth Z

CONTACT:
Customer Support: info@vialactea.ca
Wholesale & Distribution: market@vialactea.ca
Other Cooperation: https://vialactea.ca/pages/cooperation
Discord: https://discord.gg/vialactea

Follow us on Twitter/Instagram/Facebook: @ViaLactea_Ltd
Official Website: www.vialactea.ca

ISBN 978-1-77408-323-9 (pbk)
Printed in Canada

LOCATION:
Shops At Waterloo Town Square
75 King Street South, Waterloo, ON
Canada
N2J 1P2

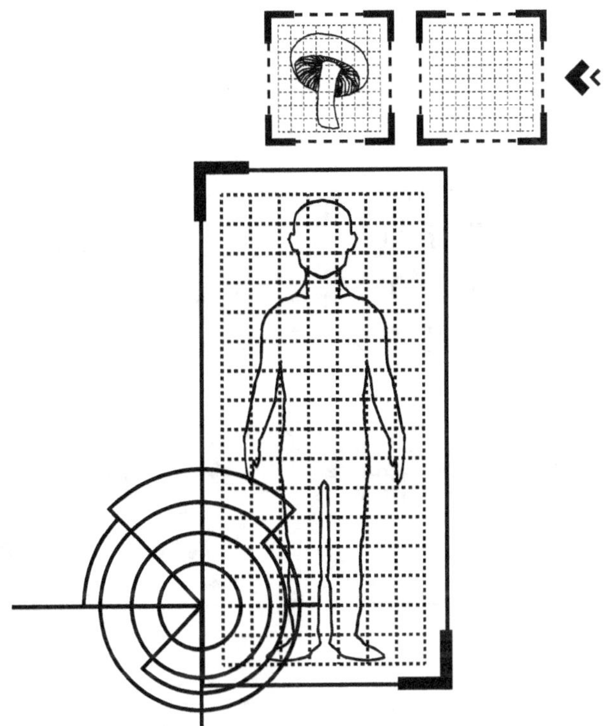

This is a children welfare home having an architec-
tural style dated back to 10 years ago. There are
three low rise buildings forming a triangular circle.
The outer and inner walls of the low rise buildings
are rotted and peeled, revealing the mossy inside of
the walls. The area surrounded by these buildings
look like a children' s playground, a kindergarten,
having colorful but rusty toy horses, swings, and
seesaws.

CONTENT

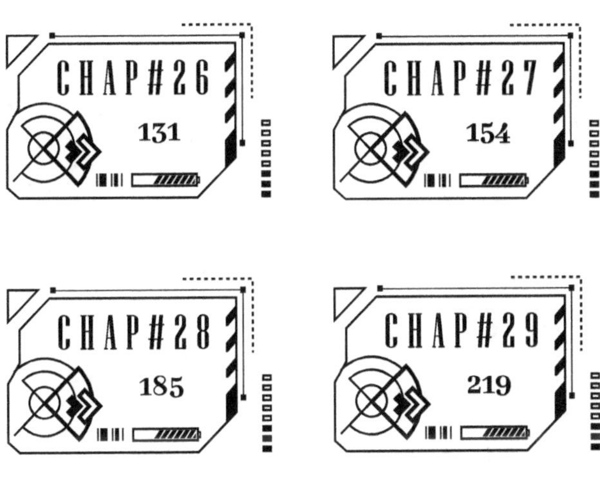

Volume 3
Love Welfare

CHAPTER 21

　　白柳回家之后看了一下陆驿站给他的这个私立福利院的相关资料和信息。

　　他们所在的这个世界大部分儿童福利院都是政府主持建立的公立儿童福利院，白柳和陆驿站都是从这种公立福利院里出来的。

　　陆驿站倒是被教育成了一个心地善良满心感恩社会的当代五好青年，从小就立志要当警察报效社会。

　　而白柳这个怪胎，一路钻到钱眼里就没有出来过，如果不是陆驿站一直警惕紧绷地拉着白柳让他走在遵纪守法的道路上，白柳这个神经病能为了钱干出什么事情来还真不好说。

　　但这次出事的儿童福利院却不是公立的，而是十年前一大批企业慈善家联合起来捐赠成立的私立儿童福利院。

　　这里面很多企业家据说都是得了绝症，按照"人之将死其行也善"的传统做法，这些人捐献了一大笔钱出来修建了这所私人福利院，说是自己死之前要做点好事积德，当时还赢得了很多赞誉，陆驿站也对这个行为一直夸奖。

说来也巧，在修建完了这所儿童福利院不久之后，好些企业家的病就像是"善有善报"般地好转了。

但"人之将死其行也善"，人不将死了自然就不想花大笔钱来做善事求好报了，之后这些企业家对这个福利院渐渐也就没那么上心了，于是这所私人福利院在十年内慢慢地破败了。

看了陆驿站给的资料，白柳明白他为什么会觉得不对劲了。

这所经营不善的私立儿童福利院已经闹出过不止一次的事故了，大部分都是各种菌菇类中毒，只是这次闹得最大。

陆驿站说这些食物中毒的意外堆在一起就不像是意外了，但调查下来之后，的确没有发现任何犯案的蛛丝马迹，不是刻意投毒，就是单纯的食物中毒意外，和这次的事件是一样的。

就像是有什么更高一级的存在抹去了所有"食物中毒意外"之外的线索一样。

陆驿站甚至都怀疑是不是他们内部的人里出了问题，有什么犯案痕迹被人刻意抹消了。

从一个毫无人性的游戏设计师的角度来看，这简直是一个用来设计恐怖游戏的天然好素材——一个濒临倒闭的儿童福利院，一个食物中毒的古怪事故，和因为中毒而惨死的小孩。

比起陆驿站怀疑是内部有人抹消了犯案痕迹，白柳更怀疑抹消痕迹的不是人，如果他之前的猜测是正确的……

他觉得这个儿童福利院很有可能是一个正在被投放到"现实世界"的"恐怖游戏副本"。

第二天凌晨，白柳就被陆驿站的夺命连环 call 给吵醒了，他一接起电话，那边陆驿站的语气是前所未有的严肃："白柳，你来一趟镜城第一人民医院，送到医院来的小孩昨夜——"

"死了很多是吧？"白柳平静地说出了下文。

对面的陆驿站呼吸一滞，然后缓慢地吐息，他开口道："你查到了什么吗？"

"还没有。"白柳很坦诚地说，"但从你给我的资料来看，如果是有人蓄意投毒，对方反复了这么多次，目的应该就是杀人，而且这次情况这么严重，所以我觉得送入医院的这些儿童食用的蘑菇应该是致死量的。"

"……是的，很多都抢救无效去世了。"陆驿站的声音干涩暗哑，"但有个孩子还活着。"

"还有一个活着的小孩？"白柳明显察觉到了不对劲。

如果是这个儿童福利院是"系统"正在投放到现实世界的"恐怖游戏副本"，作为游戏背景的这批小孩大概率会全军覆没才对，就和《爆裂末班车》里那趟地铁的乘客一样。

白柳轻声询问："我可以过来吗？"

陆驿站："可以，你过来吧。"

白柳穿好衣服过去的时候，医院门外都被各路新闻媒体的记者挤满了。

白柳是乘手术室电梯被陆驿站接上去的，他从手术室路过的时候，能看到走廊上摆放的一具具头被蒙上白布的小小尸体，因为太多了，有一些尸体还没来得及运走，横七竖八地堆满了手术室的走廊，把走廊变成了一个小型太平间。

时不时会有面色麻木的护士上来把这些小孩尸体推下去，偶尔撞到墙了，会从白布下面晃出一只青紫的，上面全是各种尸斑的小手。

这些尸斑和一些血肿隆起在小孩的尸体表面，好似蘑菇的花纹般遍布尸体小手的手背，似乎下一秒一株蘑菇就会从尸体的皮肤里破土而出。

一种恶心的菌菇发酵气味充斥着整个手术室，仿佛被小孩误食的蘑菇以这些刚死的新鲜尸体作为培养基发酵了一夜般的浓郁气味，腐烂又充满了真菌的勃勃生机。

白柳不动声色地收回了自己打量的目光，他侧头看向陆驿站，等过了手术室才轻声开口问道："你确定这些小孩是昨晚才死的？这些尸体的腐烂程度不太对劲。"

"是。"陆驿站揉了揉额心，"尸斑密集出现的时间太早了，并且尸僵的时间也不对。"

白柳斜眼看陆驿站："怎么个不对法？"

陆驿站听到了白柳这句话停住了，他靠在墙面点了一支烟，大口大口地抽了好几口，整个楼梯拐角都是烟雾缭绕的，这说明陆驿站心情极度不好。

"尸斑在确定死亡后几分钟就从儿童的身体里冒了出来，出现和蔓延的速度都很快，这一般是死亡超过 24 小时才会出现的情况。"陆驿站用点烟的那只手的大拇指怼了怼自己的眉心，想要把紧皱的眉头给怼开，但是看来没什么效果，"尸僵……也是，刚死亡尸体就迅速地硬化了，今天凌晨就已经进入了软化腐烂阶段，这一般也是死亡超过 24 小时才会出现的情况。"

"简直像是……"陆驿站顿了顿，说，"这群中毒的孩子在进入医院之前就已经死亡了。"

他们此时边说边走，已经到了儿童急症那一层楼的病房楼梯那里，能从紧急通道出口半开的门缝看到医院病房走廊里病床上那些被蒙头盖住的小孩尸体，还有正在把尸体装进裹尸袋的护士。

那些小孩尸体的脸上并不是死人的青白色，也是五彩斑斓的凸出斑点……

白柳知道有些菌菇中毒会出现这种类似过敏的皮癣现象，但这些小孩面上的斑点已经密集到就像是色盲测试的图纸了，还会在皮肤表面凸起，白柳不是密恐看着都有种轻微的不适。

感觉就像是人脸下面长满了还没萌出的蘑菇。

白柳看向陆驿站："你先说说昨晚的具体情况。"

陆驿站的眼睛闭了闭，他深吸一口烟，又过肺吐出："今天凌晨三点左右，送进来的三十七个儿童都不约而同地出现了严重

的呕吐现象……"

"这些儿童吐出来的东西是一朵一朵完整的蘑菇，但在前天紧急入院的时候这批孩子全部都已经被催吐和洗胃过了，昨天一整天都在禁食输液，没有任何一个孩子吃过东西，他们的胃内根本不可能有东西。"

陆驿站说到这里顿了顿，他往走廊的垃圾桶上抖了抖烟灰："这事情吓坏了护士和医生，立马就打电话给了警察，然后对所有孩子紧急抽血检查……"

陆驿站缓缓吐出一口带烟的白气："但除了那个活着的孩子，护士扎进血管，都只能从这些不停呕吐的儿童身体里抽出一种浅绿色半透明液体，根本抽不出来血。这些液体化验出来的结果成分是蘑菇汁液。"

白柳倒是没有被吓到，这些东西就像是那面可以藏巨大炸弹躲过安检的古董镜子一样，是载入这个"现实公测模式"的"恐怖游戏"，在恐怖游戏中，出现什么匪夷所思的事情都有可能，抽出蘑菇汁液还算白柳觉得比较常见的游戏走向，算是他意料之中的。

白柳思索了一会儿提问："那个活着的孩子呢？她的血液是正常的吧？她的抽血检查结果出来了吗？"

"出来了，有点轻度贫血，但是大致正常。"陆驿站说。

白柳沉思了一会儿又问："那你们有从这个醒过来的孩子口中问出什么破案的关键信息吗？"

"没有。"陆驿站苦笑着长叹一声，"这个小姑娘是个盲人，她不认识我们的声音，拒绝和我们进行任何交流，只会偶尔点头摇头回应我们一下，而且她看不见，也很有可能什么都不知道，因为眼睛的原因，她甚至不知道自己那天吃的东西是蘑菇。"

"这个小姑娘叫刘佳仪，还有个同父异母的哥哥叫刘怀，她要等她哥哥到了才肯开口。"陆驿站叹息着说道，"主要是这小姑娘不愿意开口，不然我就带着你进去和她聊聊了，你还挺擅长骗小孩的。"

白柳的表情微不可察地一顿，他缓缓地抬头看向陆驿站："你说她哥哥叫什么名字？"

陆驿站一愣："叫刘怀，是个名校大学生，之前一直打工养着这小姑娘，但在差不多半年以前，突然把这小姑娘寄养在了这次出事的福利院，差不多一周会过来看刘佳仪一次，不过他的确对他同父异母的妹妹没有抚养义务。怎么，你认识她哥哥？"

"算有过一面之缘。"白柳笑笑，"我和他一起联网打过游戏，他应该还记得我，或许他能让我和他妹妹聊聊。"

刘怀僵硬地坐在病房内，病床上是一个抱着自己膝盖蜷缩成一团的瘦弱小姑娘，这小姑娘就是刘佳仪。

但这不是刘怀僵硬的主要原因，让他僵硬的是坐在他对面对他和善可亲地微笑的白柳。

刘怀也不懂为什么出游戏了，他还能那么巧那么倒霉地遇见白柳这大魔王，这人还一上来就一副很自来熟的样子勾住他的肩膀，眉眼弯弯地和他套近乎，说要和他妹妹刘佳仪聊聊。

刘怀在心中哀叹了一声自己倒霉，但他还是把白柳带进来了。

但由于刘佳仪不能接受太多人的环境，她会忍不住尖叫，刘怀拒绝更多人进入病房，警察就守在门外边没有进来，先让刘怀给刘佳仪做工作，然后刘怀以自己朋友的名义，把白柳给带进来了。

所以目前病房内就刘怀、白柳、刘佳仪三个人。

白柳和刘怀分别坐在刘佳仪病床的左右两边，刘佳仪抱着膝盖坐在病床的中央，她把脸埋进了自己手和膝盖营造出来的空隙之间，穿着对于她来说有些宽大过度的病号服，衣服空荡荡地挂在她瘦弱不堪的骨架上。

这小姑娘就像是陆驿站说的，瘦得人都有点畸形了，像一具没发育好的小骷髅架子，和白柳印象里那些常去快餐店的有些营养过剩的当代儿童差了好几个型号。

刘怀先忍受不了这个沉重的氛围，他用被子挡在了刘佳仪前

面，挡住了白柳打量刘佳仪的视线。

刘怀就像是一头护崽的野兽一般警惕地盯着白柳："白柳，你找我有什么事吗？"

白柳聊天向来单刀直入："我不是来找你的，我是来找你妹妹的。"

"我妹妹？！"刘怀猛地用被子把刘佳仪一包，抱在怀里，很有敌意地看着白柳，"你找她干什么？"

"刘怀，你在游戏里见过年龄最小的玩家有多大？"白柳忽然换了个话题。

虽然病房里有监控正在被警察看着，但由于系统的"禁言"机制存在，白柳说的话大概率会被和谐，他毫无顾忌地问出了这句话。

"你问这个干吗？"刘怀疑惑。

白柳抬眸直视刘怀怀里不停颤抖的刘佳仪："我在想你的妹妹，会不会变成游戏中年龄最小的玩家。"

刘佳仪作为唯一一个从这个"福利院蘑菇中毒事件"的灾祸里活下来的儿童，就和九死一生从"镜城爆炸案"里活下来的白柳、侥幸从那个日本学校里闹鬼的宿舍里活下来的木柯一样，有一定异曲同工之处。

目前白柳知道的是，成为玩家需要符合两个条件，第一个是"玩家的周围存在玩家"。

这个游戏的传播模式类似于病毒，是由"人传人"这样互相影响的模式传播的，比如木柯影响了白柳，李狗影响了向春华和刘福。

而刘佳仪周围有刘怀，她符合条件。

第二个白柳觉得成为玩家应该要符合的条件，就是至少经历过一次"恐怖游戏正式版"的副本，并且成功存活。

而这第二个条件，刘佳仪很明显也符合。

白柳猜测这死里逃生的小姑娘很有可能成为被游戏选中的预备役玩家。

刘怀彻底僵住了，他缓慢地看向白柳，再转头用一种无法置信的目光看着自己怀里还在轻微发着抖的刘佳仪，最后自己也控制不住地颤抖了起来，他惊愕未定地看着白柳："……但她才八岁，怎么可能是玩家……而且我特地控制了我自己每周只找她一次，这种我影响她的频率，不可能直接影响她进入游戏的……"

"为什么不可能？"白柳很平静地反问，"难道系统也和家长一样禁止未成年人玩游戏吗？"

家长刘怀被噎得语塞，他下意识地搂紧了怀里的刘佳仪，脸上呈现出一种很慌乱的表情："但她根本看不见！她进入游戏，那么恶劣的生存环境下她根本无法生存！系统没理由选她的！"

"那她是怎么从这场恶劣的毒蘑菇事件里活下来的？"白柳态度很从容不迫。

现实世界的恐怖游戏副本里唯一存活下来的小孩，就算看不见，白柳也不会觉得刘佳仪是个很简单的小孩。

刘怀被白柳堵得无话可说，只能强撑着反驳白柳："佳佳可以从毒蘑菇事件里活下来只是因为运气好罢了！但她又不是杜三鹦，可以回回都去赌运气！"

这时却听到刘佳仪细声细气地开口了，她声音非常微弱："哥哥，不是的。"

她瘦弱的小手轻轻拉扯了一下刘怀的外套，从刘怀的外套里探出一个毛茸茸的小脑袋，双眼的眼珠是像被雾霾蒙住了般的灰白色，但声音轻微又清晰："哥哥，我没有中毒不是因为我运气好，是因为我偷偷倒掉了老师给我盛的饭。"

刘怀一愣："你为什么要倒掉老师给你盛的饭？"

刘佳仪苍白发干的嘴唇抿了抿，她很小小声地说："哥哥你不要怪我倒饭，我那天觉得老师不太对劲，她一定要主动喂我，她之前都是把碗丢给我让我自己吃的。然后我就趁她给其他小朋友盛饭的时候倒掉，假装吃了。"

白柳摊手微笑："看来你妹妹比你聪明很多。"

"她再聪明我也不会让她进入游戏的！！"刘怀彻底暴躁了，

他双眼发红地瞪着白柳，"白柳，无论你想做什么，我妹妹都不行！"

被刘怀猛地抱紧的刘佳仪有些迷茫地圈住了刘怀的脖子："哥哥你们在说什么啊？我要进入什么？"

刘佳仪很明显就是被"屏蔽"了白柳和刘怀的聊天对话，还没有进入游戏的她听不到白柳和刘怀之间关于"游戏"的具体谈话。

"刘怀，我只是想和你们合作而已。"白柳淡淡地说，"如果刘佳仪真的被游戏选中了，那你是无法阻止刘佳仪进入游戏的。"

"而我有办法可以帮你、帮刘佳仪。"白柳抬眸看向刘怀，轻声说。

刘怀冷笑一声："你说的帮就是控制我们是吧？白柳，你本质和张傀就是一路货色，我感激你帮过我，但我不会让我妹妹落入你手里！"

"我不知道她对现在的你有什么用处，让你找上了门来，但给我滚！"刘怀像只护崽的凶悍野兽，死死盯着白柳吼道，他脊背拱起，就像是下一秒就要冲过去掐死白柳。

白柳静了两秒，然后站起身，他并没有做过多辩解，他的确是想救刘佳仪，但这只是因为白柳看出了陆驿站动了收养这个小女孩的心思。

而如果陆驿站想选择这个小女孩做自己的养女，白柳会试着保下她的命。

陆驿站很想帮刘佳仪，白柳看出来了，陆驿站此人一向喜欢多管闲事。

就像是当初在福利院陆驿站一定会偷偷分东西给他觉得没有吃饱的白柳，虽然白柳并没有觉得自己有被饿到过。

白柳从来不能理解陆驿站一定要帮助人的逻辑，但作为陆驿站这种逻辑曾经的受益人，白柳大部分时候都会选择纵容这家伙自以为是的种种选择，毕竟陆驿站会给他报酬——白柳不白做事，而陆驿站很懂他的逻辑。

这也是白柳会和陆驿站一直做朋友的原因。

　　白柳随手撕了一张纸写上了自己的电话号码，放在了刘佳仪的床头："我可以帮刘佳仪撑过她的第一场游戏，但前提是她的灵魂必须贩卖给我，这样我才能让她撑过第一场游戏。"

　　只有拿到刘佳仪的灵魂，白柳才能帮刘佳仪操纵面板。

　　刘怀怒吼着撕下了那张纸准备扔在白柳的脸上："我不允许！！！"

　　"我觉得在你把她放在儿童福利院的时候，你就已经放弃了她的监护权，你并不是她法律名义上的监护人。"白柳无波无澜地垂眸看向刘怀，"所以我觉得你没有权利替刘佳仪做决定。"

　　白柳随意的话彻底激怒了刘怀，刘怀的眼球因为暴怒到极致而呈现出赤红色，但他却不怒反笑："白柳，你知道我是因为什么欲望进入游戏的吗？"

　　"我是为了让她见到光。"刘怀深吸一口气，转头不再看白柳，"你走吧，我不会把她托付到你这种人的手里的，那样她的未来一定很黑暗。"

　　刘怀眼眶有点泛红地别过了头："我已经尝够了被人控制的苦头，所以她的人生，绝对不可以被你控制。"

　　"我被张傀控制着背叛四哥……的时候，那一瞬间失去最好的朋友和最默契的队友的人，不止四哥……牧四诚一个。"刘怀侧低着头，看不清脸上的神情，他嗓音干哑，"被迫拿着刀刃成为伤害者那方，你心里也不会好受的……所以我不想让她也沦落到我的地步。"

　　白柳静了一下："控制一个几岁的小女孩，并不能给我带来任何价值，我最好的朋友想救你的妹妹，才是我这样做的唯一理由。"

　　刘怀愕然转头看向白柳。

　　刘佳仪有点懵懂地转动着头，她那双雾蒙蒙的眼睛在她尖尖瘦小的脸上呈现出奇异的脆弱感，她被刘怀抱着，好似一只浅灰色的，被人束缚住触角的乖顺蝴蝶，她用头顶蹭了蹭刘怀的下巴，似乎在安抚情绪波动剧烈的刘怀。

　　白柳在刘怀惊疑不定的目光中，不再多说，平静地转身打开病房的门离去。

　　陆驿站站在楼梯的拐角等白柳，这人还在抽烟，旁边的垃圾箱上一堆烟头，也不知道抽到第几根了。

　　看白柳过来了，陆驿站眼睛一亮："怎么样，你有思路了吗？"

　　但当陆驿站看清白柳的表情的时候，他愣了一下。

　　白柳此人，心情一般或者愉悦的时候向来戴张笑脸，不动声色得很，情绪起伏剧烈的时候脸上更不会有什么张扬的神色。而现在，一种很沉很压抑的东西浮在他的眼睛里和面上，这一般是他遇到了什么不太能想得通的事情和陷入深层次思考的时候的表情。

　　简单来讲，这个时候白柳的心情就不是很好。

　　"怎么了？"陆驿站情不自禁地放轻嗓音，"被人骂了？我听到病房里刘怀吼你了，你说什么得罪他了？但监控昕着你没说什么啊，不过有些受害者家属的确情绪会很激烈，你也不用放在心上。"

　　"我有时候，还是无法理解人类的情感逻辑。"白柳的目光有些散，这是他还在思考的表现之一。

　　"真是奇怪。"白柳自言自语着，"我无法理解刘怀的某些逻辑，他本质应该是个很自私的人，但对他妹妹，法律都没有要求他尽抚养义务，刘怀却可以为了对方做到这地步。"

　　白柳倒是不怀疑刘怀撒谎骗他，人下意识的反应是骗不了人的，刘怀明显怕他，但却一直把刘佳仪抱在怀里，挡在刘佳仪面前。

　　但他很快就从这种状态里恢复了过来。

　　白柳扫了一眼陆驿站："但我不是第一次遇到这种让我迷惑的自我奉献了，我们抓紧时间去福利院看看吧。"

　　白柳是和木柯一起进儿童福利院的。

　　木柯很早就过来白柳家门前守着了，但奈何白柳被陆驿站喊走得更早，他凌晨就被陆驿站一个电话叫去了医院，好在白柳中途回了一次家拿东西，才看到自己家门前蹲守了一只抱着双腿眼巴巴的木柯小少爷。

这小少爷敲门没开，估计还以为白柳在睡觉，连电话都没敢给他打，就这么傻呆呆地戳在白柳的门口等白柳起床。

而且木柯是被自己的那个白柳经常在电视上见到的资产家父亲送过来的，木柯的爸爸和木柯一起等在白柳的门前，这位木爸爸甚至对白柳十分尊重，在知道白柳很有可能还在睡觉所以才不开门的情况下，选择了和自己家儿子一起等在门口。

当白柳回家的时候就看到了木柯和他爹，他们连话都不敢大声说，放低声音说着悄悄话，生怕打扰了白柳睡觉。

也不知道木柯是怎么和家里人说的，这位大老板毫不怀疑地把白柳当作木柯的救命恩人了，他似乎以为白柳带着木柯离开两个月是要去治病，总之白柳也没问木柯这小少爷是怎么糊弄自己爹的，反正这大老板深信不疑白柳就是木柯的救世神医，对着白柳千恩万谢的，说谢谢白柳救了他的小儿子。

并且在得知白柳要去儿童福利院关心儿童之后，这位身家不知道多少的大老板当即感动地表示自己也要做好事给自己儿子即将开始的治病之旅积积德，要捐款给福利院，并且亲自开着一辆价值一千多万的迈巴赫很高调地把他和木柯送了过去。

到了福利院之后，木柯也不跟在自己亲爹背后，而是乖乖地跟在白柳后面，眼睛一直偷偷地瞟白柳，还在打哈欠，像一只想黏着主人但还没有得到许可的猫。

白柳能察觉到木柯强烈的不安，这种不安对进入游戏没有好处，他有义务安抚一下这紧绷过度的小少爷，于是他默许了木柯黏着他。

白柳和陆驿站打了个招呼，说他和朋友，也就是木柯一起去福利院看看里面的情况。

陆驿站则是跟自己同事进去调查了。

因为木柯他爹一拍脑门，财大气粗地说要捐款，白柳和木柯

是被儿童福利院的院长很尊敬地带进去的。

儿童福利院的院长是个相貌衰老过度的老奶奶，她鼻尖和两边脸颊有很多快要连成片的老人斑，让白柳想起了尸斑，这老院长眼球浑浊不堪，身躯佝偻，身上有一股若有若无的腐质菌菇类的气味，看着人的时候就像是在看一件货物，让白柳有种轻微的不适感。

木柯他爹跟着院长去商议捐款的事情了，老院长让一个老师领着他们在福利院里逛。

这是一个很破败的儿童福利院，十年前的建筑风格，有三栋不高的楼围成一个三角形的圈，矮楼外墙和内墙的墙皮剥落，露出里面爬满青苔的墙面，被三栋楼圈起来的中间地带是个小型的儿童游乐园一样的地方，有褪去油漆生锈的彩色小铁马、秋千和跷跷板。

但是这些设备都很老旧了，在泥泞荒草里孤寂地晃荡着，随着风声，跷跷板动了一下，空着的右边座位下去又起来，秋千有规律地晃来荡去，幅度越来越大，发出吱呀的声响，好像有什么东西在上面坐着玩一样。

带路的老师脸色有些发白，她不敢往游乐园那边看，瑟缩地低着头快步带路，往三栋楼里最靠外的一栋楼里走，白柳跟在后面往那栋楼的外面瞟了一眼，发现楼外还挂着两个褪色的金漆奖牌，分别是"全国十佳儿童福利院"和"全国未成年人保护先进单位"。

白柳扫了一眼奖牌下面的颁奖日期，离今日已经十年多了，也就是这福利院建立没多久的时候。

前面的老师低声向他们介绍："我们福利院是老牌福利院了，占地一开始是有 25 亩，建筑面积近万平米，有专业的残疾儿童教育教室、乐器教导教室、内部校医室等等，拥有三百多张床位，可容纳三百个孩子，有两百多名护工……"

白柳环顾一周后，眉尾上扬，反问："25 亩，近万的建筑面积？两百多名护工？"

白柳从进来开始就没有看到所谓的护工，很可能这个福利院里根本没有几个护工了。

老师顿了顿，话开始断断续续："那是刚刚建起来的时候，后来就……让出去了一部分，再后来我们福利院因为资金问题缩小了一定规模，护工也辞退了大部分。"

"本来我们福利院还剩下四十六个孩子，今年的六一儿童节还排练了节目汇演给这所儿童福利院的幕后投资人看，但他们资助了这个儿童福利院十年了，说花钱实在是太多了，所以……今年他们决定不再资助了，我们暂时也找不到新的资助人……"

白柳语调不疾不徐地询问："你们这里本来还有四十六个孩子，医院那边有三十七个，还有九个孩子呢，我怎么一个也没见到？剩下的九个孩子可以让他们出来见见我们吗？"

老师脸色又白了一下，她捏了捏自己的手指，没说话，似乎并不想让孩子出来。

有问题，白柳眼睛一眯。

木柯和白柳对视一眼，顿时心领神会，这小少爷装模作样咳了两声，颇有些趾高气扬地上前两步，抬着下巴说："我们初步拟定捐赠 1000 万给你们的儿童福利院，我们想见见还在这个儿童福利院里的孩子，这要求不过分吧？"

1000 万这个巨大的数字明显地打动了这个带路的老师，她的眼睛和嘴唇都在奇异地颤动着，隔了很久很久她似乎下定了决心，转头看向了白柳和木柯："你们真的要捐款？1000 万？"

木柯似乎真觉得 1000 万是小钱，这坑爹孩子毫不犹豫地点了点头。

这老师深吸了一口气，非常低声快速地说："没有九个孩子能来见你们，只有五个。"

"还有四个呢？"白柳蹙眉。

这个老师眼中出现了一种掩饰不住的惊恐，低下了头小声说道："还有四个孩子昨晚失踪了，他们在夜里偷跑出来玩秋千和

跷跷板，玩着玩着，他们就不见了，但是秋千和跷跷板却活动了一整夜……”

风一瞬间猛烈地吹了过来，白柳背后那个儿童游乐园的各种设备被风吹动，院子里的温度骤降，阴冷的风让跷跷板起伏得越来越快，秋千也越晃荡越高。

突然秋千和跷跷板同时停住了，秋千在风中纹丝不动地停在原点，跷跷板更是诡异地悬停，就像是一个天平般停住。

就好像一直在上面玩的东西突然跳了下来，手拉住玩具设备站在旁边盯着这群大人。

不一会儿，天平般悬停的跷跷板忽然以一种缓慢到不正常的速度倒向左边，上面有什么东西顺着歪向一旁的跷跷板咕噜咕噜滚落下来，白柳顺着下落的跷跷板看过去，发现是一个被拧断了头的洋娃娃。

滚下来的东西是这个洋娃娃的头。

而这个跟着头一起滚下来的洋娃娃穿着白衬衫黑裤子，四肢都被拧断了，洋娃娃的脸上带着诡异的微笑，胸前还挂着一条好像坠着硬币的劣质项链。

这是一个和白柳现在的装扮一模一样的洋娃娃。

与此同时，陆驿站和自己的同事也在福利院里调查儿童失踪这个案件。

“你说，这事儿是不是应该归刑警大队，或者是什么特殊部门管？”陆驿站的同事脸色不太好看，“你看那个小孩失踪的监控片段，这哪是我们能处理的事情！”

“四个小孩在凌晨听到一阵笛声，然后就排队走了出去，在中央的儿童游乐园里玩耍，最邪门的是这些小孩根本不像是被催眠或者梦游，他们还会特地躲开监控，这说明这四个小孩全是神志清醒地在那个小破儿童游乐园荡秋千，一个小时后，监控里这几个小孩突然就不见了！”

同事说着说着开始咒骂道：“妈的，但小孩不见了，那些器材还在一直动，我看完监控之后昨天都没睡好……”

说完，陆驿站的同事没忍住搓了搓自己手臂，他起了一身的鸡皮疙瘩：“现在就剩下五个小孩，本来准备转移到其他福利院的，但现在医院又闹出了这事儿，所有人都必须留在这个福利院原地待命接受调查，太他妈诡异了！”

陆驿站皱眉：“先去找院长问问。”

“院长？我觉得她什么都不会说的。”陆驿站的同事撇嘴嘀咕，“这老太婆根本就没有上报儿童失踪！如果不是医院那边后续跟着闹出了菌菇中毒死了人的事，把这个案件升级了一个级别，我们过来清孩子的时候发现人数不对少了四个，根本没有人知道这里面还有小孩失踪了！”

“那我们也要过去问问。”陆驿站语调沉稳，“她一定知道点什么。”

院长办公室。木柯的爸爸已经和院长商议完捐款的事项，去和其他人谈了，院长办公室里只有老院长一个人。

老院长坐在椅子里，耷拉着眼皮看着前来找她的陆驿站：“你问我孩子失踪了为什么不报案？”

陆驿站点头，老院长忽然笑了一声，她颤颤巍巍地打开抽屉，抽出了一堆回执单递给陆驿站：“年轻人，你是新来的吧？我每次失踪都报案了，但是你们哪一年把我的孩子给找回来了吗？所以这次我就干脆没报了，反正我们这个福利院也快倒闭了。”

陆驿站皱眉看着老院长递给他的报警回执单。

这回执单中最老的都是十年前的了，全都是上报的儿童失踪，但调查参考意见都是“儿童自行离家出走”，就没有后续了。

“我们这个私立福利院每年都会给为我们这个福利院投资的好心人举行六一汇演，让这些花钱的老板看看他们养着的孩子们的情况，但每年的六一汇报演出过后，我们这个福利院都会有儿童失踪，而且调查结果都是孩子自己想方设法跑出去的。”

老院长慢吞吞地说："当时你们警方还怀疑我们这个福利院虐待儿童，所以儿童才会'离家出走'，但是调查发现我们这里没有虐待，就是这些孩子自己想跑，我们也并没有对这些小孩做什么出格的事情，什么人体器官贩卖、什么恋童情色交易，你们已经把这个地方调查了个遍，不是也没有发现吗？"

老院长掀开眼皮："就是很常见的、很普通的儿童离家出走然后失踪。"

"儿童失踪很难找，这些小豆点跑出去就和落入人海的一粒米一样，你们寻找这些有意躲避你们的孩子，无异于大海捞针，于是每年都不了了之。"

陆驿站的同事忍不住插嘴："但这次看监控，在园区里孩子人坐着秋千就没了！这不是跑出去的失踪案！"

"你说的事情太奇怪了，怎么会发生？倒是我们的监控用了很久了，又老又旧的。"老院长轻描淡写，"说不定坏了出故障也是有可能的。"

陆驿站的同事被噎得一阵心梗，刚想声色严厉地逼问这个老院长，就被陆驿站拦住了。

陆驿站很冷静地问："院长，找不到孩子是我们的错，但您还是应该报案，而且您应该不止这一年没报案吧？我刚刚翻了一下您的回执单，有几年是没有的，而您说每一年都有孩子失踪，所以事情的真相到底是怎么样的？"

老院长沉默了几分钟，转身从她后面的书柜里，很里面落满灰的地方翻出了一个大档案袋，她吹掉上面的灰尘，拉开了上面的线，从里面抽出了一本相册那种厚厚书册似的东西，然后打开。

第一页就是"200X 年儿童福利院文艺汇演合照"——这很明显是这个私立福利院的档案本。

照片上面几十个小孩子有些拘谨局促地站在一众西装革履的成功人士旁边，露出被教导了千万遍的，讨人喜欢的乖巧虚假笑容，额心一点口红点的印子，嘴唇被涂得红艳艳，又艳俗又古旧。

"每年都有孩子失踪，但我的确不是每年都报案了的。"老院长看着照片上的孩子，语调拉得悠长，"这家儿童福利院就算有人砸一两年的投资，也撑不了多久要倒闭了，和你们直说这些陈年旧事也无妨。"

"这里的很多孩子其实不是那么好管教，说好听一点叫有个性，说难听一点就是性子野惯了，就喜欢往外面跑。"

"他们其中有些并不是离家出走，而是负罪逃逸。"

老院长说着又翻了一页，这一页是类似幼儿培育记录一样的东西，上面写着："孤儿白六、小柯等五人在六一汇演之后殴打了前来观看演出的投资人，抢劫了投资人身上的手机等财物，处以清洁全院以及一天禁食处罚，后续视改过情况决定是否继续追加处罚。"

"比如这群孩子在汇演之后打了投资人，然后当晚就跑了，我没有报案，睁一只眼闭一只眼地让他们跑了，因为如果不跑，这些孩子在这家被这几个投资人投资的福利院里下场不会很好的。"

老院长的手指在那个处罚上点了点，意味深长："至少处罚不可能仅仅是禁食一天。"

"院长，我可以看看那张合照吗？"陆驿站的关注点却在别的地方，他脸上表情前所未有地凝重。

院长把档案袋递给陆驿站，陆驿站翻到前一页那张"200X年儿童福利院文艺汇演合照"，视线迅速地在照片上的小孩里寻觅，最终锁定在了边缘角落的一个小孩上。

这小孩就算是被涂了口红，眉心上顶着个大红点，都不显得滑稽，而是有一种很浅淡的小女孩的秀美，但这秀美被他毫无波澜的眼神破坏，显出一种超脱年龄的早熟来，其他小孩在他冷淡的眼神里就好像全是一群蠢货罢了，十分惹眼。

没有谁会比陆驿站对这张脸的这个时期更熟悉了。

陆驿站的眼神一动不动地落在这张照片的这个小孩身上，

他指着这个小孩抬头看向老院长："这个小孩是谁？他叫什么名字？"

"这个孩子吗？"老院长看了一会儿，似乎陷入了回忆，"他就是带头打了投资人跑掉的那个小孩，所以我对他记忆很深刻，他进福利院来的时候只说自己叫白，叫白六。"

"不对。"陆驿站双手"啪"一声撑在桌面上，死死地盯着老院长，"他叫白柳，他的确是曾经叫白六，但他在十四岁那年改过名字，后面就再也没有叫过这个名字，他是和我一起从公立福利院里出来的，他不可能同时出现在这个私立福利院里！"

"可是……"老院长用一种有点困惑的眼神看向陆驿站，"你是不是认错人了？这个叫白六的孩子，逃出去不久后就被投资人用办法找了回来，而且他没能离开这里，被找回来没多久就死了。"

"死了？他的死因……是什么？"陆驿站声调奇异地问道。

老院长叹息一声："很奇怪的死法，他误食了一枚奇怪的硬币，这硬币中间破开了一个孔，被他吞到气管里去了，几分钟人就没了。因为他在离开我们这所福利院之前和回来之后遭受了一些很不好的事情，所以……我们都怀疑白六是自杀。"

陆驿站僵硬地挪动视线，看向黑白照片上那个脸上一点表情都没有的白六，他散漫地耷拉着眼皮，好似有点困倦地看向旁边，垂落的发丝是湿漉漉的，好像是被演出时出的汗浸湿了，陆驿站觉得自己胸口被这些诡异的事情无形又沉甸甸地压住，他死死地看着照片上那个身形有点单薄的男生，觉得自己有点喘不过气来。

那是十年前的白柳。

白柳上前捡起那个跷跷板旁边的洋娃娃，这是一个手工做的洋娃娃，很明显参考模板就是他，但质地很老旧了，娃娃的腿上还有一点残留的丝带线的痕迹，感觉应该是一个手工礼品娃娃——一般这种礼品娃娃上都会有赠送或者制作的日期。

白柳把这洋娃娃翻找过来试图寻找一下有没有日期，最终在被拧掉的头的内部找到了一行手写的日期。

这的确是一款十年前的娃娃。

而白柳工作也不过才两三年而已，他是工作之后才开始有这洋娃娃身上的衬衫西装裤的社畜装扮的，那个挂在脖子上的硬币更是不久之前白柳加入游戏之后才得到的，系统的具象化载体。

他现在的装扮十年前就被人拿来定制了一个洋娃娃，还被拧断了头颅和四肢丢在了这里。

白柳眯了眯眼睛。

正在白柳拿着这个自己的洋娃娃沉思的时候，那个老师已经去把那剩下的五个小孩叫过来了。

这个儿童福利院仅剩的五个小孩局促又有点表情麻木地站成了一排，连一个敢抬头看木柯的都没有，一个个眼睛像是长在了脚尖上，这五个孩子有的跛脚，有的脊柱歪歪扭扭地弓着背，或多或少都有一些残疾，像是一群还没出巢穴的幼崽一般，五个小孩推推搡搡地挨在一起。

他们就像是接受别人审视的廉价货物，自知不值几个钱而显得卑微瑟缩又寡言。

白柳一靠近这些小孩就皱眉了，这些小孩身上的菌菇味道甚至比他在医院那些尸体身上闻到的还重。

木柯就直接受不了地用手在自己鼻子前挥了挥："你们这里是顿顿吃蘑菇吗？怎么这么大蘑菇味道？"

老师有点尴尬地抱住了这五个小孩："其实不怎么吃的。"

白柳的目光从这个老师和这五个小孩身上扫过："你们那天吃蘑菇吃得多吗？"

老师一愣："我们和这五个小朋友都吃的，还、还挺多的。"

"那中毒的小孩里有吃得少的吗？比如只喝了一口蘑菇汤的？"白柳询问。

老师回想了一下，然后肯定地回复了白柳："有，因为那个蘑菇口味有些小朋友喜欢有些小朋友不喜欢，有的只吃了很少一

点点，但依旧中毒了。”

白柳收回自己的目光，吃得多的有不中毒的，吃得少的也有中毒的，看来中毒和剂量没有什么关系。

但为什么是蘑菇呢……为什么每次这个福利院出事都是因为蘑菇呢？

而且这个诡异的蘑菇毒死人的条件到底是什么？

陆驿站说儿童福利院这边活下来的小孩抽血等各种检查的结果也没有明显异常，和刘佳仪一样，只有一点轻度贫血。

这五个活下来的小孩和医院那边活下来的刘佳仪从明面上看起来的共同点只有一个，就是都有先天性遗传缺陷，刘佳仪是盲人，这五个小孩也有各种残疾。

白柳陷入了沉思。

老师继续带着白柳他们参观福利院内部，走到了一个全是各种照片、奖杯和儿童画作的房间。

老师侧身向白柳他们介绍说：“这里就是我们福利院的展览厅了。”

这是一个很久没有人来过的展览厅，很多放在柜子上陈列的奖杯奖状都落灰了，看得出来这是一个当年发展得相当不错的儿童福利院，墙面上还挂着很多儿童的绘画和一些奖项，每年的六一汇演合照也挂在了墙面上。照片的色彩从失真到变得清晰，最后一张里四十几个小孩笑容乖巧温顺，但却只有五个活了下来，这五个小孩正表情麻木地跟在老师的后面。

这种被展览的大部分事物都来自于死人的感觉，让这个展览室有种挥之不去的沉郁感。

白柳大致扫了一眼全貌之后，他似乎发现了什么，看向老师：“我可以把照片和一些画拿下来吗？”

本来这些东西是不能轻易动的，但现在儿童福利院已经成这样了，也没有这么多讲究了，老师也就点点头同意了。

木柯好奇地看着白柳把挂在墙面上的一些儿童画取下来摆在

地上观察，他凑过去小声问他："白柳，你有什么发现吗？"

"嗯。"白柳轻声应了一下，没有给木柯眼神，手上摆弄着那些儿童画。

木柯视线跟着白柳的手在动，这些儿童画画得相当不错，感觉得出来是有一定绘画功底的孩子画的。

画的东西有人物，也有静物，有用彩铅和蜡笔画的，也有简单的黑白素描，画风差别很大，大部分的画作色彩非常浓烈，饱和到让人看了眼球不适的地步，画的东西看起来也毫无逻辑。

一个看起来瘦弱到不行的眼睛上蒙着白布坐在病床上的小女孩，一条美丽的被装在罐子里的银蓝色鳞片的小鱼，和一面放在烧焦融化的玩具列车上的木制碎镜子。

画的看起来都是这所福利院有的东西。

木柯盯着看了一会儿，发现了一件事情，他有点惊奇地开口："这些，都是一个人画的吗？落款都是 W。"

虽然白柳取下来的这些画画风天差地别，但是每幅画落款的"W"都是那种很奇特的两边打卷的花体写法，每一幅画都保持一致。

白柳终于舍得给木柯一个眼神，他声音又低又轻，像是在耳语："这是我的落款。"

木柯一惊："你的？！你的落款为什么会在这里？！"

白柳没有多解释，木柯虽然想知道，但看白柳不准备说的样子，也就讪讪地闭嘴了。

White 的首字母"W"是白柳绘画一贯的落款。

白柳一眼就看出了这些东西是他的画，虽然比起现在的他，绘画手法青涩又稚嫩，但的确是他画的东西。

眼睛上蒙布的小女孩明显就是刘佳仪，病号服和今早他在医院里看到的是一个款式的，装在罐子里的美丽的银蓝色鱼应该指的是第一个游戏《塞壬小镇》的塞壬王，放在融化玩具列车上的碎镜子是白柳的第二个游戏《爆裂末班车》。

但这些画的落款都是十年前，而十年前的白柳根本不在这个私立福利院里，十年前的白柳也根本不可能知道这些信息。

那可能性只有一个——十年后的白柳以某种形式回到了十年前，然后在这些儿童画上画下了这些东西，留在了这个私立儿童福利院里。

这种匪夷所思的事情普通人遇到肯定慌了，但这只是让白柳进一步确定了这个儿童福利院一定是某个"现实世界"的"正式游戏副本"。

对这些错乱时间线唯一合理的解释就是这个游戏副本的正式剧情进展时间，从这些他留下的绘画落款来看，恐怕不是现在，而是十年前。

白柳的指尖从这些绘画的落款上掠过，目光微沉。

很有可能他未来会进入这个游戏，并且在这个十年前的"儿童福利院游戏副本"里面留下了某种痕迹，随着这个"游戏副本的正式版"载入"现实世界"，白柳在游戏里曾经留下的痕迹也被载入到了现在的时间线的福利院。

这可不是什么好事。

玩家的痕迹永远地留在某一个游戏副本中，这一般是通关失败了才会出现的事情，就像之前张傀死亡被异化成了焦尸怪物永远留在了《爆裂末班车》那个副本中一样，这些死亡和失败留下的印迹会成为游戏的一部分，随着副本载入现实。

但这注定死亡的结局并没有吓到白柳，他很冷静地思考着。

目前白柳疑惑的地方还有两个，他的目光缓缓地落到了200X 年的第一张儿童合照上角落里的一个男生的脸上。

这男生面上一点情绪都没有，斜眼看人的时候很有种"你们这些愚蠢的凡人"的欠揍感，有种格格不入的孤僻感，是十四岁的他。白柳又看了眼那些笔锋锐利用色夸张的画作。

这个画风，和这个拍照的感觉，的确是他十四岁的时候喜欢用的样子，和拍照的时候惯用的姿势。

　　白柳早就不用这种五彩斑斓的画风了，因为太张扬了，被上司卡了几次之后批评他精神污染，市场接受度不高，白柳就很果断地就放弃了这种风格，后来再也没有画过。

　　这些画和在上面拍照的"白柳"的确就是十四岁时候的他惯用的风格和姿势，而奇怪的是，这些画作上面透露的信息，的确又是二十四岁的白柳才知道的信息，现在的问题在于：如果是二十四岁的他在这个游戏中，那么白柳很确定自己不会这样画画。

　　而如果这个游戏的设置让白柳的记忆和身体各方面都倒退到了十年前，那么他又不可能知道现在的他才知道的信息。

　　这是一个拥有二十四岁的记忆，但却有十四岁的风格和个性的白柳，从逻辑上来说白柳觉得不太可能，因为记忆是决定人风格和性格的重要因素，他拥有后面十年的记忆，他就绝对不会是十年前的样子。

　　十四岁和二十四岁的白柳在"十年前的儿童福利院"这个游戏副本里割裂地存在，这是白柳疑惑的第一个点。

　　第二个疑惑的点就是……白柳看着那幅人物素描，这是一幅黑白的人物素描，一个女孩子抱着一个洋娃娃坐在病床上，蜷缩着抱住自己的双膝，眼睛上蒙着白布，是一幅画得很精细的人物素描。

　　但白柳清晰地记得十四岁的自己很讨厌画素描，因为他那个时期喜欢颜色很浓重的东西，素描这种纪实风格相对强烈的东西，那个时期的白柳很排斥，极少画，要画一般也是画静物来练习，基本不画人物。

　　十四岁的白柳为什么会给刘佳仪画一幅自己很讨厌的人物素描？那个时候刘佳仪根本还没出生，不应该有任何痕迹。

　　难道说刘佳仪也会进入这个副本？

　　但刘佳仪就算进入了游戏，她也是个新人，正常来说她的第一个副本应该是个单人游戏，而这个副本很明显是个多人副本，除非是刘佳仪迅速通关自己的第一个游戏然后紧跟着就进入了白

柳所在的这个多人游戏里，她才会出现在画中。

　　但刘怀这个有一定经验的老玩家应该不会允许自己的妹妹那么冒进。

　　所以这个小朋友为什么会出现在这里？

　　白柳思索着扫过整张画，目光最终停在那个画中的刘佳仪手里握着的洋娃娃上。

　　画上的那个洋娃娃白衬衫黑裤子，被小女孩拿在手上，脸回头朝着外面在微笑，打眼一看好像没有什么不对的地方，但白柳多盯了一会儿就发现不对了。

　　这洋娃娃的头回得太过了，不像是回头，像是头被拧了一百八十度。

　　白柳看着这张画，拨弄了一下他挂在心口上那枚硬币，眼神微凝。

CHAPTER 22

　　白柳没有在儿童福利院里待很久，他马上要和木柯进游戏，在简单扫完整个福利院的内容之后，他就准备走了。

　　但白柳走之前还要和陆驿站简单地交代一下。

　　于是白柳让木柯先回家等他，这小少爷走的时候一步三回头恋恋不舍地看着白柳，还问白柳什么时候回来，白柳干脆让木柯拿了自己家的钥匙先回去等，搞得木柯的爸爸看白柳的眼神都有点不对了。

　　白柳一出来就看见了靠在福利院门口等他的陆驿站。

　　陆驿站看见白柳没忍住调侃了两句："那小少爷呢？开辆千万豪车跟在你屁股后面转，还一直瞪我，你什么时候有这种魅力了？"

　　白柳面不改色地调戏回去："有魅力有什么用，我还不是为了你拒绝了他，让他先走了。"

　　陆驿站忍俊不禁，但很快就收敛笑意说起了正经事："你看了里面，怎么样？”

白柳不紧不慢地：“这福利院除了中毒的儿童还有失踪的儿童，中毒的儿童我了解得差不多了。儿童失踪，我猜测这应该不是这个福利院发生的第一起吧？”

“你怎么知道？”陆驿站一惊。

“态度不对。”白柳平静分析，“那个老师给我的感觉不对，正常人会对这种发生过失踪案的地方避之不及，但她给我们介绍的时候，虽然害怕，但还是下意识地走进了失踪的地点，那个儿童游乐园。”

“这不是对第一次发生失踪案的态度，大概率是发生了好几次，才会出现这种害怕但是已经习惯了的态度。”

“是的。”陆驿站又有点烦躁地叼住了他收起来的那根香烟，“我们和院长了解过，据说十年里几乎每年都有。”

白柳反问：“这样连续每年都发生失踪案的，你们那边应该有记录，之前怎么没有听说过？”

“因为不是失踪，大部分是孩子自己逃跑，就算报过去，也被当作了离家出走来处理。”陆驿站牙齿咬在烟嘴上磨，眼神晦暗，“在记录里可能就是一笔略过了，不注意就不显眼。”

私立福利院里失踪的孩子，花大工夫去找完全就是吃力不讨好，找不到也没有父母亲戚来骂你催你，这样断断续续来报的失踪案就这样搁置积灰，寥寥几行记录随着这些消失不见的孩子一同泯灭于人海里。

“之前我查到那批企业家在投资了这个儿童福利院之后，病就都好起来时，就仔细地查了下这个福利院。”陆驿站吐出一缕烟，“但这个私人福利院没有公立的福利院登记得那么严格，更多是私人自主管控，具体什么时间点这里面到底有多少孩子，我们得到的记录是不是真实的记录并不好说。”

“比如这个儿童失踪，中间有几年这个院长不报，我们很有可能都不知道。”

陆驿站沉默了一会儿又说："我倾向于怀疑那批企业家有问题，但人家现在名利双收，又已经那么多年了，我们这里没有证据根本没有办法深入调查。"

白柳淡淡地接上："假设就算这群企业家真的拿当年的某些小孩做了什么事情，在不知道这堆小孩姓甚名谁，从哪里来到哪里去的情况下，他们很有可能用这样失踪的把戏让这群小孩从这个福利院里悄无声息地消失，你们没有调查思路。"

"是的。"陆驿站深吸了一口烟，他呛咳了一下，"但白柳，这是人命啊。"

陆驿站眼睛发红地看向白柳："我不甘心，这些小孩的人命就被这样定性为意外，就算真的是意外，那也要排除其他所有不是意外的可能性，我才甘心，但现在——"

"你没有证据。"白柳很平静地看着陆驿站，"你排除不了，这也不是你的工作职责，你能来跑现场就已经是很多管闲事的一件事了。"

陆驿站静了一会儿，很快这家伙又若无其事，或者说百折不挠地和白柳谈起了失踪案。

陆驿站这人身上有一种很奇特的韧性，一件事在明知道做不成的情况下白柳是不会去碰的，但陆驿站只要觉得这件事可以帮到别人，不论花多少白费的工夫这人都会试着去做做。

并且还会拉着白柳一起。

陆驿站和白柳说了他了解到的具体的失踪案情况，给白柳看了每一年的失踪孩子的照片，照片用的就是每年福利院的六一合照，陆驿站拍了照，滑着手机给白柳展示失踪的孩子都有哪些。

第一张出来的时候陆驿站诡异地沉默了一会儿。

因为这一张照片失踪的孩子里有白六。

"你觉得他很像十四岁的我是吧？"白柳直接就点在白六的脸上问陆驿站，很平淡地评价，"我也觉得很像。"

"你们一点都不像。"陆驿站声音低沉，他目光专注地看着

白柳，少见执拗地反驳了自己的好友，"因为他已经死了，但你还活着。"

"你遇到过这种情况吗牧四诚？"白柳一边往家走，一边给牧四诚打电话，"未来的、作为'玩家'的我，确定死亡在一个十年前的游戏副本里，而现在的、十年后的我还活着存在。"

"我听着像是祖母悖论？"牧四诚的声音从白柳手机听筒里传出，他语气惊疑，"白柳你运气真的逆天了，不要说见了，我在游戏里听都没有听说过这种情况。"

"祖母悖论"是一个科幻小说家提出的时间悖论，意思是如果一个人回到过去杀死了自己的祖母，那么很明显未来的他也不再存在了，那么他是如何回到过去的呢？

白柳现在就是这样的情况，如果他在未来进入游戏，死在一个时间线是十年前的游戏副本里，那么现在的他是如何活着的呢？

"平行宇宙理论吗？"牧四诚试着提出解释，"祖母悖论最常见的解释就是这个了，假设白柳你所在的平行时空是 A，你看到的很有可能是 B 时空的通关失败的白柳加载在我们这个 A 时空的'游戏副本'。"

"那你最好不要进入这个福利院的游戏。"牧四诚声音严肃正经了不少，他劝告白柳，"只要你选择不进入这个游戏，那你就不会死在这个游戏里，这样就可以形成和你死亡的这个时空平行的另一种可能性的时空了。"

"我觉得不是平行宇宙理论。"白柳很清醒，他冷静地提醒牧四诚，"我们这个'现实世界'是一个游戏的'正式版'，呈现出来就已经是'公测版本的游戏世界'里存在的所有游戏算法的最终结果了，理论上不存在因为各种事件走向不同，从而衍生出来的平行宇宙。"

"因为我们所在的现实已经是所有可能性的收束结果，不可能再平行了。"

"这倒也是。"牧四诚肯定了这一点，但很快他反应了过来，"不对，等等，但如果呈现出来的结果是唯一的，这不就代表你一定会死在那个十年前的游戏副本里吗？！"

"但我现在还活着，证明我没有死在那个副本里。"白柳思路清晰，"不然'我活着'和'我死了'两个同时存在的命题，在不可能平行、唯一存在的现实时空里就形成悖论了。"

"那……"牧四诚迷惑了，"那是怎么回事？"

白柳没有管牧四诚的疑问，他已经走到家门口掏出钥匙准备开门了。

白柳一边肩膀夹着手机问："你准备什么时候进游戏？"

"干吗？"牧四诚说起这个就头秃，"操，昨天我答应了你参赛之后已经失眠一晚上了，你到底有什么办法啊？两个月刷二十六次副本我还可以努努力，但你起码把人给我凑齐啊！"

"我想和你说的就是这个，我想让你帮我带一对新人。"白柳语速飞快，"向春华和刘福，他们两个人是上一批新人里排名并列第一的玩家，都有个人技能，面板素质 C，你带着他们过一个一级副本练习一下自己的技能，教他们一些这个游戏的基础常识，不用太保护他们。"

白柳昨天吃了火锅回来之后和向春华和刘福交流过了，他询问这两个中年人是否有意愿参加联赛，也诚实地告知了对方参赛的危险性。

但向春华和刘福几乎没有犹豫，这两口子流着泪互相握着手同意了，他们从头到尾只问了白柳两个问题。

第一个是："只要赢了，我们就可以复活果果了对吧？"

"理论上来说是的。"白柳说，"但你们正常地游戏攒积分应该也可以慢慢实现这个愿望，没有联赛这么冒险，但联赛获得积分的速度会更快，你们可以考虑清楚了明天再答复我。"

向春华却有些局促地和刘福对视了一眼，她双手紧紧攥着自己身上的围裙，她背后的电视上还在播报李狗被判死刑的新闻。

这新闻是重播，声音开得很大，满屋子都是播报着"高三少女碎尸案犯罪嫌疑人被判死刑"的男主持人毫无起伏的声音。

向春华眼神恳切地看向白柳："我们去参加这个什么比赛，是可以帮你的对吧？"——这是他们问的第二个问题。

白柳静了片刻："是的，但是这个比赛死亡率很高，你们或许可以多考虑一下……"

"我们去。"向春华笑起来，她眼里还有泪，被她用手背擦去，"不用再想了，我们相信你，白柳，而且在哪儿攒积分不是攒啊？不就是打比赛吗？我当初还是我们学校女子排球队的，是吧刘福？"

刘福也很憨厚地笑："竞技比赛嘛，年轻的时候我们也玩过，打篮球之类的，不输你们年轻人。"

白柳沉默一会儿。

"在两个月后的最终报名之前，你们可以随时和我说，可以退出，在这两个月内我会试着找别人，你们只是备用选项，不用强求自己。"

虽然这么说，但其实白柳没有太多选择，因为只剩两个月了，有参赛意向和资格的老玩家能报名的基本都报名了，没有报名意向的也不会随便跟着白柳一个纯新人参赛，又不是嫌自己命长。

向春华和刘福清楚这个比赛的危险性，但他们想要报答白柳，这个看起来似乎有点凉薄的年轻人虽然说抽取了他们的灵魂，看起来像个坏人，但其实从头到尾做的事情都是在帮他们。

一个比赛而已，就算是真为这年轻人死了也没什么，他们活得够长了。

比果果长很多了。

相比起刘福和向春华这两个有一定生死阅历的中年人的淡定表现，牧四诚就没有这么淡定了。

在听到白柳让他带新人之后，他彻底炸毛了。

牧四诚那边静了两秒，不可置信地拔高了音量："你让我帮你带新人？靠，你不是吧？！你要带着这么一个全新的队伍参赛？！你疯了吧？！这就是你找出来的解决方案？！"

"我开始后悔昨天在心神紊乱之下被你忽悠上贼船了。"牧四诚真的崩溃，"而且我他妈从来不带新人的！"

"那你要退出吗？"白柳声音很轻地询问，"我是允许你退出的，但你退出后就要一个人在这个虚拟世界里单独竞赛了。"

"或者还是和我一起去打一个可以赢得真实未来的联赛？"白柳循循诱导。

牧四诚那边就像是被什么东西勒住了嗓子般，声音戛然而止，过了很久才传过来他的声音，嘶哑又无奈。

"妈的，这还用选吗？当然是和你一起。"

白柳把自己的备用钥匙插入门孔，他没有转动，而是平静地问电话那头的牧四诚："那你帮我带新人吗？"

牧四诚那边没有回答，只能听到有些不平稳的呼吸声，白柳也不急，等着，也不挂电话。

"你真的太会玩话术了！"牧四诚颇有几分憋屈地开了口，白柳听他语气都能想象他在电话那头抓头发烦躁的样子。

最终牧四诚郁闷地叹气："我试试，先说好啊，我没带过，也不是公会那些带新人的老手，你把人给我，我不保证把人给你活着带出来。"

白柳微笑："在事情还没发生之前，我一向喜欢先假设你可以做到。"

"白柳，你真的很会哄骗人入伙。"牧四诚无语，"你这家伙之前真的干过传销吧？"

"我不做非法的事情。"白柳转动钥匙打开了门，面不改色地说，"我什么时候干过哄骗人入伙的事情？"

正在房间里等着白柳的木柯惊喜地回过头来，白柳之前给了他自己房间的备用钥匙，让木柯在屋里等他回来。

"我们什么时候开始打游戏？"木柯深吸一口气握紧自己的拳头说道，"我已经做好入伙的准备了。"

电话那头的牧四诚迅速吐槽："这是木柯吧？你还说你没有干过哄骗人入伙的事情，那木柯是怎么上的你的贼——"

白柳干脆利落地挂了电话："游戏里见，牧四诚。"

系统：欢迎玩家白柳进入游戏，请注意保障自身安全。

白柳缓缓睁开了眼睛，他还是那副西装裤白衬衫的装扮，木柯和他是一起登入的游戏，但所有玩家的登入点都是随机的，白柳环视一周并没有在自己周围的玩家里发现木柯，正当他准备去找木柯的时候，他还没来得及点开自己系统面板，他的系统面板就自动弹出了鲜艳的红色警告窗口。

系统警告：玩家白柳收到了一条追杀令。
系统提示：友情提示您更换面貌，避免被杀手发现尾随。

白柳挑眉："追杀令？随机更换面貌吧。"

系统：进入脸部随机调整程序——身高改变（174 → 161），发色改变（黑短→棕卷长），唇色改变（肉色→樱桃红），瞳距加宽，眼宽放大……

白柳身上的衣服也随着他外貌的改变而缩小贴身，白柳张开手看了看自己一身清纯无害女高中生的样子，略有点无语："……"

对这个系统随机生成的面貌的审美水平，白柳真是不敢苟同。

不过这副样子，他被认出来的概率的确大幅度降低了，但牧四诚依旧很快就能找到他。这货找人是靠鼻子，用他的话来说就是白柳一身的铜臭味，几百米开外就能闻到，不过也的确如此，白柳登入没多久牧四诚就找过来了。

牧四诚本来神色凝重，结果一看到白柳长波浪卷发，矮了十公分还一副平胸女高中生的样子，忍不住凝滞了一下："你……还有这种嗜好？"

白柳懒得和他贫，他向下扯了扯自己的裙子遮住被牧四诚以诡异视线扫视的地方，直接道："再看弄死你。我收到了一个追杀令，这是什么东西？"

"对，我就是要和你说这个。"牧四诚的神色瞬间恢复严肃，"有公会直接给你下了追杀令。"

追杀令和之前白柳看到的那种广告烟花一样，是可以向全体玩家发送的一种通告，需要积分才可以发送，有点像是白柳几年前玩的大型网游的那种放烟花，一放全游戏的大喇叭里都会喊，所有玩家都能看到。

正当白柳询问这件事的时候，他头顶又炸开了一朵虚拟烟花，烟花的尾须缓缓落下，落到白柳的身上，他面板就自动弹出了一个通知。

系统广而告之：食腐僵尸公会向玩家白柳发出追杀令。

追杀令内容：食腐僵尸公会向广大玩家承诺，三天之内将会杀死白柳，取走他身上的"塞壬的鱼骨"和"鬼镜"两大神级 NPC 道具为赛季做准备！欢迎各位玩家前来观摩！请大家在联赛中多多支持食腐僵尸公会哦～比心。

"食腐僵尸公会？"白柳摸了摸下巴，"这是个小公会吗？我没听过。"

"不是小公会。"牧四诚有点无语，"白柳，拜托你的注意力也稍微从积分上挪开一下，你都要参加联赛了，了解一下热门参赛战队和公会吧。"

白柳："我没有在联赛的公会应援宣传界面的前十里看到这个僵尸公会，前十都进不了，难道这还不算小公会吗？"

白柳说话的语气和表情都平淡，他是真的在认真询问，没有

嘲笑的意思，牧四诚却感觉白柳对这个僵尸公会释放了一波嘲讽，这让他忍不住笑了一下。

但很快牧四诚就收敛了笑意，正经了起来："食腐僵尸不是小公会。"

说着，牧四诚点开系统面板，把联赛的应援宣传界面调了出来，他手指在上面一路下滑，最终停在了一个界面上，指给白柳。

"他们的公会虽然不是很有名气，"牧四诚点点界面上的两个玩家，展示给白柳看，"但是里面有两个很有名的双人组合明星玩家，也是他们公会的创立人。"

"而且这两个玩家，都是面板属性差一步就到 S 级别的 top 玩家。"牧四诚抬头直视白柳，"比张傀那种公会玩家高了不知道多少个层次的那种 top 玩家，职业水准，杀人如麻。"

玩家：苗飞齿

目前应援综合数据：41 万，在所有参赛玩家中位于第六十七，解锁免死金牌。

总积分排行榜：134

所属公会：食腐僵尸

玩家：苗高僵

目前应援综合数据：23 万，在所有参赛玩家中位于第一百零七，解锁免死金牌。

总积分排行榜：179

所属公会：食腐僵尸

这两幅单人海报旁边还有一个三角形的视频按钮，旁边写着"高人气应援视频"——《混剪：年度最佳双人配合 cut ～食腐僵尸的高光时刻——抽筋扒皮无恶不作的血腥父子组合～》。

视频可以免费看，白柳毫不犹豫地点了进去。

三分钟之后，白柳看完了，视频的最后一段画面里，一个嘴巴上戴着枷锁的男的单手解开枷锁，兴奋地咬在一个人的背上，这人很明显是敌对玩家，被咬得张大嘴，大声惨叫，而攻击他的玩家牙齿陷进皮肉，血糊得他一脸都是。

在这津津有味吃人的玩家旁边站着一个清朝僵尸模样的中年人，前来打扰的怪物被他一巴掌挥开，好像一点伤害都没有办法对他造成。僵尸皮肤青紫、身材高大，看着稳重又成熟，就是那张阴气森森的僵尸脸看着有些诡异。

"吃人的那个疯子是苗飞齿，是输出，扛怪的那个僵尸是苗高僵，僵尸形态时的防御力高到离谱，他们是一对很典型的输出和盾牌类型的双人组合，因为是父子，默契也不错。"牧四诚解释道，"并且这两人面板属性非常地高，都超了八千，是 S- 级别玩家，平 A 杀你也就是零点几秒的事情。"

见白柳倒退了几秒又重新看了一遍苗飞齿吃人的那个视频，若有所思地撑着下巴反问："所以这个叫苗飞齿的人攻击方式是咬人吗？"

"不是，他的攻击方式是双刀，他之所以吃人是因为……"牧四诚顿了顿，语气复杂，"苗飞齿有异食癖，他喜欢吃尸体，而且是新鲜稚嫩的尸体，据说在现实生活里因为这个犯罪未遂入狱过，但因为是未遂，所以人已经出来了。"

白柳抬眸看向牧四诚："你可以把话说得简单一点，他喜欢吃小孩，并且绑架小孩失败过？"

牧四诚沉默一会儿，道："是的。"

但这样骇人听闻的事件也没有吸引白柳过多注意力，他摸了摸下巴若有所思，十分真诚地看向牧四诚："但我这么低调，他们为什么会盯上我？"

"……"这人在游戏里搅风搅雨，居然有脸说自己低调，牧四诚面无表情地吐槽，"可能因为你看起来比较好吃。"

穿着短裙的白柳一脸恍然："原来是因为这样吗？我就说。"

牧四诚："……"

不要给我真的信啊！！

食腐僵尸公会对白柳连放三天的追杀令，这在玩家里激起了剧烈的讨论，论坛上都已经翻天了。

理性讨论，要是食腐僵尸拿到白柳身上的武器，今年有没有可能打入前二十？

我有点心痒痒想在食腐僵尸身上下注。

1l：醒醒楼主，一个新人武器就让你头脑不清醒了，这可是联赛！全是大神好吗！拿的都是公会搜刮一年以来最顶级的武器道具了！白柳那个武器在里面真的不够看。

2l：食腐僵尸很明显在搞营销啊，白柳那个鞭子目前看来也就判定比较强，打小怪连输出都打不出来，和 top 级别的武器怎么比？我觉得苗飞齿自己的双刀都比那个鞭子好用，至少输出强。

3l：楼主听我的，食腐僵尸双人赛前二十可以，团赛前二十不可。

楼主：但白柳手里的两个神级 NPC 的武器都数据不明吧？说不定是个 bug 级别的武器，食腐僵尸要是拿到了说不定可以出奇制胜啊！

5l：完了完了，又来一个被应援季各大公会的营销忽悠瘸了的楼主，你没看到国王公会都把碎镜片卖给食腐僵尸了吗？要真的那么好用，国王公会为什么不自己上凑齐鬼镜这个道具，而要把碎镜片卖了？

国王公会内部是养了道具鉴定和修理大师玩家的，可以鉴定破碎道具的价值，很明显就是这个道具鉴定出来没什么价值，所以国王公会才会卖！

6l：食腐僵尸很明显就是在蹭热度啊，白柳之前不是一波冲上了新星榜第二吗，好多人吹黑桃第二，不过我觉得这吹得还是有点过，毕竟他面板太低了，食腐公会出来两个 A 级别的公会玩家来围堵追杀他，他就很容易凉。

71：不过白柳现在不是和牧神绑了吗？有牧神在食腐公会想要杀死白柳不容易吧，毕竟牧神移动速度也很 bug。

81：和牧神绑的话，看谁追杀吧，食腐僵尸如果出战队主力来追杀，那这两人还是得凉，苗高僵和苗飞齿都是属性 S- 级别的玩家，这两个人当中苗飞齿的攻击技能是 S- 级别的，苗高僵的抗攻击能力是 S- 级别的，并且因为苗飞齿获胜必吃对手的庆祝模式搞得观看他小电视的观众每次肾上腺素都激升，充电很疯，So，我觉得白柳和牧四诚各方面都打不过，主要是白柳太拉胯了，牧四诚的速度技能还可以克一克苗飞齿，但加上苗高僵他们很难取得进展。

91：白柳又不是主攻玩家，他是智力型玩家啊，他连傀儡师都赢了好吗，不要随便唱衰。

101：楼上是新人吗？发言略有点让人无语，首先傀儡师面板只有 A，并且从来没有参加过联赛，和苗飞齿苗高僵这种打过联赛出来的有天壤之别，并且这人的智力发挥很有限，之前他的粉跳得凶说他要在联赛里大振神威，国王公会又营销他和小女巫营销得很厉害，我还不敢发言，但是现在他死了我可以直说，这人和白柳那场游戏根本不像是一个智力 93 点的玩家能打出来的水平，打法太低端了。

以及你们说白柳是智力型玩家，食腐僵尸又不光有输出型玩家，也有智力型玩家，苗高僵就是智力型玩家——【链接：联赛中十大智力反杀的精彩高能瞬间】，这个播放量过两百万的视频里就有他的一个 part——苗高僵在双人赛中靠计策曾经反杀过国王公会的双人组合。

顺便一提，苗高僵的智力值和你们吹得上天的白柳的是一样的，都是 89 点，苗高僵对战玩家经验还更丰富。

无论怎么说，苗飞齿苗高僵、白柳牧四诚，真不是一个量级的，

这两人也不太可能出来追杀白柳一个新人，我最近关注了他们的公会，苗飞齿和苗高僵都在大型副本中训练，基本都是三级副本。

这次拿白柳下手的消息估计就是一个宣传策略，营销手段罢了，没有什么值得关注的，大家可以散了，以及楼主喜欢我们食腐僵尸公会可以大胆下注嘛，今年我看了几场苗飞齿和苗高僵的练习赛，我觉得状态真的挺好的。

…………

361：我来打脸楼上了，食腐僵尸公会刚刚发了公告，他们追杀白6的不是公会普通玩家，就是他们的王牌双人组，食腐僵尸组合——苗飞齿和苗高僵，苗飞齿放话说要赢了之后拿白柳来做吃播，我等着追他小电视了。

371：？？！！沃日，认真的？！食腐僵尸亲自下场追杀？！他们不是在打训练本吗？怎么来打普通玩家的本了？！

论坛瞬间爆炸。

国王公会内部。

一个举着系统面板、神色严肃的人行色匆匆地从熙熙攘攘的人群内部来到了一个办公室，办公室上面挂着一个艳红的红桃，红桃就像一个正在滴血的心脏一样往下流动，把下面一个红色骷髅的毒药符号染红。

这个符号让前来敲门的人不禁吞了口口水，但最终他还是敲了下去。

"Queen，王舜综合了红桃皇后每一期小电视的充电数据分析报告结果出来了，您是现在看吗？"

"进来吧。"

这人战战兢兢地进去了。

一个手上拿着烟斗，穿着单边开衩刺绣黑红旗袍，下穿黑丝和长高跟的女人慵懒地靠在黑色的长椅上，她一只脚跷起搭在另一只脚上，头发在背后绾成了一个松散的发髻，用一根长木簪子固定，耳边是长长的黑色流苏耳环，流苏一直落到她裸露的白皙肩头上，手腕上搭了一件披肩，披肩已经从背上滑落了。

她眼形略圆润，眼尾上翘，眸色蒙眬，艳红饱满的唇部轻轻含住了烟斗的末端吸一口，又缓缓吐出，白雾缭绕间整个人有种似有若无的色香欲气，但眼尾微微垂着带着一点倦意，又让她显得冷漠又高高在上，不可亵渎。

办公室里不止她一个人，而是满满当当地挤满了人，充斥着嘈杂的争论声。

"皇后这一个月的玩家充电支持率有明显的下降趋势了……"

"要想办法了……我觉得是团队作战掩盖了皇后的个人魅力，导致充电积分分散到团队的每个人身上……"

"我和你们说过了，要造明星玩家明星玩家！你们看看第一那个'黑桃'！就是靠浓烈的个人风格吸引了大批观众……"

"我反对，团队作战是联赛重头戏！还有两个月就开始打联赛了，不能本末倒置，皇后必须开始和队员练习配合！现在就算是'黑桃'也在练团队了！"

"……备用队员死了一个张傀，我们少了一种团队打法，新的练习方式还需要磨合……"

"……我们团队里需要磨合的还有一个重要的新队员，就是新星积分榜第一位的'禁忌女巫'，她的个人技能可以输出和恢复生命值，在游戏中很少见也很珍贵，但她还没有和我们其他队员打过配合，因为她好像还差十三次才能报名，正在刷副本次数……"

红桃皇后揉揉眉心坐了起来，懒懒地挥了挥手，她的声音因为吸烟有种烟嗓的低沉嘶哑的质感："好了，所有的运营经理先停，先听汇报。"

顿时，一切的声音戛然而止，他们毕恭毕敬地弯腰后退："好的，Queen。"

进来汇报的人小心翼翼地看了一眼这些传闻中帮助红桃皇后运营的背后团队，吞了口唾沫，开始小声汇报。

"本月，'红桃皇后'的积分充电总数相比上一个月下降 19 个百分点，高峰期观众人数下降 21 个百分点……综合小电视数据下降 13.67 个百分点……

"和总积分排名第三位的玩家'逆十字教徒'在积分榜上的差距进一步缩小，按照目前的趋势，对方很有可能……在下半年超越我们……但我们依旧稳固了'高颜值玩家排行榜第一位'——"

红桃皇后垂眸听了一会儿，抬手打断了对方的汇报："直接说我的充电观众流失方向。"

"哦哦，好的。"汇报的人点击了一下自己的系统面板，翻页之后继续汇报，"观众流失方向，王舜做了综合小电视数据分析，一个是高位观众流失，也就是流失给了和红桃皇后您有直接竞争关系的高位玩家，主要流失给了'逆十字教徒'，但占比其实不多，不到三分之一。"

"剩下三分之二的观众流失……"汇报的人苦笑了一下，"都是给了低位玩家，这一批的新人太能打了，个人特色鲜明，观赏性大幅度提升。"

"无论是新星积分榜排名第一的治疗和暴力输出兼备类的玩家'小女巫'，还是刚刚蹿上第二位的控制类玩家'白柳'，排名第三位的幸运值 100 的'鹦鹉'，第四位的曾经从黑桃手里偷到东西全身而退的'猴子盗贼'……他们在小电视上的竞争力都远超新人该有的平均水准。"汇报人叹息一声。

"女巫是我们的人，流失给她无所谓。"红桃懒懒地躺了回去，吸了一口烟，"白柳？这是不是就是系统给了个黑桃第二称呼的那个新人？"

汇报的人迟疑地顿了顿，他抬头看了一眼红桃的神色，斟酌着说："对，这新人杀死了张傀，个人技能好像也是控制系，但我们最近都在准备联赛的事情，没有追究他杀死张傀的事情，因为这件事我们发现张傀的确也不堪大用……"

"到手的碎镜片经过鉴定部门鉴定，确定这个碎镜片最后形成的道具很有可能用处不大之后也被出手了。按照实力来讲我觉得这个白柳远远不如当初的黑桃先生，但我觉得系统给他黑桃第二的还有一个原因是——"

"武器对吧？"红桃淡淡地说，"这人的武器的确和黑桃的一样，都是骨鞭，黑桃的武器是纯黑的蜥蜴骨鞭，他的是白色的塞壬鱼骨鞭。"

"倒是有点像是情侣鞭子。"

红桃这语调慵懒的话一落，整个会议室所有人都屏住了呼吸，大气都不敢出地偷瞄那个坐在椅子上的皇后。

众所周知，红桃皇后喜欢 King 黑桃。

喜欢到什么程度呢？就连国王公会一开始也是红桃皇后为了黑桃筹办的，所以取名为"国王皇冠"。

皇后想用这个庞大富裕的公会为黑桃这个King 的胜利加冕，唯一的条件就是让她追随他，但被黑桃拒绝了。

而黑桃拒绝的方式也很直接，他差点在比赛中杀死红桃。

但黑桃差点杀了这么多次皇后，每次联赛玩家集合的时候，皇后主动上前去打招呼，黑桃还是会一脸漠然地问：你谁？

……简直就像是从来没有记住过皇后这个想拿整个公会"陪嫁"给他的、游戏里颜值区排名第一的顶级大美女，真是令游戏里的每个喜欢红桃皇后的男玩家闻者伤心的一段单恋。

但他们也不敢逼逼黑桃什么，毕竟黑桃这种男人，看着也不像是会谈恋爱的。然后更残忍的是，黑桃还会在今后的比赛里继续对皇后毫不犹豫地痛下杀手。

红桃皇后的眸光渐沉，好像是终于起了点兴趣，托腮懒懒地勾唇笑："那个鞭子的确有点意思，还附了一层神级 NPC 的属性，数据是不明。"

汇报人一怔："食腐僵尸下了追杀令要去抢这个鞭子，皇后你要是感兴趣的话，需要——"

"不用，我不感兴趣。"红桃的表情又变得有点疲倦和懒散，

"一个新人而已，今年还舞不到我面前来，而且我连黑桃的鞭子都领教过了，别人的鞭子能比上他的？"

她漫不经心地靠在沙发椅上，脚尖跷起一晃一晃，视线不知道落到了什么地方，好似在回忆一般有点散，她轻声细语："黑桃才是最好的。"

"无论是鞭子还是人。"

游戏登入口。

牧四诚和白柳站在一起，白柳正在四处张望，他在找木柯，他让木柯在登入口等他，牧四诚的外貌也是做了伪装的，而且明显比白柳高级，他用道具伪装成了一个胡子大汉，单独走的时候没有被什么人跟着。

但牧四诚发现有人跟着白柳，他迫不得已过来提醒了一句，很快他就察觉了不对劲的地方。

牧四诚怀疑地看向白柳："你用的是什么等级的外貌调节？"

白柳眨眨眼："免费的。"

牧四诚："……"

牧四诚整个人裂开来，他疯狂吐槽："白柳你可以再抠一点！你他妈可是在被追杀啊！"

"没必要花钱在这个上面。"白柳目不转睛地在游戏墙面上看，"我进入游戏之后还有个人数不满的间隙期，但这个时候我的小电视已经响了提示我进入游戏了，他们一个眼线众多的公会，要在游戏墙的一百个游戏里找到我很容易。"

这倒是，牧四诚眉毛开始打结。

"而且他们想抓我，我说不定也想抓他们呢？"白柳忽然笑眼弯弯地看向牧四诚，白柳这副女装的样子笑起来这么清秀，把牧四诚笑得愣了一下。

但牧四诚很快回神："你抓他们？！你抓他们干什么？"

白柳眼睛微微眯起："他们想要我身上的鱼骨和碎镜片，我也想要他们身上的东西。"

牧四诚皱眉："你想要他们身上什么东西？"

白柳抬眸仰视牧四诚："碎镜片和他们的公会。"

"我发现其他参赛的玩家都有公会，但我们还没有。"白柳表情和语气都是很平静的，他一副"面馆老板给我加个蛋"的语气，"我也想搞一个，大的公会我找不到好的办法，但是这个什么食草公会，倒是可以试试。"

牧四诚一脸木然："……"

他一时之间不知道自己该从什么地方开始吐槽。

"是食腐公会不是食草公会。"牧四诚扶额，他看着一脸淡定的白柳头痛无比，"白柳，我喊你爹行吗？你不要用那种随便路边买东西的语气说你要整一个公会成吗？我还要和你说多少遍这个食草，呸，不是，食腐公会不是一个小公会。"

牧四诚长叹一口气："虽然我们参赛，背后有一个公会来运行各方面都会好得多，但我们现在建立公会已经来不及了，我们没有那么多资源积分和玩家，而且食腐公会真的不是你可以随便搞来的公会，他们的老大是一对联赛当中可以反杀国王公会战队的父子，你也看了视频，不是我们轻易惹得起的人物。"

"我以为你已经做好了散兵参赛的准备了。"牧四诚一个头两个大，"没想到你会在抢公会上面动心思，放弃吧白柳，这根本不可能。"

"我没说要抢过来。"白柳淡淡地扫了牧四诚一眼，"我只是想控制他们的老大，调用他们公会的资源。"

牧四诚思考了一下，很快反驳了白柳："行不通的，苗飞齿和苗高僵已经参赛了，就算你控制了，他们也不可能退赛再参加我们的队伍，已经参赛有了确定队伍的玩家不可以更换队伍，这是规则。"

"在这个前提下，除非他们弃赛，不然他们会想方设法把公会的资源用在自己身上，因为公会的支持在游戏联赛中有时甚至可以

救命，以你这种交易模式的控制程度，就算你控制了他们，我觉得你还是不能越过这一对要参加联赛的父子，调用他们的公会资源。"

白柳不再和牧四诚多费口舌，他继续看着游戏墙，但牧四诚却挺不依不饶的。

"还有他们身上的碎镜片？"牧四诚皱眉，"这都什么和什么啊？"

白柳这下倒是不疾不徐地继续解释了："在这个游戏里，我可以把碎镜片放在其他人身上，也可以购买仿制的碎镜片假装是真的碎镜片，混淆道具的方法太多了，他们来追杀我一部分是为了搞噱头用来做宣传，还有一部分是为了碎镜片和我身上的道具。

"但为了确保我身上的道具是真的，他们拿到我身上的碎镜片也是需要验货的。"

白柳看向牧四诚："牧四诚，以你一个专业盗贼的思路，你觉得最好的、绝对不会出错的验货方式是什么？"

"……拼起来。"牧四诚思索片刻，"如果是我的话，我会在得到你身上的碎镜片之后拼起来，如果能拼起来形成道具就是真的，如果不能就是假的。"

"所以你因为这个猜测他们身上携带了碎镜片？"牧四诚斜眼看矮了他一个头的白柳，"他们也可以在得到你身上的碎镜片之后拿回去拼。"

"没错，他们当然也可以带着我身上的碎镜片回去拼，不过我觉得可能性不大。"白柳说着，他目光在游戏墙上继续搜寻着。

牧四诚问："为什么可能性不大？"

"因为当面杀死我验货，直播效果最好。"白柳淡淡地说，"他们不是要拿我宣传应援吗？杀人越货一起干的宣传效果最好吧。"

牧四诚一静。

从直播效果这个角度来看，的确是这样的，当面杀死白柳之后拼起鬼镜那种获得奖励的感官冲击更强，观众更买账，这和苗飞齿当面吃掉自己的对手是一样的宣传思路。

如果是为了应援宣传，这的确是食腐僵尸会选择的方案。

之前也有公会喜欢杀很有潜力的新人来给联赛开赛前壮势，用文雅一点的说法叫"黑马祭旗，公会无敌"，年年都有这种事情发生，而且长期发生在没有公会势力但又很有噱头的新人身上，今年应援季牧四诚还以为被祭旗的会是自己，所以才疯狂搜集"人鱼的护身符"这一类的逃生道具。

没想到中途杀出个比他还高调还嚣张的白柳，直接干掉了排名前列的张傀，噱头远超牧四诚，夺走了牧四诚被祭旗的资格。

牧四诚想到了自己看过的那个食腐僵尸的公会公告。

嘴上戴着枷锁的苗飞齿拍了一段小视频放在公会公告界面上，眉飞色舞地说要杀死白柳做吃播。

"就是我不太喜欢吃上了年纪的人，小点好吃点。"苗飞齿开玩笑般说道，"常规操作，祭旗嘛，吃多少就看你们充电力度了啊，为了你们我可以多吃几口，目前应援数据是不加内脏三斤起算，不过吃不完也没什么。"

苗飞齿舔舔嘴唇，嗤笑："他的肉丢了也不可惜，拿出来卖也不值几个钱。"

白柳奇怪地看向牧四诚，这人刚刚不知道想到了什么，表情突然变得好狰狞，就像是要吃人一样："你怎么了？"

"没怎么，我想到了一点让我不太愉快的事情，"牧四诚磨牙，但很快他就控制住了自己扭曲的面部表情，看向白柳，"这次我跟着你吧，我们两个在一起至少比你一个人好吧？"

之前牧四诚已经缠过白柳一会儿想和他一起进游戏了，但白柳无论如何都不松口，要求他去带新人。

牧四诚有点烦躁："你要是出事了我带这两个新人出来了也没用啊操。"

"在事情发生之前，你可以先假设我不会出事。"白柳拍了拍牧四诚的肩膀，又露出了那种营业假笑来安抚牧四诚。

牧四诚突然把头转了回去，他的目光越过白柳的肩膀看向后

面，皱眉和白柳耳语一句："他们来了。"

白柳跟随着牧四诚的视线看过去，发现一高一矮两个玩家走了过来，领头那个玩家的步伐十分嚣张跋扈，登入口周围的普通玩家迅速和这个人拉开距离，形成了一个真空圈。

玩家后退不是因为这两人是食腐僵尸组合，在大厅内任何玩家都是无法伤害对方的，而是因为一声系统提示：

系统对登入口的玩家温馨提示：红名玩家"苗飞齿"出没，该玩家昨日于一个五十人的多人副本中杀死十二位玩家，请各位登入口的普通玩家注意与他保持距离，不要轻易和他进入同一个游戏，保障自己的人身安全。

苗飞齿听到了这个提示有点邪性地笑了一下，他似乎早就习以为常，那笑容里还带有一种掌控别人生命的得意和让别人畏惧的傲慢。

苗飞齿长相俊美，肩高腿长，是个看着还有点奶油气的年轻人，因为长相相当不错，埋头吃人肉的那种迷蒙血腥感会让人联想起吸血鬼一类神秘优雅的生物，带来的巨大画面冲击力让很多好这一口的观众疯狂，充电积分一直居高不下，应援很能打，是一直稳坐小电视颜值区排名前二十的玩家。

白柳简单一扫，客观评价了一下苗飞齿的长相：骨相五官比例比木柯差远了，白柳觉得苗飞齿拗造型过头了，有种故意卖弄自己的油腻感，很浮躁。

跟在苗飞齿后面的是个沉默寡言的中年人，身材健壮高大，面容黝黑，脖子上挂着一串佛珠，嘴里长了两颗獠牙，像象牙一样弯出了嘴外，眼中精光外露，步履沉稳，看上去气质非常稳重，比起张扬太过的苗飞齿，这个中年人看上去更有那种不太好对付的感觉。

看来这人就是苗飞齿那个和他一起打配合的爹，苗高僵。

苗飞齿大摇大摆地走到了登入口的游戏墙前，后面还跟了几个人到处在找人，很明显是食腐僵尸公会玩家在帮着找白柳，这群食腐僵尸公会的玩家看上去对苗飞齿也颇有畏惧——这是一种无法控制的，来自于食物链低级生物对高级生物的生理性恐惧。

没有人会喜欢苗飞齿打量人的眼神的，就算是对自己的下属，他也是用看食物的眼神眯着眼睛打量，似乎是在看哪块人肉好吃。

用白柳的描述就是：一群食草动物瑟瑟发抖地跟在一个食肉动物后面的感觉。

这群食草动物绞尽脑汁地讨好着苗飞齿。

"苗哥，您是来找白柳打着玩当放松吗？您真没必要出马，我们就可以搞定了。"

"还不是那些论坛的玩家乱发言，惹到我们苗哥了，不是有人说白柳和牧四诚打配合绝对是明年双人赛的看点之一吗？我觉得就算这个副本是白柳和牧四诚一起进，我们苗哥和苗爹绝对也轻轻松松虐他们！"

"欸。"苗飞齿被吹得眼睛都眯起来了，他假模假样地制止了一下背后几乎要把他吹上天的几个跟班，"你们话也说得太满了，但我还是希望他不要和牧四诚一起，毕竟两个成年人，一顿我可吃不下。"

"操。"听到这话，藏在人群里的牧四诚低骂一声就想撸袖子上前，白柳眼疾手快地拉住了他的手腕，给牧四诚使了一个眼神，让他快走。

"操。"牧四诚忍不住小声逼逼，"苗飞齿真是我见过的联赛玩家里最小心眼的了，不就是有人在论坛夸我俩配合得好明年打他们不成问题吗？我估计就是因为这个，苗飞齿才拿你开刀的，他就是见不得比他玩得好的新人组合。"

不过这些食草动物跟班说话虽然很难听，但基本也是很多论坛上的玩家的主要看法了。

除了白柳的粉和牧四诚的粉对他们还比较有信心之外，其余

路人玩家的看法都相当不乐观，觉得牧四诚和白柳对上苗飞齿和苗高僵多半会凉。

《爆裂末班车》只有张傀一个人算是比较有水准的玩家，而苗飞齿和苗高僵是职业玩家，和张傀可以说不是一个量级的，很多阴阳怪气的玩家已经在给白柳和牧四诚开帖刷 R.I.P 了，说很遗憾这对新人没有办法参加明年的联赛，投胎重来吧。

其实这也不奇怪，白柳之前得罪了不少人，应援季的公会玩家和粉丝都是很疯的，他杀了一个据说为国王公会预备役战队选手的张傀，又顶了一个系统点评黑桃第二的名头，风头正盛的同时，可以说是把战斗力最强的第一和第二公会的粉丝都得罪完了。

食腐公会这波拿杀白柳做宣传，对于这些玩家来说，不说是大快人心，那也是值得点赞的。

白柳压低声音："快去带新人，别在这儿看热闹了。"

牧四诚怨恨地瞪他一眼："所以你是铁了心不让我跟对吧？"

"对。"白柳很爽快地承认了，"你好好带新人，带向春华他们刷一级游戏的多人副本。"

牧四诚还想挣扎："我可以带他们和你一起刷副本啊！这也是带新人不是吗！"

"这面墙上唯一的新游戏是个二级副本，因为有苗飞齿这个老玩家盯着，我不可能去旧游戏，只能去这个新游戏的副本。"白柳语气很冷静，"我不觉得你和我有带三个新人过二级副本的能力，这次我带木柯过这个本都很危险，但好歹他算是自己过了两个本了，对我服从性也很高，还可以勉强尝试一下，你还想带向春华和刘福来凑热闹？你们是活腻了组团来给我殉葬吗？"

牧四诚又暴躁又焦虑，感觉跟猴似的下一秒就要被白柳气得跳起来了："但至少有我在还可以克一下苗飞齿那傻逼，我的个人技能可以克他！我还找够了五根黑手指，装备之后至少和苗飞齿有一战之力，你一个人和两个 S- 级别玩家玩个什么几把蛋啊！"

"那刘福和向春华，还有木柯呢？"白柳直视牧四诚，"如果你强行带新人来这个副本帮我，这三个人的死活你顾得上吗？如果你不带向春华和刘福，让他们自己练习，那你怎么和他们练配合？”

牧四诚阴狠狠地抿着嘴，没说话，但很明显是默认了——他就是不怎么想顾这三个人的死活，也不怎么想和其他人配合。

“你对你联赛未来队友这个态度我可要有意见了，牧四诚，你未来不仅要和我一个人配合，还要和其他人也可以随时达成配合，我不仅是在练习向春华和刘福，也是在练习你。”白柳轻描淡写的，他也没有说教也没有严厉反驳，而是抬眸看着牧四诚，“我不会死的，上次我一个人对上鬼镜都没有死，这次也不会轻易死的，你对我应该有这个程度的基本信任。”

“我会出来的，我们还会一起参加联赛。”白柳语调平静，“我说到做到，我还没有骗过你吧，牧四诚？”

牧四诚磨磨牙，最终嗓子有点发哑，有点不甘地应了一声好，他的确犟不过白柳。

白柳让牧四诚离开了。

白柳仗着自己个子矮，在人群中飞快地搜寻着，最终在登入口的一个角落里找到了木柯，木柯一看白柳愣了一下，但想到这个游戏可以更换外貌，再加上对方出口的声音的确是白柳没错，木柯认错什么都不会认错白柳的声音。

因为是这个声音救了他。

白柳简单地交代了一下现在的情况，问：“我们进去之后还会面临追杀，确定和我一起？你还有最后一次反悔的机会，我刚刚看了一个长得不如你的人靠猎奇吃播混成了颜值区前排，你这个长相好好发展应该可以比他混得好。”

“……和你一起。”木柯很肯定地看着白柳。

“行，既然我们在被追杀，就不能进入老游戏，因为老游戏对方肯定玩过了，我们没有优势。”白柳语速很快，“其实最安全的是单人游戏，但单人游戏收益收效都太低，并且游戏墙上的单人游戏都已经满了，我们只能选一些新的多人游戏副本，但我

看了一圈，只发现了一个。”

“这个副本我们说不定见过。”白柳抬眸看向木柯，“它的名字叫《爱心福利院》。”

在进入游戏之前，牧四诚曾经问过白柳那个“平行时空”如果不存在，只有唯一且注定的结果形成的“现实世界”要怎么才能解释通。就像是福利院对于白柳，只要他不选福利院的游戏，就不会死在福利院里，在里面留下痕迹。

但现在，就好像有一只无形的手在操纵着这一切，追杀令、抢劫、高级联赛玩家的突袭等等事件联系成了一条线，让白柳不得不沿着他看到的、唯一却注定的轨道行走了下去。

就像是现在摆在他面前的唯一选择，只有那个和福利院有关的游戏。

陆驿站总喜欢说的一句话是冥冥之中自有天意，如果说这个游戏的“天”的意思就是让他参加这场游戏，那么他就无论如何都无法逃脱，或者说他也没有想过要逃脱。

白柳抬眸看向木柯：“我们分前后脚，分别进入游戏。”

游戏墙上，一个像一座死气沉沉的儿童福利院大门的游戏图标突然亮了一下。

游戏副本名称：*爱心福利院*

难度等级：二级（玩家死亡率大于百分之五十、小于百分之八十的游戏为二级游戏）

模式：多人模式（0/6）

综合说明：这是一款解密双线操作的恐怖游戏，在这款游戏里，玩家拥有两个身份线，而你的每个身份线就相当于你身体的一部分，保护孩子就是保护你自己，杀死孩子也是保护你自己，最终你会如何选择呢？是选择成为孩子，还是一直做一个肮脏的大人……

游戏《爱心福利院》已收集玩家两位，还需四位玩家即可开始。

系统提示：您收藏过小电视的玩家白柳登入游戏了哦～请前往围观～

这提示的声音让苗飞齿眼神一凛，意味不明地哼笑了一声："以为跑到游戏里我就找不到你了？你能进的游戏可就那么多。"

苗高僵言简意赅地分析了一句："白柳会选的应该是新游戏，老游戏他没有优势。"他目光在墙面上搜寻一圈之后，最终定格在了一个角落里乏人问津的游戏图标上。

这游戏图标是一座暗沉沉的儿童福利院大门，门口能隐隐约约看到几个孩子在蹦跳玩耍，这是一个苗高僵没见过的新游戏。

"《爱心福利院》？"苗飞齿看着图标上的小孩，舔舔开始发痒的齿根部，眼神变得贪婪又血腥，"这名字倒是挺合我胃口。"

"苗哥，我们确定墙面上除了这个《爱心福利院》游戏，其他游戏要么登满了，要么就是老游戏，只有这个只登入了两人。"

"两个人？"苗飞齿嗤笑一声，"看来牧四诚和他在一块。好了，这是个二级游戏，我不想带人，带你们我还要分心来照顾你们，就我和我爹两个人就行了，你们回去吧。"

说完，苗飞齿就拉着只简单说了几句话的苗高僵登入了游戏。

游戏《爱心福利院》已收集玩家 4 位，还需 2 位玩家即可开始。
系统提示：你收藏过小电视的玩家苗飞齿、苗高僵登入游戏了哦～请前往围观～

游戏登入口的玩家是眼睁睁地看着苗飞齿和苗高僵这对父子尾随白柳进游戏的。

他们看着那个《爱心福利院》的图标都有点后怕，这些普通玩家本来就没有几个人有胆子玩新游戏，再加上这里面还有一对

即将大开杀戒的联赛选手，这更是让他们敬而远之。

但也有从苗飞齿和苗高僵登入游戏之后，就一直盯着那个福利院图标没动的玩家。

刘怀死死地看着那个《爱心福利院》图标上的大门。

这个大门和刘佳仪所在的那个福利院的大门，是一模一样的！

刘怀也是从《爆裂末班车》里存活下来的人，他是知道镜城爆炸案的，不过之前没有往那方面想，但他之前被白柳言语上诱导了一下，现在又遇到了一个这种好像是从现实里找原型设计的游戏，而且是以他妹妹所在的福利院为原型设计的游戏……

刘佳仪对自己在福利院遭遇了什么，因为眼盲而一问三不知，但是她身上有一些很奇异的斑点瘀痕，就像是蘑菇的小点遍布在小女孩雪白瘦弱的躯体上，但问刘佳仪，她似乎也很茫然，不知道这些好像是咬痕的伤到底是怎么弄出来的。

现实世界里调查的结果就是食物中毒，但刘怀不太相信，可惜也没有其他线索。

但现实世界里没有线索，不知道这个以现实为原型的游戏里有没有。

刘怀咬咬牙，给自己装备好了技能，又看了一眼他从其他玩家那里借来的一部分积分，深吸一口气也进入了游戏。

游戏《爱心福利院》已收集玩家五位，还需一位玩家即可开始。

在刘怀进入游戏的下一秒，一个穿着病号服的小女孩突然出现在了登入口的一个小角落里。

她似乎是看不见，双目空洞地四处环顾，好像还没反应过来自己到了什么地方，她摸了摸自己的胳膊，有点疑惑地轻声唤了一声哥哥，然后就像被吸入了游戏一般，瞬间消失在了人来人往的游戏登入口。

游戏《爱心福利院》已集齐玩家，游戏正式开始。

在登入口系统提示这个六人游戏开始的声音落下的瞬间，多人游戏区内却只有五个小电视同时亮起。

收到系统提示飞速赶来的观众有人疑惑地开口："这不是个六人游戏吗？怎么我只看到了五个屏幕亮起,有高玩关小电视了？"

游戏中总积分榜排名前一百的玩家每月有一次关闭小电视直播的机会，这次的直播里总积分名次排名最高的就是苗飞齿，但也就是134，没有关直播的权限，但苗飞齿这种靠近一百的名次，如果愿意花大价钱向系统购买直播间关闭权限，也是可行的。

但苗飞齿这种就靠直播宣传的玩家，这次又是特意为了宣传搞了这么大噱头，是绝对不可能关直播的。

苗飞齿没有关直播，那是谁关了？

但是其他玩家都没有排名前一百的啊，差得还有点远，不具备关直播的资格啊……

很快，在亮起来的一个玩家小电视里观众找到了答案，有白柳的粉丝认出小电视里的人是上一轮跟着白柳一起通关的刘怀。

刘怀满脸苍白地看着突然出现在自己面前的刘佳仪，他几乎是浑身一软地跪了下来。

刘怀瘫软在地，看着茫然地坐在地上的刘佳仪，语气里全是遏制不住的恐惧："佳仪，你怎么会在这个游戏里？！"

刘佳仪似乎也很茫然，她有些害怕地抱住了自己的膝盖，身上还穿着病号服，她茫然地轻轻摇着头。

刘怀的反应吓到了她，她雾蒙蒙的眼睛里蒙上了一层眼泪，声音也开始带起了哭腔："我也不知道，我好像就是睡了一觉，睡前很想很想见到哥哥你，然后有个声音说要满足我的欲望，可以让我见到你。"

"我答应了。"刘佳仪的声音有些颤，"然后我就进来了。"

"哥哥，我做了错事是吗？我是不是答应了不该答应的事？"

CHAPTER 23

察觉到刘佳仪的不安，刘怀强行控制住了自己的语气，他抱住刘佳仪拍了拍，强自镇定："没有，佳佳没有做错事情，只是一场游戏罢了。"

"对，只是一场游戏。"刘怀闭了闭眼睛，好似在催眠自己，又像是在催眠刘佳仪，再睁眼的时候语气平和了不少，"哥哥带你玩游戏，佳佳。"

刘佳仪被刘怀抱着怀里，抓住刘怀的衣角小声地询问："什么游戏啊哥哥？"

刘怀张了张嘴，他想到了想要控制刘佳仪灵魂的白柳，想到了喜欢吃小孩肉的苗飞齿，最终刘怀抱紧刘佳仪无奈苦笑一声："一个除了哥哥和你，全都是大坏人的游戏，佳佳一定要紧紧跟着哥哥，不要到处乱跑好吗？"

"好。"刘佳仪乖乖地点头，"我不乱跑。"

多人游戏区面前的观众也小声议论着，他们也是第一次看到第一次进入游戏的玩家居然跳过了新人区单人游戏，直接被拖进多人游戏区里的情况。

不过这个游戏的运转核心是人的欲望，如果这个小姑娘的欲望是见到自己的哥哥，而且极其强烈，系统也的确有可能直接把这小姑娘拖进哥哥刘怀所在的游戏里。

这个小姑娘的小电视明显应该在"新人区"，但又在多人游戏里，按理来说也应该在多人区登录，小电视从来没有多区登录的先例，可能考虑到这个，系统才把这个小姑娘的小电视给直接关闭了。

但初来乍到就是一个二级游戏，这小姑娘就算是有刘怀护着，多半也是凶多吉少。

毕竟刘怀在二级游戏里也是自身难保，在二级游戏里还有余力的可能只有苗飞齿和苗高僵这对联赛选手，这对联赛选手已经对白柳的技能早有耳闻，并且多有提防，估计不是那么容易就会被白柳控制的。

所以很有可能这次游戏里没有任何其他实力强劲的玩家给白柳控制利用来挡刀，白柳发挥的空间非常小。

有对白柳抱有一定善意的观众叹道："只能希望牧四诚这次和他配合打得好了，这样说不定还可以有一线生机。"

也有专门赶过来落井下石的观众冷笑："就算牧四诚这个辅助逆天了，白柳这个主输出一样烂泥扶不上墙，食腐僵尸输出可是苗飞齿，S- 面板的玩家，你拿小学生和研究生比呢？"

但很快，有观众惊疑未定地浏览了所有小电视，疑惑地说："不对啊，这游戏五个开着的小电视里，没有牧四诚的啊！"

"白柳是一个人进的游戏？！"

确认了这次的游戏玩家中的确没有牧四诚之后，无论是赶过来担心白柳的粉丝还是看热闹的吃瓜路人，或者是白柳的黑，都呆滞了。

隔了几秒钟，这群立场不同的围观群众不约而同说出了一种植物："草！！！！"

白柳的登入点是一个有点背光的福利院二楼的房间，上了锁，白柳直接给砸开然后一间一间地去扫地图了，但是很快白柳这种不按照游戏进程的做法就遭了报应，他绕着第二层从头走到尾，房间居然形成了一个圆形，白柳又回到了自己最开始的屋子里。

毫无疑问，他鬼打墙了，或者是游戏强制他走完这段剧情才可以离开这层楼。

白柳走进了他刚刚登入的屋子内。

阴暗冷清的屋内正中间放着一根小小的板凳，傍晚的光线把椅子在地上拉出长长的阴影，屋内的两边乱七八糟地堆叠着一些小板凳，这似乎是一个放假期间的教室，桌椅板凳都被收了起来，而放在屋子正中间这个板凳就显得格外突兀。

正对着的教室讲台上放着一个老式的收音机，看起来像是十年前的款式，这个收音机内放了磁带，正在自己转动着，嗞嗞的，不太通畅的，小女孩哼唱的童谣声从收音机里面传出来。

"月曜日（周一）出生

火曜日（周二）受洗

水曜日（周三）结婚

木曜日（周四）得病

金曜日（周五）病加重

土曜日（周六）死去

日曜日（周日）被埋在土里

这就是白柳的一生——"

白柳挑眉，他听第一遍就听出来了，这是著名暗黑童谣《鹅妈妈童谣》里的一首，叫《所罗门的七日》，讲的是一个人一生经历的悲惨的故事，童谣的最后一句说的是"这就是所罗门·格兰迪的一生"，不过这里好像把名字变成了他的。

在他听不知道多少遍的时候，随着童谣的反复哼唱，那个被昏沉的太阳光照射出的椅子影子上渐渐地多出了一个人影，从影子上看似乎是有一个人坐在椅子上，但白柳从侧面看去，那又只是一把空荡荡的小椅子，上面什么东西都没有。

突然那个影子从椅子上站起来，然后一路飞速地蹿到白柳这边，白柳没有躲，他觉得这应该和上个游戏一样，是个引入游戏内容的开场动画，他看着自己的影子被这个飞快靠近的影子融了进去。

白柳的影子在西沉的太阳光下不断地延长、延长，在光线下一直钻到门缝里再延长到门外，然后突然中断。

这个时候童谣声戛然而止，同时，门外响起了敲门声。

"你好，请问你是这所福利院的投资人吗？"一个男生很礼貌地敲门问道，声音还带着一丝青少年还没变音完毕的沙哑，"我是今天来报到的儿童。"

但白柳却敏锐地觉得门外的人的礼貌里藏着冷淡和不耐。

白柳认识这个声音，或者不能说是认识，而是熟悉，熟悉得无以复加，在对方开口的一瞬间就能察觉到这人看似平和的语调下的所有情绪。

毕竟在十年前，白柳日日和这个声音相伴。

白柳踩在自己被拉得变形的影子上，缓缓地打开了那扇门。

"你好，我是新来的被资助儿童。"门外是一个身量只到白柳胸口位置的小少年，一双古井无波的黑眼睛看向他，带有一丝隐藏得不算很好的审视，这小少年似乎也在打量白柳，最终斟酌又礼貌地伸出了手，"你好投资人，我叫白六，是被通知来这所私人福利院入住的新儿童。"

"我想想啊，这个状态的我……"白柳摸着下巴上下打量了这位过于淡定的小少年一遍，"应该差不多十四岁。"

系统提示：玩家白柳成功与副身份线见面交谈，成功触发儿

童身份线，玩家白柳进入双线操作模式。

　　系统提示：在《爱心福利院》中，玩家享有两个不同的身份线，一个是成年的你，一个是幼年的你，成年的你为主身份线，幼年的你为副身份线，你们是一个人不同的半身，副身份线为游戏生成的儿童 NPC，记忆和设定由系统根据游戏背景做了一定调整，是完全符合游戏背景存在的人物，和现实中幼年的玩家有相似的性格和大致类似的记忆，具体情况请玩家自行探索交流。

玩家白柳副身份线名称：白六

　　年龄：14 岁

　　身份：被投资人资助进入爱心福利院的没有父母的儿童

　　特点：享有玩家 50% 的生命值，是玩家纯洁无垢的半身，没有任何与未来有关的记忆和技能，会进入危机四伏的福利院，请玩家务必保护好他们免于怪物的侵害！

　　主线任务：逃离福利院（未完成）

玩家白柳主身份线：玩家白柳

　　身份名称：白柳

　　年龄：24 岁

　　身份：患有绝症的儿童福利院投资人

　　特点：享有玩家 50% 的生命值，但因身患绝症，生命值会在病重之后随着时间的流逝而下跌，在患病之后资助了儿童白六。

　　主线任务：寻找续命方法并且存活下来（未完成）

　　白柳看着自己弹出一堆面板的系统界面，微微挑了一下眉毛。

　　他本体的身份是投资人，而他面前这个儿童白六……白柳抬眸缓缓地看过去。

　　十四岁的白六似乎不怎么喜欢被人过于赤裸地注视，他微微侧身躲避了白柳的目光。

白柳配合地收回了自己的目光，心想真是麻烦，他最讨厌这个年纪的自己了，臭屁又难搞。

白柳站在教室外面的走廊环视一圈，看了一圈布局之后确认了——这还真是他之前去过的那个福利院。

这个地方一样有三栋楼，但建筑崭新漂亮，完全不老旧，墙面上各种儿童画的漆面也没有掉落，三栋楼中央的儿童公园还有滑梯这种相对大型的设备，还能看见远处有单独的食堂，这都是白柳看过的那个落败的儿童福利院现在没有的。

白柳看了一下教室墙面上挂的各种儿童奖状的日期，确定这里应该是十年前的福利院，看来和他之前猜的一样，这个副本的主线剧情果然是十年前，就是这个福利院刚刚落成的时候。

看白柳四处查看，好像在找什么的样子，白六轻声提醒："今天是周日，是例行的检查日，孩子和老师都不在这里。"

"周日是检查日？"白柳转身看向白六，"你们这个福利院是每周都检查吗？检查什么？"

白六摇摇头："不清楚，我才进来还没有被检查过，只是我的《入院守则》上写了这样一条，每周日所有儿童要离开福利院去做一个全身检查，检查不合格的儿童要留在那里治疗。"

"不过检查不合格的儿童很多就一直在那边治疗了，福利院里的位置就空了下来。"小白六抬头看向白柳，"空的位置福利院怕浪费，所以每周他们会吸收新的孩子进入这个福利院，我是这周过来的。"

周日是检查日，还有很多被检查了不合格就干脆留在那里治疗、没有回来的孩子……

白柳眯了眯眼，想起了那首童谣里唱的"日曜日（周日）被埋在土里"。

看来留在那边的孩子，多半是"被埋在土里了"。

在白柳还在思考的时候，系统突然发出了提醒的声音。

系统配送道具：每位投资人和自己的儿童拥有一个一对一的、只允许单线通话的对讲机。

对讲机使用守则：只允许儿童用该对讲机拨号向投资人单向交流，禁止玩家购买其他通讯工具与儿童交流，禁止从投资人拨号给儿童。

对讲机拨号时间：21:00 ～ 24:00，6:00 ～ 9:00，儿童非此时段拨号会被占线，投资人无法接通，每位儿童每天可以在这两个时段拨号，请玩家与儿童适度交流，给儿童独立成长的空间。

系统通报的话音刚落，白柳就看到自己的手里出现了一个硕大无比的大哥大，上面立着一根天线的那种。

而小白六的是一个儿童手机，只有他半个手掌大，用一根hello kitty 的粉红色细带挂在他的脖子上，看起来像个玩具。

白柳笑了一下："很适合你。"他摇晃了一下自己手中的大哥大，"每天晚上的九点到十二点，和早上的六点到九点，如果你有任何事情都可以打电话来找我，我随时在。"

"我不会给你打电话的。"白六面无表情地说道，"浪费我的时间。"

白柳早就料到了会出现这种情况，他额头抽搐了一下，叹息一声，毫不犹豫地给出了解决方案："我给钱的，你给我打电话我按分钟计费。"

小白六一直都没有什么情绪的脸上出现了明显的动摇，他转头看向白柳，迟疑道："给多少？"

"按分钟计费，一分钟一百块，怎么样？"白柳不疾不徐地说。

小白六迅速答应："成交。"

白柳的话音刚落，外面大门的铃响了，福利院紧闭的铁门打开，许多儿童叽叽喳喳地跟在老师的后面冲入了福利院，老师手忙脚乱地安置这些回巢的小鸟般的小孩子。

而一大一小两个白柳就站在走廊上俯瞰着楼下这些天真无

忧、奔跑跳跃的儿童，眼中是如出一辙的淡漠。

小白六忽然侧头看向大白柳，出声道："你看起来并不喜欢小孩的样子，你为什么会资助我进入这所条件很好的私人福利院？"

"我在你眼中是怎么样的投资人？"白柳出声询问，他饶有兴味地看着这个年幼的自己，"你为什么会觉得我不喜欢小孩？"

虽然他的确不喜欢。

"你看起来很像是瘦长鬼影，昂贵的西服衬衫领带、苍白的脸。传闻中瘦长鬼影是很讨厌小孩的，他会杀死儿童然后挖走儿童的器官吃掉。"

小白六很平静地描述着他眼中的白柳。

小白六的描述提醒了白柳，他低头看了一眼自己，发现自己不知道什么时候从那个女高中生的样子变了一下，穿上了一身很规整的西服，还戴着一顶黑色的高礼帽。

白柳在教室的盥洗室里找到了一面镜子，发现镜中自己的面貌已经被调改了。

他现在的长相的确就是如小白六所说，脸颊瘦削、脸色苍白，两个巨大的眼袋耷拉在他眼睛下面，手指纤长，瘦到像是只有一层皮包着骨头，一看就命不久矣，而且白柳发现自己长高了不少，手脚有些不协调地变长了很多。

看上去的确很像传闻中的杀童狂魔，恐怖生物"瘦长鬼影"。

"这里所有的投资人都长得和你一模一样。"小白六淡淡地补充，"都是这副西装革履又短命的样子，看上去不像是喜欢死前做善事的类型。"

"小朋友，你这嘴可真够臭的。"白柳转身看向小白六，挑眉，"我怎么看上去就不像是死前做善事的人了？资助你不就是我做的一件善事吗？"

小白六不为所动地用余光扫了白柳一眼："你确定把我送到这个儿童不断失踪的福利院来，是一件善事？"

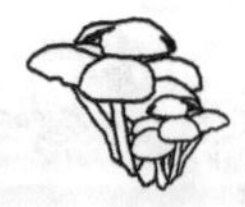

系统提示：检查日即将结束，孩子和老师已经回来，请各位投资人带着自己资助的儿童前往博爱楼一层的登记办公室登记入住。

"走吧，小朋友，我带你去一层登记。"白柳所在的位置是博爱楼的三层，他刚准备往下走，就看到对面楼的第二层里有一个"瘦长鬼影"样子的人阴森森地在教室里盯着他看。

这人一只手牵着一个齐刘海的小正太的手，目不转睛地望着另一栋楼里的白柳，他手上牵着的小正太白柳瞧着模样挺可爱的，就是低着头看着有点阴郁自闭的样子，和长大后的木柯有八九分相似。

这个投资人是木柯。

而在木柯所在的上面一层楼，一个手拿双刀的投资人也在盯着他手上的孩子，这人拖着长长的双刀，在楼层走廊上来回地巡逻，像《德州电锯》里拖着电锯满地图游走的杀人狂。

白柳挡在了小白六的面前笑眯眯地看着对面的投资人，对面的"瘦长鬼影"看了一会儿，发现白柳一直挡着自己的孩子，这人双手交叉磨了两下刀好像是在威慑白柳一般，然后往楼下走了，也不知道是去登记了还是来找白柳了。

武器是双刀，要是白柳没猜错，这个应该就是那位大名鼎鼎的苗飞齿了。

这人很明显在找谁是白柳，毕竟所有登入的玩家本体身份都长得一样，外表都是这副"瘦长鬼影"的样子，苗飞齿要杀他，首先就要在一堆"瘦长鬼影"样子的投资人里找到谁是白柳。

那要怎么在一堆"投资人"里确定谁是白柳呢？

目前看来最准确的办法就是看对方携带的儿童。

白柳眯了眯眼，他看向了自己身后的小白六。

苗高僵牵着十几岁的自己下楼的时候，看到在楼的出口处等着一个投资人，这让苗高僵下意识就想抽出武器，但这人下一句话又让苗高僵迅速放松了警惕，只听对面那个投资人咬牙切齿地骂道："爹！我看到了十几岁的我！到底是怎么回事？"

"飞齿？"苗高僵迟疑地看了对方一眼，他有点警惕和怀疑，"你真的是飞齿？"

在这种所有人本体身份都一样的游戏里，假扮另一个人太容易了，唯一能确定身份的方式就是看对方的儿童。

但苗飞齿不是一个喜欢小孩的人，这人只喜欢吃小孩，但苗飞齿又不是变态会吃自己。

不过十几岁的小苗飞齿正是刚刚觉醒自己吃人癖好的时候，想吃又没的吃，看见谁都想啃两口，所以苗飞齿登入之后看到自己的小孩形态多半只有一个反应——

"我一开门就看到十几岁的我守在门口，吓了我一跳。"苗飞齿骂骂咧咧地抱怨，"还要跟着我，那小变态看我的眼神都不对，我感觉就是想吃人肉了，我就直接就让他滚了。"

苗高僵不会那么轻易相信送上门来的人，但这人说的的确也是苗飞齿身上会发生的事情。

苗飞齿性格轻浮浮躁，极高的武力值让他在这种二级游戏里颇为随心所欲。

突然见到一个十几岁的自己，苗飞齿的第一反应肯定不是好言好语地对话触发任务，而是恶声恶气地赶走对方，双方没有达成"投资人"和"投资儿童"的友好会面，自然无法顺利触发这个诡异游戏根据他们设定的副身份线任务。

苗高僵对苗飞齿这样的性格也极为头疼，但考虑到这游戏里还有一个智力值相对较高的白柳说不定会根据这种大家长相都一样的设定，玩悍跳别人身份线这种把戏，苗高僵犹豫片刻，没有放松警惕，简单地给对方介绍了一下游戏规则，并且试探了一些只有他们才知道的信息。

在试探了几句之后苗高僵心下定了大半，但他还是不依不饶：

"我要确定一下你就是苗飞齿，和我说一些你身上比较关键的事情。"

苗飞齿不耐烦："比如？"

"比如我们当初是怎么进入游戏的……"苗高僵看似老实憨厚的脸上眼神晦暗不明，语气有点微微的停顿，"比如你第一个吃的人是谁？"

苗飞齿舔舔牙齿，似乎在回忆什么味道，他眯起眼睛："我第一个吃的人是生我的那个女人。"

"她得重病了，家里一直养不起，从医院接回来之后还在一直花很多钱买药，那可都是要留给我的钱，全花在这个死女人身上了。她晚上又让我倒水，我给她倒了一杯开水，给她灌下去之后，她的嘴唇和食管都散发出那种被烫熟的香气。"

"第二天她就死了。"苗飞齿啧啧道，"下葬之前我和你说我想吃她的尸体，把你吓得不行，但我知道你也一直希望她早点死，我是你的儿子，她只不过是陪你睡觉的人，我也搞不懂你为什么要在她身上花那么多钱，她死之后我绝食了几天，你就把她切了一部分给我吃了。"

"但其实不怎么好吃。"苗飞齿有点嫌弃，"她太老了，因为生病，肉又干又柴还有股药味。"

"至于进入游戏……"苗飞齿有点不爽地说，"不就是因为那小孩吗？你带我挖了一段时间的乱葬岗，我吃了一段时间的死人肉，太难吃了，都烂了，我想吃新鲜的嫩嫩的人肉，那小孩就是不知道从哪里跑出来的流浪小孩，哭着说他们福利院里有人干坏事，求我报警。"

"我心想一个自己从福利院逃跑出来的小孩我吃了也不会有人知道，结果你还把他给放了，放出去就被警察发现了，我被监控着，饿得不行才进游戏的，我刚生吃了那小孩一根手指头，那小孩哭得太惨把你引过来了，你就——"

"好了，你的确就是飞齿。"苗高僵深叹了一口气，打断了苗飞齿未完的话，"这游戏里所有人长得都一样，我们对一个接头暗号。"

"就手指头吧。"苗飞齿一锤定音，他似乎并不觉得这个凶残的暗号有什么吓人，反而有点遗憾，"那是我进入游戏之前吃的最后一口人肉。"

苗高僵并不喜欢这个暗号，但在队伍合作时他在这种无伤大雅的小事上一般都是让着苗飞齿这个儿子的，不占主导地位。他对苗飞齿极其纵容，不然苗飞齿也不会对他是这种不耐烦的态度，在他的睁一只眼闭一只眼下做出种种事情。

所以苗高僵也就讪讪地闭上了嘴，隔了一会儿才问道："你资助的儿童呢？你在什么地方把他赶走的？"

"那小崽子被我赶走之后本来还跟在我身后的，但这院子里小孩太多了，而且个个看着都细皮嫩肉的。"苗飞齿有些邪性地眯了眯眼，"我估计他是被吊走了，这小崽子还没有开过荤，这些行走的人肉对他的吸引力应该很足。"

眼看苗高僵又要开口说什么，苗飞齿烦躁且熟练地一摆手："够了啊，我就是在这游戏里吃吃小孩和对手都不行吗？现实里我不吃就行了，这堆游戏数据我都不能碰了吗？又不是真人，我看你是要饿死你儿子，你当我爹连管我吃喝都做不到，还要来碍手碍脚就过了啊。"

苗高僵看着这群活蹦乱跳根本看不出是数据的孩子，他张了张嘴，最终又闭上了。

这些小孩太过鲜活，他一瞬间甚至觉得这些不是什么游戏里的 NPC，而是一个个的真人，和现实里面的那些孩子并无差别。

"先去找你的小孩，然后去一楼登记吧。"苗高僵说。

一楼的登记室需要玩家单个进入，白柳去的时候苗飞齿和苗高僵还没有过来，这也是很正常的事情，这两个人首先要找到对方，还要确认对方的身份。

苗高僵应该还好，因为和自己的儿童待在一起，身份比较好确认。

苗飞齿估计困难，这人估计根本没有重视突然出现的那个小崽子。

白柳在楼上的时候就看到了苗飞齿的小崽子自己一个人在福利院里到处乱晃，跟在不同的儿童后面眼冒绿光，像条还没吃过生肉的狼。

白柳带着小白六进了登记室，发现他前面已经登记过两个人了，其中一个是木柯，还有一个是……看着上面的名字，白柳眸光晦暗。

因血缘关系羁绊，玩家刘怀和玩家刘佳仪激活"兄妹身份线"，登记身份为兄妹，互为对方半身和另一条身份线，激活特殊双线操作模式。

玩家刘怀（哥哥身份线）：患有绝症的儿童福利院投资人

特点：享有玩家 50% 的生命值，但因身患绝症，生命值会在病重之后随着时间的流逝而下跌，请玩家迅速找到续命方法！

玩家刘佳仪（妹妹身份线）：被投资人资助进入爱心福利院的儿童

特点：享有玩家 50% 的生命值，是纯洁无垢的妹妹，会进入危机四伏的福利院，请玩家务必保护好他们免于怪物的侵害！

注意：兄妹身份线中每个身份线的玩家，50% 的生命值清零即死亡。

上一次白柳见到刘佳仪这小姑娘的时候，还说刘佳仪应该很快就要进入游戏了，没想到这次见面就是在游戏里了。

但刘佳仪一个新人，怎么会直接进入一个多人游戏？新人不应该是从单人游戏开始吗？

刘佳仪这小孩是和刘怀之间有什么特殊的联系吗？所以系统把刘佳仪这个新人直接拉入了刘怀在的这个游戏里？

白柳思索着，这两个人的模式明显和白柳他们的模式不一样了，不再是一个人带一个自己的幼年形态，而是哥哥带妹妹。

白柳看到刘怀在登记关系模式那一栏上写的是"血缘兄妹"，而木柯写的是"投资人和被资助的儿童"。

不过白柳注意到，虽然说是两个玩家的模式，但这两人头顶的生命值条还是50%，看样子也是清零这50%玩家就直接死亡，而白柳他们是割裂生命值，生命值总和其实是200%。

刘怀和刘佳仪直接是砍半了，这更不占优势。

而且对于游戏来说，白柳觉得也不够公平。

系统曾经为了游戏平衡做出了各种丧心病狂的削弱玩家的方案，经历了两次被系统狂削的白柳不觉得系统会给玩家呈现一个不公平的恐怖游戏。

这说明这个削减刘怀和刘佳仪一半生命值的方案对于整个游戏里所有参与的玩家来说，应该是相对公平、使游戏性相对平衡的。

但对于刘怀和刘佳仪这两个倒霉地触发了特殊模式的兄妹玩家来说，生命值直接被砍半了，刘佳仪还是个盲人儿童，又是新人，不公平又是显而易见的。

而且同样是血缘关系，苗飞齿和苗高僵这一对父子就没有触发什么父子身份线，因为白柳看到了小苗飞齿，所以这对父子肯定没有触发这种特殊形式的血缘关系身份线。

这个估计和刘佳仪有关。

刘佳仪这个眼睛看不见的小孩第一次进入游戏就是多人游戏，不知道这小孩的愿望和欲望是什么，白柳觉得刘佳仪的愿望不像是希望自己能够看见这种。

之前白柳和这小孩接触的时候，他其实觉得刘佳仪的复明的

愿望是没有刘怀的强烈的，刘佳仪直观体现出来的感情倾向似乎是觉得自己看不见没什么，她更黏她哥哥。如果刘佳仪的欲望是绑定在她哥哥身上，在这个一切都和玩家欲望挂钩的游戏里，或许就会导致这种情况。

但也存在其他的可能性，刘佳仪这个小孩从各方面来讲都太特殊了，白柳也不能直接下结论。

白柳暂且记下了这个他觉得违和的地方。

小白六登记完之后被院长领着进去了。

走之前小白六回头看了白柳一眼，这小朋友面无表情地举起拇指和食指，对着白柳搓了搓，眼神非常婉转地示意了一下白柳，看得白柳忍不住想笑——这是一个钱的手势。

因为白柳和他说打电话给钱，这小朋友一直记到现在呢。

这位小朋友事情还没干，记账倒是记得挺利索。

孩子被带进了福利院，而白柳这个投资人则是被院长领到了福利院附近的一栋楼里。这栋楼看着有点像是病房，里面还有护士和护士办公室，但没有挂号处，也没有医生看病的办公室，只有一层又一层的住院病房。

院长告诉他们，投资人大多数身体都不好，所以都住在这里，偶尔会在福利院开放日的时候去看看孩子。

白柳看了一会儿，确定这个地方就是一栋不对外开放的私人医院。

或者说不是私人医院，而更像是白柳见过的那些退休的有钱人住的老年养老康复楼，只需要护士管理伺候就行了，医生都是随叫随到的模式，不需要一个康复楼里驻很多医生。

但这里住的可不是什么身体康健的退休富人，而是一群亟待治疗的绝症患者，这种情况特殊的医院里没有医生就显得很奇怪了。

没有医生，谁来治疗他们？

这私人医院里全是长得跟瘦长鬼影一模一样的病人，有些瘦弱不堪地躺在床上，有些撑着椅子行动迟缓地在走廊上行走，他们的面部都被绷带缠得严严实实，连眼睛都没有露出来，也不知道是怎么看见路的。

只有这些病人微弱的呼吸带出的气流轻微地把脸上的绷带吹得鼓起，才显示他们都是活的人，而不是什么都市传闻里的怪物。

越往里走，里面的病房躺着的病人越是手脚细长，重症监护室躺着的病人白柳目测了一下，应该都有两米多高了，脚无力地垂在病床的外面，肤色青紫，带着一点斑点，让白柳想起了他之前看的那些死亡儿童的毒蘑菇般的皮肤。

这些僵硬迟缓的垂死投资人在走廊和病房里缓慢地移动着，他们转动着脸部，好像是在注视着穿过走廊的白柳，长而细的宛如蜘蛛腿般的手脚耷拉在身体两边，白柳还被一个人抓了脚脖子。

抓了他脚脖子的病人却好似就是在逗他玩一样，很快就放了手，发出一种诡异又神经质的咯咯咯的笑声。

院长把他们带到了第九层楼，这一层楼的病人比下面楼层的要少很多，而且看起来病得也没有那么重，白柳感觉这层楼的病人病重的程度和他差不多，最直观的就是他们都差不多高。

从白柳刚刚的观察来看，这所医院里的病人病得越重身体就会越细长，也就是越像"瘦长鬼影"这玩意儿。

小白六对他的描述其实很正确，这孩子对恐怖事物的感知能力让白柳意识到他可能从十四岁就有意识地注意这方面的东西了。

这层楼一共有二十一个病房，院长给白柳安排了房间，然后说她还要回去接其他投资人。

白柳住在 906，在走廊左边靠里面的一个房间，白柳观察了一下整个病房，觉得这私人医院也有些奇怪。

这医院装修得非常好，非常精致，但采光极其地差，所有的病房都是避光的，室内昏暗到白天都需要开灯，并且这里的灯亮度也非常低，开了也看不见什么东西，医院内部到处都是高功率

的加湿器，每时每刻地往外喷射着雾气，搞得整个医院就像是回南天一样潮湿，四处弥漫着大雾般的水蒸气。

避光加高湿度，正常的医院是绝对不会这样修建的，就好像生怕病人在这里住不死一样。

光线又差，还有厚重的雾气，这导致医院里的能见度很低。

如果不是院长带着白柳，玩家要找这里的各种通道都很困难，因为看不到，而且因为水蒸气，地上和墙面都非常湿滑，白柳现在身子又高还手长脚长，走在这种湿滑的地面上很容易摔跤，这让白柳有一种不好的预感——要是在医院这个地图发生了追逐战，估计他会跑得够呛。

白柳扫视了整个病房一圈，发现了三个加湿器，但灯只有一盏，非常昏暗。

更奇怪的地方是病床，之前说了这是一个各方面都装修得很好的私人医院，看起来很有档次，卫生间的水龙头都是镏金的狮子形状，但病床……

白柳掀开了自己病床的白色床单，看着下面的堆叠的稻草，挑起了眉毛。

这居然是个稻草床。

白柳只在儿童时期的相对贫穷的福利院里睡过这种床，这种床睡起来很不舒服也很麻烦，但优点是比别的床都廉价。

稻草需要干燥才能睡得舒服，一旦潮湿很容易生虫腐坏，会把人身上咬出各种红点点，而且在非常潮湿的环境里，这些稻草甚至是会长蘑菇的。

比如白柳这个病床的床角，掀开床单之后，他就看到了有一丛灰色的蘑菇密密麻麻地拥簇生长着，一直生长到病床旁边挨着那个木质图书柜的地方。

在这种有三个加湿器的房间内用稻草床，那这床就和一个真菌培养皿没有什么区别，这些稻草很快就会腐烂，然后上面会生虫生蛆生蘑菇，长满各种分解者，爬满睡在上面的人的躯体。

总之白柳的童年时期，在梅雨季的时候，他宁愿睡地上也不会睡稻草床。

系统提示：玩家白柳（投资人身份）主线任务：寻找续命良方，缓解自己的绝症症状。

续命良方……

要去什么地方寻找续命良方？如果这是一家有医生的私人医院，白柳现在一定已经去搜刮医生办公室看处方单，然后寻找治疗药物了。

但是这里没有医生，只有一群在走廊上推着推车走来走去的护士，而且白柳进来的时候看了一眼护士办公室，里面没有吊瓶没有药片，甚至没有注射器和输液管，只有几台齐腰高的不锈钢推车，看起来很像是白柳公司食堂的餐车，应该是用来给病人送餐的。

一个没有医生、没有药物，除了病人什么都没有的医院，要怎么去寻找一个绝症患者的"续命良药"？

等等，除了病人什么都没有……

白柳眼睛微微眯了眯，他开始在病房的图书柜里搜寻。

这个病房的门后靠床的地方有一个图书柜，白柳之前扫了一眼没有在意，里面都是一些很陈旧的书籍，因为这些书籍的数量太多了，白柳根本没有把这些书籍往线索的方向想，而且里面的书籍又多又杂乱，小说地理图册，什么都有，塞了满满当当的一个大书柜。

如果是白柳自己设计游戏，他是不会把游戏线索藏在这种过庭烦琐的地方的，因为在没有提示的情况下让玩家找一个两米多高摆满了书的书柜是一件很无聊的事情。

但有一种情况例外，那就是这一书柜里并不只有一条玩家需要发现的信息。

而是除了一小部分之外，其他全是玩家应该发现的信息。

系统提示：恭喜玩家触发支线任务——在医书中搜寻"续命良方"。

果然。

白柳把这个图书柜里的书做了一个简单的分门别类，一些白柳觉得比较明显和副本没有关系的就丢开，比如黄色女性杂志之类的，剩余的都是一些医学类的杂志和书籍，沉甸甸地堆在地上，白柳拎出来估算了一下，这得有几十斤了。

全是医学类的书籍，中西内外妇儿都有，还有些全英的医学论文杂志，在这么多医书里找一个白柳完全不知道用来干什么用的"续命良方"，白柳觉得自己一个没有什么医学常识的人做不到。

但他眼睛一眯，看着这一堆从来没有人翻看过的医书又察觉了一点违和。

这个私人医院里没有医生，这些书不可能是医生看的，但很明显这些书是给有一定医学常识的人看的。

也许这些书是给住在这个病房里的病人，或者说，投资人看的。所以这所私人医院里并不是没有医生，而是住在这里的病人就是医生。

他们在一边看书一边自医——奇怪的病人们。

这些投资人很明显都身家不菲，但为什么不相信医生而是自医呢？是医生无法治疗吗？但是医生无法治疗的话，他们看这些书的意义也不大，毕竟都是医生看过的东西了。

白柳思索了一会儿——很明显这里所有的投资人都得了某种绝症，那么除了白柳一定已经有人开始治疗，也就是开始使用那个续命良方了，但他们这些新住进来的病人却不能无偿得到这个"续命良方"，而是要自己从这堆书中找出来。

但对一个学生时代就不是很守规矩也不怎么爱写作业的人来说，白柳对这种非他感兴趣的东西的阅读理解效率是很低的，他学生时代很多科目的成绩也都一般，所以白柳在自己不想看书解不出答案的时候，他很快就不要脸地决定了要去抄别人的"作业"。

他念书的时候一般都是抄陆驿站的，因为陆驿站这个好学生的作业正确率最高，但在这个游戏里……

白柳眯眼想了一会儿——现在的关键就是去抄谁的"作业"。

现在这所医院里，谁能最快最正确地解出这堆书的"答案"？

木柯也被院长带来了这个私人医院，他也靠搜寻图书柜触发了那个在医书中寻找续命良方的任务，现在正坐在床边看着这堆医学书。

他毕业之后已经很久没有看过书了，还是这种大部头，这房间里光线暗得就算是有人在他一米之外走来走去他都看不见，看书就更不用说了，本来木柯准备买一个台灯啥的用来照明，但是在购买之前系统提示他，病房内需要避光，禁止使用高亮度照明，你是否确定还要购买相关道具？

意思就是道具可以卖给你，但是你不能在病房里用。

木柯本来准备试试这书能不能带出去看，外面至少比这个房间里灯光要好。

但他刚一拿着书走出病房，门一打开就被吓了一跳，一个面无表情的护士推着不锈钢的推车正在走廊里巡逻，看见木柯拿着书准备出来，这个护士给予了警告，说请不要拿着病房内的东西随意走动，并且入院第一天病人不能随意走动，请待在病房里。

看来就是不能带出去了，木柯皱着眉缩了回来。

木柯不得不尝试了一下用这个阴间灯光看书。

但是看了没一会儿，木柯就有种力不从心的感觉，他看书的速度算很快的了，但在这种灯光下看书效率太低，书的内容也很杂乱，要从上面得出一个很有效的治疗方案，或者用系统的话来说，续命良方，也是很困难的。

木柯也意识到了光靠他自己一个人看书很难找到正确答案，但是他一时之间还想不出其他思路。

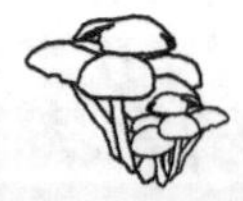

　　毕竟游戏的提示指向性太强了，很明显就是叫玩家看书柜里的这堆书找答案，而这恰好是木柯的强项。

　　木柯有点焦躁地看着自己手上的书叹息，他已经很久没有这种看书的时候找不到答案的感觉了，木柯从小到大都是学霸，上了初中之后还跳过好几级，他的智力值进入游戏后也相当地高，有 85 点。

　　他的阅读理解和记忆能力都非常出色，如果给他一个相对亮堂一点的环境，三天之内看完这堆书，整合知识线索得出答案不是什么困难的事情，他迫切地想要快点找出一个续命良方献给白柳，但昏暗的现实让他越发地烦躁。

　　一个小时了才看完一本书，这根本不是他的真实水平！

　　木柯正想着怎么操作呢，他的系统面板忽然振动了一下，他看到自己的道具栏多出了一个道具。

　　木柯现在没有买道具，很明显刚刚买这个道具的人是白柳——白柳可以隔空操纵他的面板购买道具，这也是他们的交流方式之一。

　　现在他们都住进了病房里，用这种购买道具的方式互相沟通极其隐秘，也可以避人耳目。

　　木柯点开了自己的系统面板，看仓库里自己的道具，观众可以看到系统商店，但是仓库的界面是看不到的，为了保护玩家财产安全，仓库会被打码，所以木柯和白柳的私下交流，甚至连小电视面前的观众都不会察觉到，可以说是隐秘到了极致。

　　唯一可能暴露木柯和白柳交流的方式，就是木柯突然被杀死，他们用来交流的道具暴露在杀死木柯的玩家面前，被对方察觉到不对劲。比如白柳和木柯用一个记事本、手机或者录音笔来写字或说话交流，那么木柯死掉之后，这个被用来交流过的道具就会掉在杀死他的玩家面前。

　　如果是在交流的过程中木柯被突然杀死，或者是木柯还没有来得及抹除交流的痕迹就被杀死，那么木柯身上掉落的这个道具就很有可能在其他人面前暴露白柳和他的交流过的痕迹。

当然也可以用密码加密这个沟通过程，防止对方直接看到内容，但是怎么保证这个密码不会被其他人简单破译，并且可以迅速被木柯理解呢？

白柳是不太喜欢自己被暴露给对手的这种事情发生的，所以他选的不是一个很常规的交流道具。

白柳买给木柯的是一个黑色键盘。

键盘是木柯和白柳都很熟悉的工具，并且相比笔记本、手机以及录音笔等等会留下明显交流痕迹的道具来说，抠键帽又放回键盘更无痕，交流完了之后几乎不会留下任何痕迹。

并且键盘上的"密码"，是木柯和白柳这两个做游戏的都可以快速理解的密码。

就算是木柯死了掉出一个键盘，敌人也不会轻易地联想到交流工具上，更不会去想这个键盘里蕴藏了什么信息。

当然，白柳选择键盘的另外一个原因，就是这人逛系统打折促销商店的时候，看到了这个只要不到 10 积分的键盘，觉得可以用，随手就买下来了。

木柯看到这个键盘一愣。

键盘上的"ctrl"和"C"键帽被抠掉了，这是一个很常用的快捷连用键，"ctrl"+"C"是"copy"的意思，也就是抄的意思。

抄？抄什么？他们现在有什么好抄的？当务之急不应该是寻找那个续命良方吗？

等等！木柯很快地理解了白柳的意思——白柳是想抄"续命良方"！

白柳是想抄这个东西吗？！但是这还能抄？去哪里抄啊？这里这么多病房，白柳是知道了哪个病房有续命良方吗？

木柯看着键盘上，他想了想，然后犹豫地抠掉了键盘上面的"？"和"numlock"键帽，把键盘放进了自己的仓库，忐忑地等待着白柳的回复，也有点担心对方理解不了自己的意思。

　　"numlock"是一个键盘上的小键盘数字锁定键，字面意思可以翻译为"锁定数字"，结合那个"？"键帽，木柯想表达的是："白柳，我们锁定什么数字？"

　　这里的病房房间号都是数字，白柳只需要告诉他锁定什么数字，他就能知道白柳要去哪个病房了。

　　但很快，木柯放进仓库的键盘消失了，没过一会儿又回来了，回来的时候键盘上面"ctrl"+"C"键帽回来了，但又少了三个键帽。

　　"1，7，0。"

　　木柯顿时迷惑，门牌号的话，0这个数字不能放第一位，那么前面的数字只能是1或者是7。

　　结合每层楼的房间数量，这三个数字只有三个排列方式，"701""710""107"。

　　七楼是手术室，没有病房。

　　而"107"就更扯了，这是一个"空格病房"，这栋楼是没有"107"病房的，应该是被腾出来做了仓库之类的地方，所以占了这个标号，但其实是没有这个病房的。

　　倒是有"106"和"108"病房。

　　木柯有点愁，他无法理解白柳的意思，他扫到那三个数字，把三个数字6种排列都在脑中想了一下，然后他缓缓坐直了身体。

　　这所私人医院的确没有带英文字母的病房门牌号，但是有不带数字的特殊监护室——ICU病房。

　　一楼的ICU病房，这个病房是没有数字标记的，而且一楼除了这个地方都是病房，所以"ICU"病房很有可能就是占了"107"编号的那个"空格病房"！

　　白柳没有直接用ICU病房来描述是因为这个医院里不止一个ICU病房，不说明确病房号有可能造成信息误解，而木柯又直接间的是什么数字，白柳就干脆用数字来指代病房号了——这家伙根本没想过对面的人有可能不能跟上他的思维跳跃速度，把107病房和一楼ICU病房联系起来。

　　但好在木柯是个记忆力和收集信息能力都相当不错的玩家，他顺利地 get 了白柳想表达的意思。

　　白柳是想去这里抄那个重症病人的治疗方法！！

　　"草。"木柯没忍住爆了句粗口——ICU 里面住的是这个医院的原住民投资人，一个身高两米多的病人，看着就跟鬼差不多了好吗！很有可能就是他们这个副本里的怪物！

　　而且这里的护士说过，ICU 病房里的患者是全天都不会离开病房的，他们怎么进入抄里面的续命良方啊！

　　并且他们也并不确定里面有没有所谓的"续命良方"！

　　白柳倒是挺肯定 ICU 那里一定有系统所说的"续命良方"。

　　如果这里的病人都是医生，那么对于一群刚住进来的"新手医生"来讲，更有可能出现治疗方案的病房，一定是病得更重研究得更久的老医生的病房。

　　并且按照"医生白柳"的说法，他大概两年能研究出一个"续命良方"，现在的时间线是两年后，很有可能这个"续命良方"已经被住在这里的病人给研究了出来，那么最有可能最先被投入治疗的，也一定是 ICU 的患者。

　　综上，ICU 病房里，白柳觉得多半是有系统所谓的"续命良方"的。

　　但能不能拿到，又是另外一码事了。

　　ICU 里的患者看着不怎么像人，并且全天都不会离开病房，白柳没有进入的机会，也不知道进去之后会不会引起病人，或者说怪物的狂暴攻击，毕竟白柳又不是去做啥好事，而是去翻东西的，风险相当高。

　　但相应的收益也很高，如果能成功，白柳会是所有玩家里第一个拿到"续命良方"的，这会带给白柳相当大的主动权，他可以用来和其他玩家交易很多东西,但闯 ICU 明面上的困难有两点——

　　第一点：怎么闯进去？

这医院走廊有巡逻护士，病人稍微做一点违背医院规章制度的行为都会被抓住纠正，更不要说强行闯进 ICU 了。

第二点：怎么翻东西？

这病房里的病人很不对劲，多半是怪物，要是闯进去当着对方的面找东西，估计够呛。

在白柳想出具体的办法之前，夜幕来临了。

晚上九点到了，护士通知病房宵禁，所有病人禁止外出。

走廊上只能听到护士推着推车咯吱咯吱来回走的声音，这些护士轮班在走廊上巡逻，看到病房的门缝里透着昏暗的光还会敲门叫你关灯休息，宛如白柳高中时的宿管阿姨。

但这些护士远不如阿姨友善，白柳开门看了一眼，这些护士在夜晚的走廊上踩着高跟鞋，面容凝滞地在加湿器蒸腾出来的雾气里来回巡逻的样子，让白柳一瞬间联想到了《寂静岭》里的护士怪物。

这些护士的视力还好到出奇，在这种能见度很低的场景里，白柳只是微微打开一条门缝偷窥了一下，很快就被这些护士发现了，护士的眼睛在夜色里散发出猫眼一样的荧光绿，远远地看到白柳，就推着车飞快地向白柳这边靠近，踩着高跟鞋噔噔地往白柳这边跑，白柳眼疾手快地拉拢了门，还反锁了。

很快刹车的咯吱声就在白柳的门前响起，护士猛地敲了两下门，语气低沉："906 号房的病人，你刚刚是开门了吗？你是没有读过医院的规章制度吗？！晚上九点之后严禁外出，早上九点之后才可以打开病房的门。"

护士一边严厉地质问白柳一边砰砰砰地敲门，门在深夜里被砸得哐哐响。

白柳当然不会给她开门。

护士在门外砸了一会儿，语调拖长，略显诡异地说了一句："如果你非要在这个时间段打开你病房的门，让什么东西钻进了你的病房，医院不负责保证你的人身安全。"

说完，护士就推车离开了白柳的房门前。

什么东西？白柳听到护士说的这个词，他拧了拧眉，看来晚上会有什么不太对的东西在外面流窜。

但这个时间段……

晚上九点之后、早上九点之前禁止打开病房的门，这就相当于禁止病人外出，但这个时间段刚好和儿童的打电话时间"早上六点到九点，晚上九点到十二点"是重合的。

小孩出来打电话给投资人的时间正好是投资人无法外出的时间，而且之前那个护士说的"什么东西"钻进你病房——假设护士口中的"什么东西"就是一个怪物，那么这个怪物出来活动的时间正好是小孩出来打电话的时间。

看来小白六给他打电话，也要冒着很大的风险。

九点半，正当白柳以为今晚自己不会接到小白六的电话的时候，他的对讲机响了。

白柳接起，这个版本有点古老的对讲机里传来好似信号不佳一般的声音，还有人在极速奔跑的喘息声，感觉是有人拿着这个对讲机在跑，而且跑得很快，上气不接下气的。

白柳没有出声，一直等到那边的喘息声基本平复，那边说："你等下，有东西在追我。"

小白六说完这句话，白柳这边的系统界面就弹了出来。

系统提示：恭喜玩家白柳的副身份线触发怪物书。

《爱心福利院怪物书》刷新——畸形小孩（1/3）

怪物名称：畸形小孩

特点：移动速度较快（350—600）

弱点：？？？（待探索）

攻击方式：喜欢与玩家副身份线玩耍，玩着玩着会让玩家的副身份线消失在福利院。

过了差不多五分多钟，对面传来窸窸窣窣衣料摩擦的声音，小白六好像是躲到了什么地方，压低声音开口："好了，它暂时没有追上来，你可以说话了。"

小白六的声音虽然有些起伏，但可以听得出没有明显的情绪波动，他并不害怕追他的东西。

白柳问："追你的是什么？"

"一个小孩。"小白六说，他出气还有些不顺畅，"蹲在地上，像猴子一样四肢着地来追我，很瘦，一直在流着口水笑，长相很奇怪，看着像是智力不行的那种先天性傻子。"

小白六这一形容，白柳就懂了，他之前也在福利院待过，里面有唐氏综合征的患者，长相很有特点、眯眯眼、扁鼻梁、长嘴巴，两腮又胖又鼓，脖子很短，眼间距又很宽，眼珠子还老是喜欢往斜上方跑。当年福利院里白柳见过一些小孩给这些傻子取绰号叫"青蛙"，因为他们的长相和青蛙一样。

这样一个青蛙一样的小孩四肢趴在地上仰着头流口水，咯咯咯地笑着追小白六……亏得小白六对钱很执着，愿意为了钱给他打电话，不然正常小孩早就被吓哭了，谁还能保证一直跑都不挂电话。

"那它走了吗？"白柳问。

"没有。"小白六刚回答完这句话，白柳就听到电话那头传来了小孩的笑声和那种四肢着地、裤子在地上摩擦的声音，但是这声音很快速，形成了一种蛇游动般"嗞嗞嗞"的声效，一听就知道追小白六的小孩移动速度就非常快。

小白六回了这一句没有之后，又没声了。

白柳只能听到他奔跑时候的急促呼吸声和脚步声，以及跟在他背后如影随形又若隐若现的小孩那种天真的笑声，和"嗞嗞嗞"的裤子布料和泥土碎石之间的摩擦声，这声音很响，感觉布料和地面的接触面积应该很大，看来这个追小白六的小孩是拖着下半身追他的。

等了差不多又五分钟，小白六气喘吁吁地说话了："可以了。"

"你躲开它了？"白柳询问。

"没有，它去追其他人了。"小白六语气里一点同情都没有，"有其他小孩出来打电话了，一出来就被追了，现在边哭边跑，那小孩就没追我了。"

白柳明白了，在福利院外面游走追逐的诡异小孩应该只有一个，现在转移了仇恨值去追别人，小白六就相对安全了。

他问："你那边什么情况？你被院长带进去之后发生了什么？"

"被带进去之后就是正常流程，福利院的人给我们分配了房间，我和另外三个新来的男生住一个房间，有个盲人小女孩住另外一栋楼，在我们对面，我们都住在一楼的房间里。"小白六说事情的条理很清晰，他先简单地讲了一下整体的情况，然后开始说白柳会关心的点。

小白六气还没有喘过来："我们的那个儿童电话本来是要被没收的，福利院的老师明令禁止携带这种通讯工具，但后来说我们是新来的，要给我们一段适应期，允许我们携带一个星期，但给我们规定了打电话的时间，和你说的一样，以及不能在房间内打电话，说会吵到其他人休息。"

"我遇到的所有福利院的老师和护工，都警告我晚上不要跟着笛声走，听到了笛声就不要外出，说吹笛子的人会拐走小孩。"小白六的语气很冷静，"结果晚上九点零三分，我就听到有人用竖笛在外面呜呜呜地吹些乱七八糟的童谣。"

"我倒是不想外出，但吹笛子这人卡点太寸了，正好是九点过一点，但没办法，你说我给你打一次电话按照通话时间每分钟给我钱，所以我还是出来了。"

不要跟着笛声走，白柳若有所思，在现实世界的福利院也有这样的情节，那四个孩子据说就是听到笛声之后主动出去然后失踪的。

白柳当时就想到了一个童话故事。

"不要跟着笛声走，说笛声会拐走小孩，你听到这个会想到什么？"白柳思考着询问。

那边小白六沉默了一会儿："你提到这个，那你想到的应该和我差不多，《哈默林的花衣吹笛人》，我记得是这个名字。"

"是这个名字。"白柳说，"是一首英国儿童诗。"

《哈默林的花衣吹笛人》这首诗讲的故事是曾经有一个鼠疫弥漫的小镇，镇民被到处奔走的老鼠折磨得痛不欲生，想了很多办法都不管用，这个时候一个穿着花布衣服的吹笛人来到了这个城镇，他说自己的笛声可以带走老鼠，但是要求镇民付给他报酬。

镇民答应了，吹笛人吹着笛子，老鼠从镇子里的各个角落涌出来，跟在吹笛人的身后排成一排主动走了，吹笛人吹啊吹，走啊走，老鼠在他身后似乎很高兴一般，寸步不离地跟着。

吹笛人走到了一条小河里，河水没过了他的腰，老鼠也走到了这条小河里，它们都被齐腰高的河水淹死了，四处漂浮在小河上。

鼠疫结束了，镇民们很高兴，但是他们却反悔了，不愿意给吹笛人报酬。

吹笛人于是又一次吹响了自己的笛子，笛声响起，这次从镇子里的四面八方走出来的却是镇民的孩子们。

小孩们笑着闹着，跟之前的老鼠一样挨个排在吹笛人的身后，蹦蹦跳跳，欢欣鼓舞，无论镇民怎么哭喊劝阻都不回头，吹笛人带他们离开了小镇，再也不见踪影。

有人说吹笛人又带这些小孩去了当初的齐腰高的小河里，试图淹死这些小孩报复镇民；有人说吹笛人把小孩变成了老鼠，去下一个城镇让这些老鼠作乱，他就可以继续收取报酬。

"你有看到是谁在吹笛子吗？"白柳问。

小白六回忆了一下："没有看到，笛声四面八方都有，我感觉不止一个人，不过吹笛子的人技艺不怎么样，吹错了好几个音，吹了小半个小时来来回回就是那几首童谣，给我的感觉就是初学者。"

"有孩子听到笛声之后出来吗？"白柳接着问。

"没有。"小白六这次回复得很快，"除了我们这几个新来的睡的房间没有老师守着，其他的房间都有老师或者是护理工陪着，所以只有我们能出来打电话。"

电话那头还有孩子刺耳尖厉的哭声，和追着他跑的那个孩子空洞又呆傻的笑声回响着，这个时候小白六像是才突然想起般，说了一句："对了，被追的是小苗飞齿，另一个投资人的孩子。"

"小苗飞齿？"白柳饶有兴趣地问，"他怎么出来打电话了？哦对，这小孩有个不太好的癖好，你离他远点。"

小白六问："什么癖好？"

白柳："他喜欢吃人肉。"

电话对面一静，紧接着又响起了小白六冷静理智的声音："那我明白他为什么晚上出来打电话了，他看到那个在地上爬行的小孩，主动想要出来，我以为他是出来打电话的，你说这个之后我觉得可能他就是拿打电话做个幌子，出来进食的。"

但奈何遇到的是个硬茬子。

"我和这个小孩的投资人有点仇，你少和他交际。"白柳说。

"那需要我帮你做什么吗？比如绊他一脚，让他摔倒在地被追上，然后被弄死之类的？"小白六说起做这种坏事情的时候，语气都是很平淡的，一点也不像是一个十几岁的小男孩，"不过我帮你做事，你要给我钱。"

"唔，暂时不用，保护好你自己就行，你比他对我来说更重要。"白柳摸着下巴轻笑一声，"我不记得我在你这个年纪胆子有这么大，敢这么胡作非为。"

小白六很无所谓地回了一句："可能是你在我这个年纪，没有遇到一个敢给你开陪聊天价报酬，并且一看就不是什么好人的投资人？"

白柳听到这句话，微妙地顿了顿，他回忆了下自己的十四岁。

……不得不承认如果他在十四岁的时候没有陆驿站坚定不移

地带他走守法做人的道路，并且遇到了一个给他钱让他为非作歹的投资人，那这种事情他还真的做得出来。

"小苗飞齿你不用管他，但是有两个小孩如果遇到了什么事情，你能帮就帮一下。"白柳若无其事地岔开了话题，"一个叫木柯，一个就是那个盲人女孩，当然，你帮他们我也是给报酬的。"

小白六用有点古怪的语调反问："这两个小男孩小女孩你也要救？你和他们是什么关系？给我钱救他们？那个小女孩长得是挺好看的……"

"你在想什么呢？她是我一个朋友想收养的孩子。"白柳瞬间就 get 了小白六的言外之意，他有点无语，小白六这崽子对成年后的他的道德水平估计得也太低了点，"我也没有坏到你说的那种地步，我对小孩没兴趣。"

很快考虑到自己一向要钱不要命的特性，白柳补充了一句："但你帮他们的一切前提都是以保障你自己的安全为主，你对我才是最重要的，记住这一点。"

那边的小白六静了几秒，没有正面回答他这个问题，而是毫无情绪地说："通话时间十七分钟三秒，给你抹零，就当十七分钟，一分钟一百块，总计一千七，你说的，记得给我结清。"

"以及你根本不是什么好人的人设，所以这种关心我的话就别说了。"小白六冷冷地继续，"听了怪恶心人的，投资人先生。"

说完，那边的小白六就"啪"一声干脆利落地挂了电话。

白柳："……"

过了差不多一分钟，白柳的对讲机又响了，对面的声音依旧礼貌且毫无波澜："对了，投资人先生，今晚我摔倒了三次，医药费用请你报销一下，我会让院长把账单寄给你的，祝晚安。"

"啪"一声又挂了。

白柳拿开自己的对讲机，有点不可思议地自言自语："我十四岁的时候，这么讨人厌的吗？"

CHAPTER 24

次日清晨，周一早上六点半。

白柳不想睡那个蘑菇稻草床，自己用书垫着在地上将就过了一夜，第二天起来地面上的书页就粘住了，因为房间里的湿度太高了，贴在地面上的书页都湿透了，粘在了地上，墙面上也有很多露珠，白柳看得直皱眉——三个加湿器不停工作制造出来的这种湿气简直比梅雨季节还离谱。

但病房里的三个加湿器是护士嘱咐过的，绝对不能关，就和病房内不能用高强度照明一样，是这所医院的规章制度之一。

他安静地坐在书页上等小白六的电话——这小孩为了钱早上也肯定会给他打电话的，毕竟是按分钟计费的。

等到早上六点四十五的时候，白柳的对讲机响了，这次小白六没有奔跑，而是呼吸声和脚步声都很轻，有种蹑手蹑脚偷跑出来的感觉。

　　"投资人先生，早上好。"小白六用一种近乎气音的声音小声说道，"昨天追我们的那小孩不见了，我出来的时候看到了老师在走廊讨论今天要带我们去教堂做一个见证，象征我们这些受过苦难的孩子正式进入受到庇护的地方，我们重生了。"

　　这群小孩是昨天进入福利院的，今天正好是周一，小白六这个说法让白柳瞬间就想起了那首童谣唱的"星期一出生"。

　　那么按照那首童谣唱的"星期二受洗"，按照流程明天就应该受洗。

　　"然后我们周二，也就是明天的时候要受洗，洗去在外面受过的苦难。"小白六轻声说，"孩童受洗的时候家长要在场，但我们除了刘佳仪都没有家长，所以是投资人观礼，周二是家长开放日，你们是可以进来的，我听老师说，会给你们这些投资我们的人寄邀请函，邀请你们来福利院观看我们受洗。"

　　白柳问："你们那边昨晚出什么事情没有？"

　　"昨晚出去打电话的小孩，我所在的房间里除了我还有小苗飞齿，但我们两个都成功回房间了，小苗飞齿哭了一晚上，看着应该没事，他跑得还挺快的。虽然一直在哭，但是并没有被抓到。"小白六语调平淡，"但凌晨的时候发生了一件比较奇怪的事情，我听到有小孩的脚步声穿过了走廊，他们跟着笛声走了。"

　　"这些小孩哼着笛声吹的童谣，我起身看了一下，感觉他们应该是清醒的，不是在梦游，还有说有笑的，他们就像是那个童话故事里描述的小孩一样，排着队蹦蹦跳跳地循着笛声的方向去了。但到目前为止，天都快亮了，我也没有看到他们回来。"

　　这也和现实里白柳知道的信息一致，一群小孩凌晨的时候跟着笛声走了，消失在了一个封闭的儿童福利院里，怎么都找不到了。

　　"你觉得那个笛声有催眠或者是迷惑的效果吗？"白柳思索着询问，"你听了会想跟着走吗？"

　　小白六不假思索："不会，吹得奇差无比，听得我想上厕所。"

　　"……"考虑到自己好像一向对这种催眠暗示类的东西抵抗

力很强，白柳在现实世界看心理医生的时候也很少被引导，他多问了一句，"你们房间其他孩子有被这个笛声影响的吗？"

那边沉默了一会儿，好像是在回忆，然后小白六开口道："应该是没有的，除了小苗飞齿哭了一晚上，房间里其他的小孩都睡得很熟。"

没有催眠和迷惑效果的笛声，为什么这群孩子会主动跟着走？

白柳陷入思考，难不成这个副本里真的有一个"吹笛人"设定的怪物？但如果是这种设定的怪物，为什么每次都只引走几个小孩？毕竟故事里的吹笛人笛声可是无差别攻击，一下就把所有的孩子都带走了，但这个儿童福利院版本的吹笛人每次都是精准攻击，只带走几个小孩，还是孩子主动的，这是怎么做到的？

小白六那边的声音突然压低："老师要过来检查我们了，这次的通话时间是十二分三十七秒，四舍五入十三分，一共一千三，加上昨晚的一千七一共三千块，承蒙惠顾，下次见，投资人先生。"

那边说完，非常冷酷地挂断了电话。

白柳这次确定了，小白六这小朋友一定是掐着秒表和他打电话的。

早上九点，病房和走廊内都传出了广播通知："各位病人早安，九点后各位可以开门活动，已经寻找到自己药物的病人，五分钟后护士们将会把药物送到你们病房进行用药，还未寻找到自己的药物的病人，请到一楼的医院餐厅用餐，用餐后请加快寻找自己的药物的步伐，你们已经病危了……"

白柳开门，他看到这一层楼的其他病房也开门了。

一夜过后，这些出来的病人似乎都精神了不少，都像是吸足了加湿器给的水分般，没有那么干枯了。

走廊上有护士推着那个餐车踩着高跟鞋跑得飞快地给一些病房里的病人送药，白柳试图跟过去看两眼，但护士动作太快，白柳只瞄到了药装在一个密闭的不锈钢容器里，并且护士推着餐车

送药路过白柳的时候，白柳能听到一种类似于水晃荡的咕噜声。

这样看起来这个药应该是个液体，白柳思索着记下。

木柯和白柳入住之前打过暗号，这两个人住的是同一层，都是第九层，木柯走出来了，他眼下挂着的黑眼圈比之前的还重，像期末考试的时候熬夜备考临时抱佛脚的学生，一直在打哈欠，一看就熬夜看书了。

白柳一出来，木柯就死死盯着白柳，那眼神之渴切专注，让人看得头皮发麻，像只熬夜通宵之后还很精神的猫，满脸写着快来撸我。

这一看就是要摇尾巴讨赏了。

白柳顺从地问了一句木柯："你有什么发现吗？"

"这游戏要我们在医书里找方子，我因为生病，看过很多相关的文献，对这些还挺懂的，昨晚本来想和你分工一人看一半的，结果第一天病人不能出房门，我就直接先看了，昨晚看了二十一本。"

木柯说着，又拍拍嘴巴打了一个哈欠，困得眼泪都流出来了，他忍不住抱怨道："这游戏设定也太狗屎了，房间里又暗又湿还不准用灯光，看得我眼睛都要瞎了，幸好有笔可以定位一下视线，不然我都要看出散光了。"

听到"二十一本"，白柳诡异地沉默了一会儿。

这游戏里的书都特别厚，厚到什么地步呢，厚到白柳根本就没有动过要去看的念头，木柯这家伙一晚上居然能看二十一本……

"你看完了能都记住吗？"白柳询问。

木柯很奇怪地看了白柳一眼："看了就能记住啊，为什么记不住？"

白柳："……"他就记不住。

白柳感受到了学霸对学渣的蔑视。

"你看了多少本？"木柯问白柳。

白柳这个学渣沉默了一会儿，老老实实地说："0.01 本。"

他就翻了两页就关上了。

熬夜加用脑过度让木柯反应下降得很厉害，他稍微有点凝滞地思考了一下白柳的话，才木着脸重复了一下："0.01 本？"

这约等于没看吧！

然后木柯很快反应过来，他有点着急地靠近了白柳，左右看了看确定没有其他人之后，压低声音问白柳："你不是真的要去 ICU 偷那个什么续命良方吧？！白柳你不想看可以都让我看的，我看书很快，最多三天我就可以看完那一书柜的书了！"

"但就算你看完了，你知道自己要找的续命良方长什么样子吗？"白柳转过头质问木柯。

木柯一怔。

他的确不知道。

就算木柯一晚上看了二十一本，他能记住里面每一个字眼，但木柯的确不知道要找的续命良方是什么东西，因为"续命良方"这个系统要他们找的东西的定义太模糊了，没有一个明确的指向很难确定"续命良方"到底是什么——是某一种具体的药物，一种治疗方案，还是别的什么东西？

"没有确切的指示，我们很难知道我们要找的续命良方到底是什么东西。"白柳看木柯一眼，很有耐性地提示，"而且系统的任务提示是在医院内的图书柜找续命良方，并不一定特指我们病房内的图书柜。"

"但所有病房的图书柜都是一样的啊。"木柯有点不安地看着白柳，"我上来的时候特意在别的病人还没关门的时候，偷眼看了一下他们病房里的书柜。这里所有的病房都有书柜，我记忆力很好，我能清楚地记得我看过的所有病房书柜里面的书种类都是差不多的，如果系统是想让我们看书找续命良方，那闯进 ICU 去我们能看到的还是那些书，意义不大的，白柳。"

"但别人的书，和我们的书，有什么差别呢？"白柳看向木柯，"你昨晚看过的书和你没看过的书，有什么差别？"

木柯愣怔了一会儿，他思考了一会儿意识到了白柳想说什么。

"是笔记！"木柯语气恍然，"在病房的这种灯光下看书，书上一定会留下笔记，因为没有笔来定位视线，一眨眼根本找不到自己上一句读到什么地方了。"

"假如在这个没有医生的医院里，所有人都是在自医。"白柳不急不缓地解释，"假设他们和我们一样，都是进入医院，然后看书，在书中寻找治疗自己的办法，而这个医院内禁止携带任何大型光源，但光线又非常地差，那么这些人看书应该就是借助病房内本来的灯光，所以我们的抽屉里才会有那么多的笔。"

"因为在这种光线下，没有笔根本无法看书，而有笔的情况下，书上就会留下各种各样的笔迹，或者说痕迹，一些重要的信息他们一定会圈画起来，方便下次查找。"

白柳平静地扫了木柯一眼："按照那首歌谣的唱法，周四生病周五病重周六死亡，这个病应该是随着时间加重的，ICU 的病人病得最重，来的时间最长，他们很明显已经在接受治疗了，所以他们书上的笔记里是最有可能透露出系统所谓的'续命良方'的。"

木柯皱眉："但就算是这样，ICU 我们根本闯不进去。"

这么多护士守着看着，还有一个苗飞齿守在一旁，去 ICU 这种异常的举动绝对会引起苗飞齿的注意的！而且 ICU 里那个东西……明显已经没有人形了，很大概率就是怪物。

白柳看向木柯："本来我还担心那么多笔记我看不完记不住，你在我就放心了。"

"我可以帮你记！"木柯点头，但他有点忧虑，"但白柳，我们怎么进 ICU 啊？"

白柳摸了摸木柯的头，他垂眸语气低沉："你愿意为我做所有事，对吗，木柯？"

木柯迟疑地抬头看向了白柳，白柳的眼神深不见底，他这样看似平和地凝视着人的时候，漆黑的眼珠子给人一种深邃海域般的不寒而栗的感觉，让木柯稍微有些心绪不宁，但他咬了咬下唇，还是开了口："我愿意，白柳。"

"那你愿意杀了我吗？"白柳含着一种温柔的笑问木柯，他抽出一根雪白的骨鞭放在了木柯发颤的手心，语调轻柔诱哄，"用我的鱼骨鞭把我勒伤到大出血，你会吗木柯？"

木柯呆滞住了。

十几分钟后，一道急救铃响彻整个私人医院。

此时苗飞齿和苗高僵正在一楼吃饭，他们并不着急寻找白柳并且杀死他，首要的还是通关的线索，但他们骤然听到这个急救铃的声音还以为触发了什么游戏剧情，苗飞齿警觉地站起拔出了武器，另一个角落里因为妹妹正在忧心忡忡吃饭的刘怀也条件反射般地抽出了自己的袖中剑，或者说暗影匕首。

一个浑身都是血的病人跌跌撞撞地从应急楼梯上走了下来，他的手上还拿着一根雪白的骨鞭，神色仓皇地就往外跑，这样很有标识度的道具瞬间就引起了苗飞齿的注意力。

他越过食堂里的几个桌子，移动速度飞快地手拿双刀拦在了这个玩家面前，苗飞齿双刀一放砸在地上，立马就把这个玩家吓了一跳。

这个一路哭号着跑得飞快的病人在湿漉漉的地面上没跑稳当，一个屁股蹲滑摔在了地上，这玩家眼泪哗哗地就流出来了，把东西一丢就惨叫出声："白柳你不要找我！！是那个怪物杀死你的！我只是给你补了一刀想捡漏而已！"

这玩家身上脸上全都是血，呼吸也不畅，似乎被刚刚看到的一幕吓得不轻，现在手也是抖的瞳孔也是散的，跪在地上抱着头，像是惊恐不已般地呜呜呜大声哭着。

"窝囊废。"苗飞齿对这种普通玩家没什么兴趣，他踹了这玩家一脚，把这玩家踹得飞出去背砸在饭桌柱子上，"站起来回我的话。"

这玩家被柱子撞得反弹了一下，痛得大声"呜"地叫了一声。

木柯眼眶里全是眼泪，恐惧的害怕的，伤害白柳之后带来的巨大愧疚感和亲手伤害保护神的不安几乎让木柯失控，让他精神值都开始波动了。

白柳亲手握住他的手用那根满是鱼刺的锋利骨鞭环绕过自己雪白纤细的脖颈的时候，木柯一直疯狂摇头，几乎是在求着白柳不要这样折磨他。

他哭着求饶，说白柳，你杀我吧，杀我也可以进入 ICU 对吧？那我来做这个受伤的人好不好？

而白柳微笑着说不好，他说我记性不好，记不住那么多笔记，所以受伤的只能是我，你才是那个需要保持清醒的人啊，木柯。

你要和我一起打联赛，你就不能总是依赖我，木柯，你需要成长，而成长的第一步就是尝试脱离我自己做事。

白柳握住木柯的手收缩自己脖颈上的骨鞭，鱼骨刺入他的皮肤，鲜血从孔洞里涌出浸染在稻草床上，染红了雪白的床单。

木柯像一只被迫脱离巢穴的雏鸟般，歇斯底里地崩溃尖叫，而白柳嘴角溢出鲜血，他漫不尽心地轻笑，大量的血泡涌入气管让白柳呛咳，而这个人居然还在抚摸木柯的头，好似一个教导者临死之时在向自己的学生交代遗志——木柯，无论在这场游戏里，还是下一场游戏里，我们都要赢，还要赢到最后。

而这一切，都要靠你了，木柯。

你要骗过苗飞齿和苗高僵，赢得他们的信任，不然我们就真的都死定了。

木柯咬牙控制住了自己后背被苗飞齿一脚踢飞后撞得近乎裂骨般的疼痛，他的心脏因为剧烈的情绪起伏和运动而极度收缩着，让木柯几欲作呕，但他还是尽忠职守抱着头瑟瑟发抖，假扮一个什么都不知道的捡漏的普通玩家。

所有护士都神色匆匆地往上面走，还有几个护士在推急救床，一边走还一边交流着。

"是哪个患者发生了紧急状况？叫什么名字？"

"患者叫白柳！自己按了急救铃，护士过去确认是颈部出现了撕裂伤口，失血过多，需要紧急抢救！"

"怎么会出现了撕裂伤口？！他昨晚开门了是不是？"

"……我们和昨晚那层的巡游护士确认了，好像昨晚他的确开门了，很有可能是这个原因放了东西进他的病房……"

"快送手术室输血缝合！我们医院有护士或病人会缝合吗？"

"有！ICU 病房的床位准备好，等出手术室直接进病房！"

苗飞齿和苗高僵互看了一眼，两个人都从对方的眼睛里看到了不可思议，苗高僵皱眉："白柳昨晚开了门被攻击了？这真的是白柳？"

"应该是，NPC 不会认错玩家。"苗飞齿意味不明地嗤笑了一声。他看着一群护士火急火燎地往楼上跑，一边跑一边说病人情况紧急，苗飞齿不免有些幸灾乐祸："嚯，看这情况，白柳是要白送我们一血啊。"

说完苗飞齿还假模假样地叹息一声："怎么办？我还准备拿他直播呢，他要是死了可就没有效果了。"

说完，苗飞齿就用脚尖挑起了伏趴在地上发抖的木柯的下巴，居高临下地用双刀拍了拍狼狈沾染着血的木柯的脸。

"起来，我们要问你几个问题，老实回答。"苗飞齿邪笑两声，"不然有你好受的。"

说完，苗飞齿从不知道什么地方掏出来一个天平道具。

这个道具木柯在白柳《爆裂末班车》的 VIP 视频里见过，叫"法官的天平"，是一个用来测谎的常见道具，牧四诚曾经在刘怀身上用过。

而在职业联赛玩家之间这是一个很常见的道具，之前张傀也有，被牧四诚偷了而已，在确定对手中有人是白柳这种智力类型，很喜欢玩各种如反间计的计谋智斗的时候，很多职业玩家都会随手携带一个。

苗飞齿这次就特意带上了这个道具，防火防盗防白柳。

木柯看到这个道具瞳孔忍不住一缩，但他很快放缓了自己的呼吸——冷静冷静，这个道具只能回答是和否，而且他记得是可以靠情绪操控回答的，牧四诚就被刘怀的回答糊弄过。

"别想着撒谎啊，我可不会像牧四诚那么蠢被糊弄，当然如果你就是牧四诚那不好意思我就冒犯了。"苗飞齿似笑非笑地蹲下来，他的弯刀围住了木柯，"你最好不要耍花招，这个天平在回答一些很复杂的问题的时候，的确是会出现一些谬误，但是简单的问题，这个天平是绝对不会出现问题的，你撒谎我就把你弄死，一秒钟的工夫都花不到我的。"

苗飞齿目光冷凝地用刀环住了木柯的脖子："第一个问题，你真的如你所说，刀了白柳吗？"

"是，是的。"木柯被刀比着，不得不抬起了头，他声线颤抖，"是我亲手用、用他手中的鱼骨割了他的脖子！"

木柯一边说还一边举起了那根染血的白色鱼骨给苗飞齿看。

天平摇晃一下，很干脆地偏向了"诚"。

"好，就算你刀了他，白柳这种喜欢玩阴招的也不是玩不出自刀反间计的套路，接下来是第二个问题，你是不是白柳的同伙……"

木柯的心提到了嗓子眼，他紧张地看着苗飞齿，连气都要吐不出来了，他的手上已经握紧了塞壬的骨鞭。

然后苗飞齿冷冷地说出了接下来的三个字："——牧四诚？"

其实也不怪苗飞齿只想到了牧四诚，一个是因为白柳才过了两个游戏，这家伙也没有加任何公会，就算是个控制系玩家也没有可以控制的玩家。

因为在游戏大厅内控制系这种强制技能是无效的，也就是说白柳只能在游戏里发展下线，啊不，是同伙。但这人一共也才过了两个游戏，第一个还是单人游戏，第二个多人游戏里白柳倒是控制了杜三鹦和牧四诚。

但杜三鹦一出来就很明确地说过脱离白柳控制了，这家伙幸运值爆表，总是能找到脱离困境的办法，白柳控制不了他多久是所有人意料之中的事情。

刘怀和方可这两个人是白柳通过张傀控制的，张傀死了这两个人也就脱离掌控了，所以只剩一个牧四诚还明确处于白柳的控制之下。

说起白柳的同伙，苗飞齿第一个想到的就是牧四诚。

而且苗飞齿很在意牧四诚的还有一个点就是，牧四诚这家伙潜力很大，并且技能判定很强，苗飞齿算不上忌惮牧四诚，但他会有点烦牧四诚这种强判定高移速的玩家，正面对决虽然牧四诚在苗飞齿手上是讨不到好处的，但会很难缠。

牧四诚那个盗贼的个人技能判定很强，如果他和白柳一起进来拼死护住白柳的话，这个盗贼的移速和强判定吸引仇恨会给苗飞齿这种速攻类型的玩家带来不少的麻烦，就像是当初牧四诚靠着自己的强判定从黑桃这个攻击水准全游第一的人手里偷到道具一样。

没有速攻型选手会喜欢牧四诚的，包括苗飞齿。

之前在福利院登记室登记的时候，苗飞齿特意检查了上面有没有牧四诚的名字，的确没有。

但苗飞齿对于这种由玩家自己写下来的东西信任度有限，一定要自己亲眼确认了才行。

刘怀和刘佳仪的身份，苗飞齿刚刚直接在食堂和刘怀确认了，刘怀毕竟是国王公会的玩家，没有利益冲突的情况下苗飞齿不会故意刁难他，刘怀也不会故意拒绝苗飞齿这种比张傀等级还高的玩家的一些小要求，比如确认自己是谁。

在游戏里，确认一个玩家身份最直接、最快速的办法就是看玩家的系统面板。

刘怀直接给苗飞齿展示了自己的系统面板，上面有他的副身份线，他的妹妹刘佳仪。

但这个办法可信度有时候不一定很高，尤其是对于白柳这种拥有控制技能的玩家而言，所以苗飞齿他们会多方确认。他们还让刘怀使用了自己的个人技能和核对了一些国王公会内部的信息，最终确认了刘怀的身份。

《爱心福利院》一共六个玩家，苗飞齿和苗高僵占去两个名额，刘怀和他妹妹占去两个，白柳占去一个，就剩一个，而这一个……苗飞齿的眼睛眯了眯。

"你是不是白柳的同伙——牧四诚？"

木柯听到这个神转折有些迷茫地摇了摇头："我不是，我只是个普通玩家。"

天平又一次偏向了"诚"。

苗飞齿说："把你的系统面板打开给我看看。"

木柯老老实实地把自己的属性面板什么的全都拿出来给苗飞齿看了，连仓库都让苗飞齿看了。

他没有个人技能，属性面板虽然不算低，有 C+ 了，但和苗飞齿比起来还是差得太远了，仓库里更是什么乱七八糟的都有，什么用过还剩十几分钟的烈焰火把、校园笔记、捆绑的绳子，还有一个缺了键帽的键盘，和一个人鱼雕像。

"看来真的是个普通玩家。"反复让木柯展示面板之后，在一旁围观的苗高僵下了定论。

苗飞齿啧了一声："不是说牧四诚被他控制了吗？怎么没有跟着来？"

"牧四诚一个盗贼，他有很多销赃的渠道，搞到了什么摆脱白柳控制的道具也不稀奇。"苗高僵倒是不惊奇，而且牧四诚不来，会让苗飞齿轻松不少。

木柯听着苗飞齿和苗高僵的对话，他低着头握紧了拳头……牧四诚比他强得多，强到他面前这两个顶级玩家都会顾忌的地步，如果是牧四诚陪着白柳来这个本，白柳就不会这么冒险。

木柯心里清楚，他怎么都比不上牧四诚……因为他没有牧四诚那么强的个人技能，在发展上永远矮了牧四诚一头，但他就是不甘心。

不甘心白柳那么信任他，他还是成长不到牧四诚那种可以帮助白柳的地步。

从来没有人在他身上寄托过这么多希望，因为木柯是病人，他就算什么都做不到也可以，所以对他抱有希望是一种负担。

也是一种浪费。

但白柳会说，你必须要做到，我相信你，并且在我这里百分百假设你可以。

苗飞齿还想问问题，被苗高僵拦住了，他蹲下来用天平放在了木柯的面前，状似和蔼地看着木柯，似笑非笑："这天平还剩最后一个问题，现在我来问你，你前两个问题都没有撒谎，希望你这一个问题也不要撒谎——你是不是被白柳控制的玩家？"

苗高僵不疾不徐一针见血地问出了最关键的问题——这位老油条在警惕木柯这个普通玩家进入游戏之后被白柳控制的可能性。

木柯强忍住转移自己的视线，他仰头看向苗高僵，撑在地上的手还在发抖，上面那种割开白柳皮肉的撕扯感正在他大脑里反复播放，他的呼吸声无比急促。

这个问题他不能撒谎，这个天平对于简单问题的识别是不会出错的，他的确在被白柳控制，如果撒谎被识别出来他和白柳都得完蛋。

木柯嗓音颤抖地深吸一口气："……我是被他控制的玩家。"

天平在中线上摇晃了两下，缓缓倒向了"诚"。

苗飞齿眼睛一眯，高高举起自己的双刀，就要解决掉这个被白柳控制的玩家。

木柯的眼泪一瞬间就落下来了："但我已经摆脱了他的控制！我是趁他被怪物攻击，刀了他逃出来的，我是出来求救的，他好像是被我和那个怪物重伤失去意识之后，就不能控制其他玩家了。"

说完木柯还点开了自己的系统面板里的个人面板，再次抬起

盈满眼泪的眸子，把自己的面板展示给苗飞齿和苗高僵看："你们可以看我的面板，没有任何人对我的控制技能，我已经脱离控制了。"

常规来讲，一个玩家处于另一个玩家的控制技能下的时候，个人面板上会有一个状态显示，也就是"XX 玩家处于 XX 玩家的控制中"这样一个提示，但木柯的个人面板上的确没有，干干净净的。

因为白柳并不是控制的木柯，他是直接成了和系统一样的幕后指导，所以根本不会在木柯的个人面板上有任何显示。

苗飞齿和苗高僵检查过木柯个人面板之后，苗飞齿迟疑地收回了自己的武器，但苗高僵并没有轻易相信木柯。

苗高僵站在木柯旁边，他眼睛眯了眯，多疑地问了一句："但你一个普通玩家，怎么有胆子去反抗白柳，还抢他的东西？他毕竟是上一轮的新星第二。"

木柯咬了咬下唇，眼眶里很快蓄满了泪水，他抽了下鼻子："因为我不想被他控制，我非常讨厌白柳。"

木柯的反应让苗飞齿敏锐地意识到这里有一个有节目效果的看点。

白柳这个第二次游戏就冲上了新星第二的玩家，身上的话题度是巨大的，他的粉丝充电力度甚至在应援季都不输一些小公会的明星玩家，比如苗飞齿本人，要真论充电应援，苗飞齿的数据不一定有白柳这种势头极猛的黑马的好。

这让苗飞齿感到烦躁，白柳冲得太猛了，明年这小子要是真的进联赛，和牧四诚一起的话，在赛场上一定会大放光彩，还会给他造成不少麻烦。

苗飞齿选他下手的原因之一就是白柳实在是太招人嫉恨了，尤其对于是他这种联赛团战边缘选手。

白柳上一轮的充电积分连苗飞齿这种打过一年职业的都眼红。

这种眼红就像是现实中的职业选手眼红网红主播挣得多一样，尤其当你知道这个网红主播明年就要和你同台竞技，你的粉丝很有可能打不过对方，苗飞齿这种心眼小的就毫不犹豫地下水仗势欺人了。

像顶级类别的职业玩家，比如红桃和黑桃这种，是不屑于在这个点和新人较量的，他们将更多精力都放在了练团赛上，只有苗飞齿这种团赛没希望，只有一个双人赛拿得出手的，才会走这种噱头路子。

木柯这种一看就和白柳有过什么过节的玩家，说出来的话就像是对明星玩家的爆料。黑料，可以一定程度上影响这人的充电支持率，苗飞齿就是想恶心小电视面前的观众，想黑白柳。

“你讨厌他，你为什么讨厌他？”苗飞齿被这句话激起了一点八卦兴趣。

木柯眼睛里的狠戾藏在泪眼蒙眬下，他哽咽着，崩溃地把压抑了一路的绝望心情哭了出来，眼泪肆意流淌，说的话却带着一点很幼稚的孩子气：“他差点让我亲手杀死了我最重要的人，所以我现在很讨厌他！”

他哭得又实在可怜，就算是顶着一张“瘦长鬼影”的脸也让人见了就怜惜，让苗飞齿忍不住多问了两句。

“你和他是现实世界的仇怨？”苗飞齿挑眉问道。

天平的三个问题已经问完了，木柯松了一口气，他维持着自己的面部表情，很逼真地抽泣了一声，应了一声：“是。”

苗飞齿还想继续挖掘白柳的料，苗高僵拦了一下他，示意他先把注意力放到游戏上，苗飞齿兴致缺缺地站了起来：“一个二级游戏，联赛里我们打二级地图还加高等级对手都不知道打了多少次了，你紧张什么？”

“你们是苗飞齿和苗高僵吧？”木柯偷眼看这两个人，他也扶着椅子站起来，把塞壬的骨鞭双手呈上给苗飞齿，低着头态度很恭敬，“我知道你们要在这个游戏里杀死白柳，我愿意把我得到的所有东西都交给你们，只要你们愿意带着我一起杀死他。”

“就算你不给，我们也能从你手里抢过来，你给只能说明你

识趣而已。"苗飞齿漫不尽心地接过木柯上供的骨鞭子，随手挥了一下，啪一声在地上打出清脆的响声，地上一点刮痕都没有。

苗飞齿皱眉："这鞭子好难用啊，我看游戏里这东西的攻击判定比牧四诚的都强，但怎么一点伤害都打不出来？"

这根染了白柳血的鞭子就跟没开刃的刀一样，割在地上苗飞齿感觉是钝的，有种生锈的钝感，连鱼刺都不锋利了，好像做错事一样尖端勾着。

苗飞齿甩了两下，丢了一个侦察道具确定了是鱼骨鞭，就索然无味地收了起来，对着空气中不知名的观众叹息："你们看了啊，你们很期待的这个道具很一般，就看鬼镜拼起来的表现怎么样了。"

苗高僵和苗飞齿两人自顾自地交谈，虽然拿了木柯上供的鱼骨鞭，但根本没有把木柯当一回事。

"你们最多只能杀死医院这里的白柳吧？"木柯深吸一口气开口吸引了苗飞齿的注意力，他抬头看向苗飞齿，"但白柳还有 50% 的生命值在福利院的儿童白六身上。"

"那个儿童不死，白柳也就没事，但我们投资人不能随便进入福利院，你们知道怎么杀死那个儿童白六吗？"

"而且除此之外，你们也不知道在福利院里的自己儿童的情况对吧？"木柯很肯定地说，"但这些儿童身上有你们 50% 的生命值。"

苗飞齿和苗高僵齐齐一静。

这倒是个很现实的问题，他们的实力的确是很强，但他们的儿童的实力却不够强。

这些儿童身上承担了他们 50% 的生命值，可他们却对这些承担了自己一半生命值的小崽子的情况一无所知。

苗高僵昨晚没有接到自己儿童的电话，苗飞齿倒是接到了小苗飞齿的电话，但小苗飞齿跑得鸡飞狗跳的，年幼的儿童服从性太低了，无论苗飞齿怎么辱骂利诱，对面的小苗飞齿还是很快哭号着挂了电话，他什么有效信息都没有得到。

不要说弄死白柳了，现在苗飞齿和苗高僵连儿童通关的主线任务都没有交代清楚，更不用说让这些小崽子按照他们说的去做了。

"昨晚和今早，我的儿童都给我打电话了……"木柯斟酌着说道，"我小时候胆子比较大，他也很听我的话。"

其实不是他的儿童，木柯小时候胆子也很小，胆子大的是白柳的儿童。

目前从自己儿童那里接到两个电话，通话时间长达三十分钟的玩家只有白柳，其余的玩家根据小白六昨晚描述的情况，应该只有苗飞齿接到了电话，而且这通电话应该也不太通畅。

因为小苗飞齿打了电话后没过多久就哭天喊地地跑回去了。

在其余人没有接到电话的情况下，木柯眼也不眨地撒谎："我有一个很关键的信息，可以用来解决小白六，我的儿童也可以帮我们了解福利院内部的情况，甚至是在我的指示下杀死小白六。"

苗高僵凝视木柯几秒，木柯连呼吸的频率都控制得很好，眼神毫不闪躲地和苗高僵对视。

"可以，我带你，我也不是没有带过公会低级玩家。"苗飞齿先一步松口了，他收回了自己的双刀，"你老实点跟在我们身后，不要惹事。"

苗飞齿舔舔自己的牙齿，露出一个很奇异的笑容："任何一个白柳，我们都不能放过，包括福利院里那个小的白柳，当然那个更好吃，好吃的东西要留到最后。"

"现在，就先杀医院这个老一点的吧。"苗飞齿笑眯起了眼睛，"进来之前我的观众可是给我充了几万的积分，要看我吃他至少三斤呢。"

木柯看到苗飞齿往 ICU 走去，很明显是要去找白柳了，他的心又一次提到了嗓子眼。

想到白柳之前和他商议的计划，木柯强行让自己的头脑冷静下来，跟在苗飞齿和苗高僵的后面走了过去。

医院电梯灯亮起，从手术室所在的七楼直降一楼，电梯的门缓缓打开，护士推着一张急救床冲了出来，躺在急救床上的投资人身上盖了白布，双眼紧闭，面色出奇地苍白，一动不动双手合十地躺在病床上，宛如已经死亡。

木柯一看到白布上全是血，他腿都软了一下，脸色全白，一下没装住，差点眼眶含泪喊出了一声"白柳"来。

急救床上盖住白柳的大白布上全是血，白布垂落在病床的两边，旁边两个护士还在摁住白柳流血的那个地方，看样子应该是颈部，白布上的血顺着边沿，滴滴答答地向下滴落，一路从电梯门口随着车子往外推而一直在地面上滴出血点。

护士神情紧张焦急，一边推着车一边大喊着让一让。

"病人大出血情况紧急！ICU病房准备！"

"血初步止住，但病人失血过多，这个病人找到自己的药了吗？有药物吊着命可以好很多。"

"没有！是昨日才入院的新病人！"

木柯心慌到不行，眼神和步伐都下意识地想追着白柳的急救床走，这个时候他看到了白柳藏在白布下细长如蜘蛛脚的手指，好似随着急救车的晃动，若隐若现地在车底一晃而过，手指之间夹住了一个很奇怪的物品。

看到这个物品，木柯顿时屏住了呼吸清醒了过来，站定在原地不动了。

木柯迅速点开了自己的系统仓库确认了一眼。

果然，他的键盘被动过了。

上次少的"1""0""7"三个键帽已经回来了，这次少的是一个"enter"键帽，也叫作回车键。

而这个"enter"键帽，被病床上的白柳夹在食指和中指之间，刚刚在白布下一晃而过。

这个键在电脑语言里的意思是"执行命令"，字面意思就是"进入"，这是白柳在告诉木柯："继续执行我的计划，进入107房间。"

　　苗高僵的警惕性要强一些，他看到木柯在看自己的系统面板，跟着凑过去看了一眼，发现这人只是在清点自己的道具。

　　木柯的道具都破破烂烂的，除了一个人鱼的雕像还算是有用——但也只是一个毫无特点的普通道具——还有一个烂得键帽都少了一个的键盘。

　　……之前这个键盘是只少了一个键帽吗？苗高僵有些疑惑，但很快别的事情吸引了他的注意力。

　　苗飞齿本来试图上前用双刀偷袭白柳，但被护士严防死守地制止了，紧跟着白柳就被送进了ICU，和那个面上同样盖了白布、手脚细长得不可思议的病人并排躺在一起。

　　木柯也看到了ICU里的确也有每个病房都有的书柜，上面书的类别数量和他病房内的都差不多，但明显陈旧很多，的确是被反复翻看过的样子，有些都已经破损了，还能看到上面的字迹，和白柳所说的一样，病房里的病人应该是做了详细的笔记。

　　苗飞齿试探着要跟进ICU，都被护士厉声呵斥了，苗飞齿有点烦闷地喷了一声，目光幽幽地看着ICU里还在装呼吸机的白柳："有NPC拦着，进不去。"

　　"等换班吧。"苗高僵比苗飞齿要沉稳很多，"我搜地图的时候摸进了护士的值班室，看到了她们的换班表，在晚上八点四十五到晚上九点之间，是她们的白班护士和夜班护士的换班点，这个时间段ICU这里应该守备很松懈。"

　　"等晚上吧。"苗飞齿兴致缺缺地收起了双刀，"我还以为中午就能拿他下饭呢，没想到是吃夜宵。"

　　这两人说起闯ICU，言谈之间就好似进入一个普通病房，似乎根本没有把ICU里那个怪物似的病人当回事，但其实也很正常，因为苗飞齿和苗高僵这两人面板属性相当高。

　　苗高僵提醒一句苗飞齿："晚上要打怪，你看看自己的个人面板，把精神值和体力值加满，毕竟我们现在生命值只有一半了，小心点。"

他说完也查看了一下自己的个人面板，然后就开始拿出高级精神漂白剂和体力恢复剂喝了起来。

"知道了。"苗飞齿漫不经心地应了一句，又回嘴了一句："一个二级副本而已，不用这么大惊小怪，这里的怪顶天了也就 A+，就算是我们现在生命值只有一半也随便过。"

但苗飞齿还是象征性地点开系统面板查看了一下自己的个人面板，这两人看面板的时候没有顾忌木柯这个普通玩家，毕竟大部分玩家的面板对于观众都是公开的，尤其是他们这种高面板属性的玩家，这算是他们炫耀和吸引观众的资本之一。

木柯很顺利地偷瞄到了这两人的个人面板。

玩家名称：苗飞齿

体力值：1780

敏捷：1793

攻击：3900

抵抗力：1400

玩家苗飞齿面板属性点总和超 8000，评定为 S- 级玩家

玩家名称：苗高僵

体力值：1980

敏捷：1300

攻击：2000

抵抗力：4300

玩家苗高僵面板属性点总和超 8000，评定为 S- 级玩家

木柯心跳有些不正常地快，他假装若无其事地收回了自己偷瞄的目光。

这两个玩家居然都是 S- 级的，难怪他们根本没把 ICU 里的病人当成一回事，就算是上一次搞得白柳他们够呛的盗贼兄弟也不过是 A+ 级别的怪物，那已经是二级副本里顶级难搞的怪物了，这两个人直接是 S- 级别，虽然不说秒杀，但也和二级副本的怪物根本不是一个级别的。

难怪这两人进入游戏以来一直都不慌不忙的，因为这个副本里的怪物根本威胁不了他们两个 S- 级别玩家的生存，杀完白柳之后再倒过来做任务，也就是多花点时间罢了，对他们来说不会有什么生命危险。

但反过来就不一样了。

对白柳来说，这代表在这个二级副本里，不仅有可以对他造成生命威胁的副本怪物，还有两个比怪物还恐怖的 S- 级别的玩家在追杀自己，而且比怪物还难搞的一点是，这两个协同来追杀他的玩家从面板属性上来看是极其互补的。

怪物至少还有弱点，但从面板和技能上来看，木柯认为苗飞齿和苗高僵这一对组合可以说是没有弱点的。

苗飞齿防御稍弱，但他输出极高，在个人技能的附魔下，平A 一次都能打出三千多的伤害，移动速度也很快，A 级别的怪物基本两三次就会在苗飞齿的双刀下狗带。

而苗高僵虽输出稍低，但是防御极强，苗高僵就算是站着不动，在防御技能全开的情况下让《爆裂末班车》的弟弟用那个全车厢爆裂的大招轰，也要轰个五到十次生命值才会见底，再加上苗高僵为了保护苗飞齿，精神值跌落之后还会继续爆发，有联赛第一爹 T 之称。

简单来讲，这两个人谁想搞死白柳都是轻轻松松，这要是个让所有玩家在一个地图上敞开对抗的那种非剧情向副本，白柳多半会落地成盒——一进游戏就 GG。

当然《爱心福利院》显然不是一个这样的副本。

这里的 NPC 对于玩家的限制颇多，还有个分割生命值的"儿童版玩家"的存在，这让苗飞齿这种为了适应联赛打了几个月对抗类副本的攻击型玩家有点束手束脚，很不适应这里的节奏，但

他们毕竟也是从底层玩家过来的，很快就摸到各种规则的套路。

白天苗飞齿和苗高僵搜索了整个医院找"续命良方"，这两人毕竟是老玩家了，思维方式和白柳这种游戏策划有雷同之处，老玩家怎么可能按照系统提示老老实实看书找线索，再加上他们根本不怕病房里那些怪物似的病人，都是直接闯进去找的——苗飞齿和苗高僵也认为这些病人的病房内应该是有系统所说的"续命良方"的。

但不幸的是，在闯了差不多一层楼的病房之后，苗飞齿和苗高僵被投诉了，这两人被其他病人投诉扰乱正常休息，被强行禁锢在了自己的病房内，到晚饭之前不准出来，苗飞齿他们这种玩家虽然不怕怪物，但是对于这些 NPC 还是无法违抗的。

因为一旦违抗，NPC 会产生态度倾向，会限制玩家的行动。

系统提示：护士 NPC 对玩家苗飞齿和玩家苗高僵屡禁不止的捣乱行为非常生气，警告玩家若是再继续下去，明天禁止离开病房。

于是苗飞齿只能回了病房，但他也不是第一次惹怒 NPC 了，哪个老玩家没有把 NPC 惹得炸毛过？所以苗家父子并不慌张，在被关押回病房的路上还有闲情聊了两句。

木柯跟在他们的身后，这两人搜刮病房的时候没有特别顾忌木柯，但也没有特别照顾木柯，感觉苗飞齿就像是把木柯当成了一个跟在他们背后的猫猫狗狗，所以聊天的时候也没有避开木柯。

苗高僵若有所思："一层楼 21 个病房，我们抢在护士关押我们之前搜完了，这游戏内其他老病人病房内书柜里的书，的确比我们这些新病人病房内书柜的书要老旧很多，而且病得越重的书就越老旧，上面的笔记也就越多，我觉得找到那个什么'续命良方'的可能性就越高，但现在问题是这些护士 NPC。"

"对。"苗飞齿点头，他有点烦躁地喷了一声，"但我们没办法把这些病房里的书带出来，也不能在这些病房里久待，会被护士发现。"

"一书柜的书，就算是有笔记提示我们续命良方是什么，在护士来抓我们之前我们也没办法看完这一堆书找出里面的关键线索……"苗高僵眉头紧锁，他陷入了和白柳之前一样的僵局。

"那么大一书柜的书，就算是有笔记，翻我都要翻一天多，更不要说在里面找线索了，但这里的护士 NPC 十几分钟就会赶上来……"苗高僵眯了下眼，"我需要一个可以待一天多，有这些旧书书柜，并且不会因为打扰其他病人被护士赶出来的空病房。"

对有能力杀死怪物的苗家父子来说，答案很明显了。

苗飞齿和苗高僵对视一眼，苗高僵很快做出了决策，他一锤定音："杀死一个病人怪物腾出空病房来，这里每天下午才有新病人入住，现在已经下午了，现在杀死到下一轮的病人住进来正好一天，时间够我们翻找完书柜里的书了。"

木柯跟在苗飞齿背后低着头，在听到苗高僵轻描淡写地说杀死一个病人腾空病房的时候，他呼吸下意识停顿了几秒。

但很快木柯又恢复了平静。他漂亮的脸蛋隐藏在瘦长鬼影般的脸下，眼眸中有种晦暗不明的情绪翻腾。

木柯的呼吸和手腕都在颤抖，他害怕，害怕他要面对的对手的强大。

白柳和他无法正面对抗的怪物病人，在苗高僵口中就可以这样随意屠戮，这种压倒性的强大让木柯忍不住战栗。

也让木柯忍不住怨恨自己，甚至怨恨白柳。

怨恨白柳就这样轻而易举地把性命交到并不可靠和强大的自己手上，怨恨自己就像是蝼蚁能被人轻而易举踩碎，怨恨白柳过于地信任和冒险，让他现在每一步都踩在钢丝上。

木柯甚至有几秒无比希望自己是牧四诚。

这种巨大的精神压力如果落在刚刚进入游戏的木柯身上，他一定害怕得忍不住崩溃地号啕大哭了。

他原本只是个脆弱的想要寻求保护的小少爷，但白柳不断地、

残忍又冷酷地逼迫木柯承担更多超出他能力范围的事情。

木柯在差点杀死白柳的时候整个人坐在血泊里都快疯了，双目发空眼泪都流不出来，他甚至以为自己精神值被白柳这个疯子搞得跌落到了 60，所以看到了幻觉——躺在血泊里毫无生机的白柳和自己手上血迹斑斑的鱼骨。

而白柳没有死，木柯也没有疯，他如同白柳所希望的那样，在被逼到极致之后心理状态迅速地稳定了下来。

白柳不在了，木柯不想死就不能依赖白柳，甚至白柳的生命还要依附于他，所以这个娇生惯养的小少爷在面临自己要对决的两个庞然大物般的 S- 级别玩家的巨大威慑时，也没有害怕得哭泣或者出现任何心理崩溃的征兆。

他只是掐着自己的颤抖得控制不住的手上的虎口，不断吸气吐气调整自己的呼吸频率，强制自己像白柳那样保持冷静和理智。

木柯，他在心中告诉自己，你要救白柳，你失控了白柳和你都会死，所以你绝对绝对不能失控。

就算对方是两个 S- 级别的玩家你也不能失控，你要像白柳这个浑蛋说的一样，赢下来。

赢了这对 S- 级别水准的玩家。

"如果是病得越重的病人病房内，越有可能翻找到'续命良方'。"木柯调整呼吸插入了苗飞齿和苗高僵的对话，他刚刚开口的时候嗓音还有一点紧张过度导致的嘶哑，但说了一句话之后这种嘶哑就完全消失了，就像他脸上的神色一样平静而有说服力。

木柯直视前面回过头来的苗飞齿："那按照这个推断，杀死 ICU 房间内的病人，才是最有可能发现'续命良方'的吧？"

苗飞齿斜眼看了木柯一眼，似笑非笑地嗤了一声，似乎并不想搭理这个木柯普通玩家的一些乱七八糟的发言。

职业玩家对普通玩家的发言一般都很不屑一顾，他们会带这些普通玩家，但一般都不会搭话，苗飞齿这种眼睛长得比天高的就更不会了。

苗高僵为人对外表现得忠厚些，他看似好脾气地给木柯解释了一下，但眼中依旧有漫不经心："我们不会杀 ICU 病房内的病人的，因为白柳今天入住了 ICU，那里的护士会比平常更多，在我们不知道杀死病人会导致这些护士 NPC 出现什么样的反应的情况下，这种容易被发现的高危操作，我们是不会轻易碰的。"

"不光是因为这个。"见苗高僵搭理了木柯，苗飞齿也懒懒地开了金口，"ICU 这个病房的确最有可能爆出'续命良方'，但这个地方就算是住在里面的病人死了，我们这些普通病人也不可能在里面久待，因为很快就会有新病人住进去，最多也就是护士晚上交接班的十五分钟可以潜入进去。"

"十五分钟，一个大书柜，就算是我带着照相机进去我也不可能把所有的书页都照完。"苗飞齿斜眼扫了木柯一眼，"更何况这个副本禁很多数码交流工具，照相机录音笔手机等等都是不能用的，我们能用的只有一个大哥大。"

苗飞齿说着举起他手上的大哥大，对着木柯挑眉讽刺地说："难道你觉得这玩意儿能拍照？十五分钟，我们是无法记录一书柜的——"

"十五分钟，如果有笔记的情况下，我可以速记看完整个书柜的书。"木柯直视苗飞齿，打断了他的话，"我有照相机记忆。"

苗飞齿和苗高僵听到木柯说完这句话，齐齐地一顿，苗高僵甚至多看了木柯两眼，说："我记得你没有个人技能。"

"这个不是我的个人技能，我天生就会，我记东西很牢固。"木柯面不改色地撒谎，"如果你们打谁都是一样地碾压，不如去打 ICU 里的病人，这样找到'续命良方'的可能性才是最大的。"

木柯往前走一步，眼神恳切真诚，语气带着不自知的蛊惑："只要你们带上我，我可以帮你们在十五分钟内找出主线任务的线索。"

CHAPTER 25

    木柯的记忆力没有这么夸张，十五分钟内要让他看完一书柜的书还毫无差错地记下来，他就算是有照相机记忆，翻书都没有这么快的，而且木柯也记不了这么快。

    木柯和白柳说，那么多书要挨个找完里面的笔记和线索，哪怕是他这种在常人中已经非常出众的记忆力，也至少需要一晚上。

    但怎么能让木柯在 ICU 里安全地待上一晚上呢？

    想到白柳和他说的计划，木柯看向苗飞齿的目光带上了几分诚挚的恳求："我一个人没有办法闯入 ICU，但是我可以在短时间内记住里面的内容，而你们可以闯进去，带上我不是正好吗？你们提供武力，我提供记忆力，没有比这更好的组合了。"

    苗飞齿意味不明地看了木柯一会儿，忽然哼笑出声："你该不会是为了这个，才来投靠我们的吧？"

    木柯低着头没有说话，玩弄自己的手指，畏畏缩缩地默认了。

"你说你能速记，我们就信？"苗飞齿给了苗高僵一个眼神，语气有点微妙的不悦，"一个普通玩家居然还敢打利用我们的心思……算了，爹，你检验一下他的速记功能，如果真的能记，晚上九点我们闯 ICU 的时候带着他。"

苗高僵看了一眼木柯，摆了一下头："你和我过来吧。"

木柯深吸一口气，点头跟上。

晚上八点半，医院一楼。

苗飞齿和苗高僵的禁闭只关到下午六点，过了六点，这两人就被护士允许出来活动了。

木柯通过了苗高僵的记忆力测试，他甚至能记住看过的每一页书的页码和注脚，这在一定程度上震撼了苗高僵，他没有接触过木柯这种纯天然的天才，毕竟苗飞齿小时候是个学沫，连高中都考不上要砸钱让他进去那种，苗高僵从来不知道这个世界上还有木柯这种小孩。

七点半的时候这两人下来吃晚饭，商讨了一下怎么进攻 ICU，商讨的过程十分简单。

苗飞齿："我 A。"

苗高僵："你走位？"

苗飞齿："老规矩，你开几段？"

苗高僵："和你一样，这样白柳加那个 ICU 怪物，快的话差不多三分钟结束吧。"

这两人多次游戏的合作默契让他们不需要说出具体的进攻过程，再加上这种二级副本的怪物他们都不知道刷了多少了，因此只需要简单的几句话确定一下彼此位置就行。

木柯在旁边耳朵伸老长也听不懂这两人具体在交流什么，他听得气到牙都要咬碎了，在心中怒骂这两人能不能说点让他听得懂的人话！

木柯想到白柳在重伤的时候，都还要维持理智用键帽给他下

任务指示，他在怒气冲冲的同时又对苗家父子这种默契生出一股酸不溜丢的羡慕来……

要是他和白柳也有这种父子般的默契就好了……木柯略带惆怅地想道。

八点五十五。

一楼的护士陆陆续续地离开病房和走廊去护士办公室了，她们要进行十五分钟的交班汇报，苗飞齿和苗高僵一切尽在不言中地对视一眼，拿上了自己的武器开始不动声色地往 ICU 靠近，ICU 里还有一个护士在检查里面的病人的呼吸机，在最后一次量了白柳和另外一个病人的体温之后，这最后一个护士也在其他护士的催促下离开了 ICU。

她关好了 ICU 的大门。

八点五十七。

这个护士走进了护士办公室，转身关上了门，在护士办公室的门被关上的一瞬间，苗飞齿将双刀甩手而出，语气一沉："我开锁，你们跟着进来。"

苗飞齿的双刀是一对很长很弯的尖刀，几乎弯成了一个上弦月的形状，所以又有一个很雅致的名字叫作上弦双刀。但白柳这人小时候是在福利院过的，他和陆驿站有时候要干点农活什么的，有时候是体验活动，有时候真就是需要干，比如割猪草，所以白柳对这种武器并没有太多闲情雅致的联想。

他见到这种刀只会叫一个名字——割猪草的刀，简称猪草刀。

而白柳在商议计划的时候，也是和木柯这么说的，"那个什么苗飞齿的猪草刀"，他语气太过理所当然，让木柯以为这刀真就叫这名字了。

所以木柯看到苗飞齿弓着身子用这把弯刀的刀尖小心翼翼地插进锁孔撬锁，试图在不惊扰护士的情况下撬开锁时，木柯情不自禁地迷惑发问："你为什么要用猪草刀来开锁？不能在系统里找开锁道具吗？"

这个称呼一出来，苗飞齿和苗高僵的脸色都扭曲了一下，苗飞齿一向以自己这两把弯刀的高攻击力自豪，现在听到木柯用"猪草刀"来形容他的刀，苗飞齿气得话都说不利索了，语无伦次道："谁他妈和你说这是草猪刀！"

木柯震惊："这刀还能操猪！"

你们平时都在对猪干什么！

木柯是个真金娇玉贵的小少爷，他对农活一无所知，所以别人和他说有什么种类和功能的农具和刀他都会信，他是真的以为说不定苗飞齿会拿刀操猪，毕竟这人连人肉都吃，还有什么变态的事情是做不出来的？

眼看苗飞齿要冒火，苗高僵摁住了他，他也是干过农活的，这个时候被木柯这么一提醒发现这刀的确有点像是猪草刀，但这个时候肯定不能这么说，苗飞齿会气到爆炸——他儿子很明显只能接受上弦双刀这个名字。

苗高僵拍了拍气得发抖的苗飞齿的背，他严厉警告地看向木柯，但他脑子里也觉得这东西有点像是猪草刀，于是说出口的话就变成了："这不是什么猪草刀，这是上猪双刀。"

说完发现自己也口误的苗高僵："……"

"你们还一次搞两头？！"木柯瞳孔地震，他脑子里都快有画面了。

苗飞齿气得手一哆嗦，插进锁孔里的弯刀就把门给捅开了，他压低声音怒道："这不是什么猪草刀！这是我的上猪……上弦双刀！这把刀的伤害很强，是我的技能衍生武器，评定是 A+，全开可以到 S- 级别，杀你也就是几秒钟的事情，用来撬锁比什么开锁道具都快多了！傻逼！"

说着，苗飞齿恶狠狠地瞪了木柯一眼，咬牙切齿地解释："猪草刀？！你也敢说，这种伤害值和判定值的武器放眼整个游戏内都没有多少人能扛住，你们这群新人里也就牧四诚的技能可以挡我这个刀的一击。"

苗飞齿说完冷笑着推开 ICU 的门，转身恶狠狠地对木柯比了一个中指：“你的脑子最好和你说的一样有用，不然老子等下就杀了你！”

木柯识趣地噤声，不再惹苗飞齿。

ICU 病房的门在医院缭绕的雾气和夜色里缓缓打开了。

ICU 里的加湿器似乎比普通病房里的还要多，到处都是白雾的喷出口，把整个病房氤氲成一个能见度不超过一米的迷雾之地，病房里的两个病床在白雾里若隐若现，上面躺着的人都盖着白布，连呼吸起伏都很轻微，细长枯瘦的四肢从白布里探出，垂落在床边。

脸一模一样的两个人安静地躺在床上，拉长惨白的下眼袋耷拉到颧骨上，脸上还有一些如尸斑的蘑菇小点，宛如太平间毫无生气的尸体。

这个 ICU 的隔音设施非常地好，苗飞齿关上了 ICU 的房门，防止病房里的声音泄露，用脚踹了木柯一下，趾高气扬地：“滚去书柜那边看书。”

木柯低着头应了一声，咬牙去了书柜那边在昏暗的灯光下开始疯狂翻书，他心下有些发抖。

计划要开始了。

木柯的目光很隐蔽地扫了一下那两个病人垂在白布外的手，其中一个手指之间好似夹着什么东西，就是那个“enter”键帽，木柯收回目光，他眼珠子一转，很快地下了判断——躺在外面那个病人是白柳。

但他记得白柳被推进来的时候是躺在 ICU 靠里面的这张病床的，他一个人待在这间 ICU 的时候干了什么吗？

苗高僵动作很轻地探头看了一眼这两个病人，他皱眉：“怪物没有被我们触发，那就不用打怪了。”

“不打怪，白柳还是要杀的。”苗飞齿眯着眼睛，目光不怀好意地在两张病床上巡睃，但他很快就皱眉了，“这两个人谁是白柳？怎么看起来完全一样，我记得白柳被推进来的时候两人还有差别，他比另一床的病人短一些。”

“并且白柳皮肤上之前没有这些斑点。”苗高僵观察了一会儿补充道，但很快，这个经验丰富的老玩家下了结论：“白柳应该是被异化了，估计是在 ICU 和这个重病怪物待了一天导致的，他失血之后生命值很低，精神值抵抗力减弱，可能是被病人怪物给异化了。”

“都成这样了，白柳的肉你还要吃吗？”苗高僵指了指病床上骨瘦如柴的两个人。

苗飞齿恶心地皱眉：“算了，吃小的那个白六吧，这个真的太恶心了，让我想起生我的那个女人，也是重病患者，难吃死了。”

苗高僵沉默了一会儿，然后开口：“那杀哪个病人？”

“都杀。”苗飞齿眸光一沉，他双刀沉入手，掂量一下，邪笑了一下，“多杀一个也花不了多少工夫，宁肯错杀不能放过。”

系统提示：玩家苗飞齿使用个人技能武器“上弦双刀”。

评级：A+ 级别、潜力 S 级别技能武器，平攻 3100，对 B 级别以下玩家一击必杀。

苗飞齿双刀外放反手握在手上，映在墙上的影子像一只举着双臂准备攻击的螳螂，他看着病床上的病人冷笑两声，毫不犹豫地挥刀割向外床上的那个玩家。

锋利锐利的刀尖划开白雾，拉出一条圆滑流畅的死亡弧线，瞬间就抵到了眼睛闭合的白柳的鼻尖上。

木柯差点惨叫，简直想不顾一切往回冲拦住苗飞齿。

白柳的面板只有 F，并且生命值已经很低了，苗飞齿这种武器擦边一下人可能就没了！

而且白柳根本没有可以扛这一下的东西，苗飞齿这个武器级别可是 S 级别潜力的！

木柯眼眶发红，这一刻对自己的无能恨得不行——我为什么

不是牧四诚！这个东西牧四诚就可以挡！而我只能看着！！

　　躺在病床上的白柳终于缓缓睁开了眼睛，他上方的刀尖极速下降着，在黑夜里凝聚成一个闪光的点，与此同时，白柳脑中的系统提示声终于响起了。

　　系统提示：玩家白柳使用玩家牧四诚的灵魂纸币切入对方系统面板……切入完毕玩家白柳现在可操纵玩家牧四诚的系统面板。

　　系统提示：玩家白柳使用玩家牧四诚的个人技能"猴子盗贼"。

　　系统提示：玩家白柳装备五根"盗贼的黑手指"道具对个人技能进行加强，正在装备中……

　　"盗贼的黑手指"装备完毕，"猴子盗贼"技能加强完毕，从 A 级技能上升至 A+ 技能，潜力上升至 S-，对 S- 级别玩家偷盗成功率上升至 50%，对 A+ 及以下级别攻击技能格挡成功率为 100%。

　　白柳垂落床边的手变成烧焦的猴子手一样奇异的树枝质地，他飞快地挥动了几下自己的手指适应这个奇怪的质感，抬眸看见自己正上方落下的刀尖刺开水雾飞速落到了他的额心上不到十公分的地方。

　　白柳轻微侧身歪头，不疾不徐地用手指捏住了对方的刀尖。

　　"操，这个病人挡住了我的刀！"苗飞齿反应迅速，他眼睛飞快地一眯，下了判断，"他不是白柳！白柳根本没有 A+ 技能可以格挡住我的刀，这是另外一个病人！是那个怪物病人！"

　　苗飞齿猛地转头看向里床的病人："那个床上的才是白柳！"

　　白柳微微勾了一下嘴角，苗飞齿双手平举向上斜扫，锋利带着冷光的刀锋划过白柳的面颊，很明显苗飞齿虽然意识到了这不是白柳，但这也不妨碍他收割这个病人的性命，白柳用猴爪爪尖极其快速地格挡了一下，刀锋和指甲碰撞发出令人牙酸的金属和指甲的摩擦声，在晦暗不明的病房里甚至摩擦出了一点火光。

如果这个病房内的光线再好一点，没有这些遮挡视线的白雾，苗飞齿一定能认出这个病床上的病人离奇地长了一只牧四诚那个泼猴的黑色猴爪子。

但这个病房的光线实在是暗得苗飞齿下刀都要眯眼看一会儿，再加上牧四诚的猴爪技能用"黑手指"装备了之后看上去和病人干瘦的手指并无太大区别，所以他并不知道白柳在拿着牧四诚的技能和他正面对决，反而是被白柳越来越深地误导了。

苗飞齿两击不成，脸色瞬间沉了下来："不对劲，这怪物等级好高，能挡我两下，起码有 A+ 了。"

说完，苗飞齿就动作极快地用双刀插在墙壁上翻转了两下，毫不犹豫地向另一个病床上的病人刺去，他做判断的方式和攻击的方式都很简单："外面这个不是，里面那个就是！外面这个弄不死，先把里面的白柳弄死再说！"

里面的怪物病人不一定能撑住苗飞齿的攻击，如果里面的病人没撑住直接给苗飞齿杀死了，白柳的计划就彻底被破坏了！

木柯心脏狂跳地瞄了一眼苗飞齿背后的大书柜。

正在往里面的床上扑的苗飞齿背后的书柜毫无征兆地突然砸了下来。

木柯飞快地用脚一勾高高的书架，书架正面向下砸落下去，正对着那个躺在病床上毫无动静的病人和正要攻击这个病人的苗飞齿。

木柯站在光线昏暗的角落里，撕心裂肺地大叫："这边里面这个病人刚刚攻击我了！"

在这个病人被图书柜砸到的一瞬间，白柳从地上滑行过去，极快地和里面那个病人换了个位置。

他眸光冷静到没有丝毫情感波动，精准无比地一脚踹开了这个病人，把这个病人踹去了外床，而这个长手长脚的、瘦长鬼影样子的病人终于苏醒了，它张开满是黏液的尖利牙齿，长长的、上面长满凸起的舌头舔了一下嘴唇，嘴里发出一种很奇异的高频

率嘶吼，身上散发出一股腐烂的植物气息。

同时，所有人的系统面板都弹出了怪物书界面。

系统提示：恭喜玩家木柯、苗飞齿、苗高僵触发怪物书

《爱心福利院怪物书》刷新——植物患者（2/3）

怪物名称：植物患者

特点：移动速度 1500—2000，生长需要大量水分，喜欢潮湿的环境。

弱点：？？？（待探索）

攻击方式：吮吸血液，一旦玩家被咬住皮肤，就会被吸食血液（A 级别攻击技能）；毒雾污染，会让身处一室的玩家生命值不断下降变成和自己一样的植物患者（A 级别技能）。

"操，果然外面那个才是病人吗？"在这种极端昏暗的情况下，苗飞齿也被搞得有点晕了，但他很快就意识到了情况不对，因为里面这个病人他也杀不了。

"妈的怎么回事？！这两个病人为什么一个我都杀不了？！"苗飞齿脸色越发黑沉地咒骂着。

苗高僵正在和那个苏醒过来的病人对峙，闻言回复了苗飞齿一句："白柳很有可能是被这个病人给异化到了最大程度，精神值降低到 20 以下进入狂暴状态，所以才会技能攀升挡住你，他和这个病房里的这个怪物病人没有什么差别了。"

"生命值大幅度降低加上和这个精神值污染类型的怪物同处一室这么久……"苗高僵语气凝肃，"我怀疑他已经死了，或者说已经成怪物了，所以我们在面对两只 A+ 级别的怪物，十五分钟打不完。"

"飞齿，只剩下几分钟了，如果两只都是这种高等级怪物，那我们只能杀一只，杀哪只？我倾向于杀外床这只，应该是白柳，但这两只已经混在一起了，而且移动交换速度太快，我现在也不明确哪一只是真的白柳，你攻击的时候能感受出来吗？”

苗飞齿脸色黑沉没有说话。

双刀和猴爪不断在昏暗不明的病房里碰擦出火光，乒零乓啷的声音一直在响，苗飞齿为了压低声音不惊扰护士有意留手，但依旧在有快速的刺碰声响在不停地产生。

在又一次苗飞齿侧面躲开对面伸过来抓挠他脖子的黑手之后，苗飞齿怒意蓬勃之下没有留手，双刀横握全力平划出一道银光，眼看就要把白柳断成两截，木柯蹲在地上拉拽病床往前一推，在双刀要扫到白柳胸口的时候千钧一发地挡住了苗飞齿的膝盖。

白柳呼吸不畅地克制自己想要喘气的欲望，双刀悠悠地划断了白柳的头发，飘落在潮湿的地面上。

“操！木柯你在干什么？！”苗飞齿气得没压住声音，转头对着蹲在地上的木柯怒目而视，浪费体力做了一个高伤害攻击，他气得头发都要炸开了。

木柯仰着头手上捧着一本书，蹲在地上结结巴巴道：“我、我在找书来看，书柜倒了，书散在床下了！”

苗飞齿一口怨气堵在心口出不来，一脚踹在木柯的心口上：“滚远点看！”

木柯被踹得脸色一紫，心口窒息，他下意识闭上眼睛以为自己又要被踹得撞到什么东西上痛个半死，但他的后背被人很轻地似有若无地托了一下，他轻飘飘地滑进了床底，毫发无伤，木柯眨了眨眼睛，他有点想掉眼泪——托他的那只手是一只干枯的猴爪子。

是白柳的手。

木柯咬牙缩在床底下，在心中默数着倒计时——还有八分钟。

白柳还要和这两个 S- 面板的父子玩家周旋八分钟，而他只能眼睁睁地看着，什么都做不了。

“飞齿。”苗高僵的语气微沉，他上半身已经开启了技能半僵尸化，牙齿弯出口腔，变得就像是长在人嘴里的象牙一样离奇、

怪异、巨大，阴沉的面色在夜色里显得狰狞恐怖。

苗高僵侧身躲过要咬过来的怪物，他的脸上是可怖的僵尸青紫色："时间已经过半了，我们只能杀死一个怪物，你是正面对攻的选手，你能看出谁是白柳吗？"

"操！"苗飞齿不甘心地说，"你都看不出来我怎么可能看得出来！谁他妈分得清哪只是哪只啊！都他妈一个模子刻出来的！"

苗飞齿说着，又是双刀横划，这是他很强的一个攻击技能，这次没有木柯捣乱，苗飞齿的双刀顺利削掉了白柳两根手指头——不对，是白柳装备的盗贼的黑手指，被苗飞齿往前一个横断给切断了。

系统提示：玩家白柳的道具"盗贼的黑手指"掉落两根，"猴子盗贼"个人技能加强降低至五分之三。

"欸，我感觉不用选了。"苗飞齿语调一顿，带出了一点愉悦，"我这边的怪物抵不住了，我应该能在五分钟之内解决。"

"如果你那边能很快解决，等你解决完了过来帮我，那我这边也快了。"苗高僵应和一句，神色稍缓。

木柯在床下面握紧了拳头，他嘴唇发白发颤，心口还在隐隐作痛，是刚刚被苗飞齿踹了一脚的后遗症，他在心中疯狂念着祈祷着：还有五分钟，快点快点快点！！

这五分钟快点过去吧！！

苗飞齿两把弯刀宛如螳螂双臂，这种由个人技能衍生出来的武器会比游戏副本里掉落的道具武器要贴合玩家本人的习惯得多，苗飞齿这两把弯刀在他手上宛如手臂伸长出来的部分，用一个成语来形容就是如身使臂，舞得如行云流水又凌厉有力。

在早期的视野昏暗、多人挤入狭隘空间导致的混乱之后，很快苗飞齿就找准了自己的攻击节奏，开始对着节节败退的白柳疯狂进攻，双刀横劈、斜砍、上挑，在病房内甚至只能听到轻微的刀划破空气的声音，有一种很独特的韵律感。

快刀砍掉东西是没有声音的，只会有被砍掉的东西掉在地上的声音。木柯看到一根又一根的黑色手指掉在自己躲着的病床前面，他咬紧了牙关，指甲都快把掌心掐出血了。

还有三分钟。

系统提示：玩家白柳的道具"盗贼的黑手指"掉落一根，"猴子盗贼"个人技能加强降低至五分之二。

系统提示：玩家白柳的道具"盗贼的黑手指"掉落一根，"猴子盗贼"个人技能加强降低至五分之一。

系统提示：玩家白柳的道具"盗贼的黑手指"掉落一根，道具全部掉落，"猴子盗贼"个人技能失去加强，从 A+ 技能掉落至 A 技能，对 A+ 技能的格挡判定降低至 50%。

苗飞齿双刀从下往上划，白柳斜面躲开，用猴爪去挡，苗飞齿轻蔑地笑一声，抛刀手腕一抖，趁双刀在空中时平握变了倒向，从上挑变成了可以打出暴击伤害的双刀横划，白柳已经被苗飞齿逼退到了墙角，无处可躲。

眼看寒光凛凛的双刀就要划开白柳的喉咙，苗飞齿做这个动作时似乎已经预料到自己的胜利，他抛刀的一瞬，还漫不经心地转头对着苗高僵那边邪笑着开口说了一句："我这边要好——"了。

他话还没说完，背后的病床突然动起来，狠狠向苗飞齿腰部撞去，苗飞齿被从背后突袭的病床撞得整个人都晃了一下，双刀横划没有使出来，险之又险地擦过白柳的脸砍到了墙壁上，雪亮的弯曲刀身上映着白柳沾染了一点血的苍白的脸。

木柯喘着气站在病床后面，他双手握住病床的围栏，心有余悸地看着差点就被苗飞齿砍死的白柳。

还剩一分钟。

白柳突然微笑起来。

苗飞齿终于火了，三番五次地被木柯打断攻击进程，他看到

了躲在病床下面的木柯，破口大骂："你他妈是不是有病！"

说着苗飞齿一脚踹开病床把木柯从床下面拽了出来，反手一耳光把木柯打飞，咬牙切齿地骂："每次老子要打怪成功你就出来捣乱，你他妈……"苗飞齿目露凶光，手里的双刀都提起来了，有种气上头要把木柯给弄死的感觉。

木柯抬手擦了一下自己被苗飞齿打出血的嘴角，瑟缩在墙角，好像是害怕苗飞齿一样不断向后退，他手上攥着一本书，声音很低地说："对不起对不起！！我刚刚是在床下找书，我找到了一本很关键的书！系统提示我找到'续命良方'了。"

苗飞齿怒气上头的动作和表情都是一顿："你这么快就找到了？"然后他很快眯了眯眼睛，"喊"了一声，不耐烦地说："你最好是找到了续命良方，不然我他妈——"

苗高僵停下手上攻击的动作，僵尸化的拳头一拳打开了还在继续咬他的怪物病人，且战且退地往苗飞齿这边靠近，一边靠近一边头也不回地说："飞齿你先别打他了！看看他拿到的续命良方是什么！"

苗飞齿要继续辱骂的话到唇边了又被他咽了下去，他垮着个批脸放下双刀想要把木柯拉起来，但木柯好似被他打的几下吓坏了一般，双脚蹬着抱着自己的头往后退，不知不觉地就靠近了墙角的白柳，苗飞齿一看木柯这傻逼都要贴到怪物身上了，无语地出刀想要救木柯回来。

但苗飞齿一出刀，这动作反而"吓坏"了木柯，让木柯惨叫一声就开始惊慌失措地往白柳那边爬。

苗飞齿彻底疯了，他从来没有带过这么傻逼的普通玩家，脑子里都是屎吗还带主动往怪物那边送人头的，苗飞齿忍无可忍地怒骂一声："傻逼！那边是怪！滚过来！"

木柯一边假装害怕低着头一边悄无声息地抓住了白柳的手腕，他紧张地吞了一口唾沫，闭上眼睛默念：一定要保持清醒一定要保持清醒，无论精神值下降到什么地步，木柯，你一定要保持清醒！一定要抓紧白柳的手不能松开！！

白柳身体微微前倾，他垂眸看了一眼紧张到不行、连抓住他的手都在抖的木柯，低头在木柯旁边耳语确认："抓稳我了吗？"

木柯吞了口唾沫，很小幅度地点了下头。

系统提示：玩家白柳使用玩家牧四诚个人技能——"盗贼潜行"，因玩家白柳体力槽等级过低，玩家白柳只能使用该技能一分钟，且无法开启全速模式，最终计算结果为速度 +4900，是否确定使用该技能？

系统提示：玩家白柳确定使用，移动速度 +4900，体力极速下降中……

苗飞齿眼睁睁地看着自己眼前的怪物突然俯身到底，以一种他看不清的速度拉着木柯在湿滑的地面上极速飘移滑动，在 ICU 的两个病床之间好似鱼一样游动翻滚着。

两个差不多的怪物在地上像两条湿滑的泥鳅，苗飞齿几次都没有抓住对方，木柯哇哇呜呜号哭着叫苗飞齿喊救命，但在白柳的极速贴地移动之间，又是这种昏暗的环境内，苗飞齿根本看不清白柳和木柯谁是谁。

苗飞齿被木柯哭得烦躁，一个头快两个大："给爷闭嘴！！"他下意识甩出双刀要去砍人。

苗高僵一声厉喝打断了苗飞齿要甩出去的双刀："木柯也在里面！他手上有续命良方！不要随便砍！看清楚了再砍！"

"看清楚个屁！"苗飞齿气得脑门都要冒烟了，"他们长得完全一样！而且跑得这么快就算这傻逼一直在哭我也看不清谁是谁！"

苗高僵冷静提醒："木柯的异化程度要轻很多，他比怪物短，身上也没有斑点，你认真点看！可以分出来的！"

他这句话的话音刚落，旁边的床底就猛然蹿出了两个黑影，是一对瘦长鬼影长相的人。

苗高僵正在和怪物病人对决，他本来都要控制住自己手上的怪物了，但顾忌到蹿出来的这两个人里有一个是木柯，苗高僵撤回自己打到一半的拳头，放开了自己要杀死的怪物，为了避免误伤，苗高僵下意识地收手后退了两步。

而提着木柯蹿出来的白柳挡在了被苗高僵打得奄奄一息的真怪物病人前面，他染血的脸上眼神平静又冷酷，带着一种一切尽在掌握之中的、疯狂的赌徒的意味。

这眼神看得苗高僵怔了一秒，一种不祥的预感油然而生。

白柳提着木柯的后领子挡在了植物病人这个真怪物的前面，而植物病人似乎嗅到了血液的味道，它嗅闻了两秒，毫不犹豫地张开自己满是黏液和尖利牙齿的嘴巴，往白柳这边袭来。

它能感受到这两个人都是它可以吸血的玩家，而它真的非常缺血液了，植物病人张开纤长尖利的十指就试图抓住它觉得更虚弱的白柳来吸血。

白柳头也不回，他毫不犹豫地把手上的木柯往怪物那边一怼，怪物尖利的牙齿张开，用干枯黏稠的十指快速握住了木柯颤抖的肩膀，似乎在找自己能下口吮吸血液的地方。

木柯深吸一口气，他颤抖地偏过自己的头，还很贴心地撩开了自己的头发，露出让怪物更好下口的青白色脖颈。

怪物奇异又满意地咧嘴笑了一下，狠狠地咬在了木柯裸露出来的脖颈上，开始大口大口地吞咽着血液。

木柯因为被吸血的疼痛忍不住全身发颤，脸上仅有的血色迅速褪去，他嘶鸣抽泣一声，脖子后扬手上抱紧了大口吮吸自己鲜血的病人，但嘴上却凄厉地叫出了声音："怪物咬住了我！！它在吸我的血！！我的精神值开始疯狂下降了！"

系统提示：玩家木柯因受到攻击，精神值下降至 67，生命值下降至 31（主身份线总生命值 50），请玩家木柯迅速逃离植物病人攻击范围！否则生命值以及精神值还将持续下降！

　　木柯的四肢开始变得干瘦，他的眼球下陷，瞳孔开始失去焦距，呼吸变得缓慢凝滞，身体像是植物生长般在短时间内不正常地拉长。

　　苗高僵脸色非常难看，他也被白柳打断了抢怪，而且最重要的是……

　　"木柯也被异化了，这三个家伙长得一样了，我们更找不出谁是白柳、谁是怪物、谁是木柯了。"

　　白柳拖着木柯，和植物病人这个真怪物在病房内四处逃窜，在白柳高速的移动速度下，这三个怪物还在这个阴暗的房间内以一种让人眼花缭乱的速度在飞快地逃窜轮换，一会儿这个在这边，一会儿这个在那边，再加上木柯也被异化了，这三个怪物都长得差不多长差不多高，身上也都有了斑点，让人根本分不清谁是谁。

　　苗飞齿他们纵使有高属性面板，一瞬间对上三个连体婴一样的高移速 A+ 怪物，又要顾及不能伤害到里面的木柯，没有办法利索地攻击让苗飞齿感到十分棘手，他很快就无法忍耐地火大了起来。

　　"操他妈的，这里的怪物是吃牧四诚长大的吗？跑这么几把快！"苗飞齿咒骂了两声，很快他的眸子里闪出一丝血光，他舔了舔自己的牙齿，决定快刀斩乱麻地处理眼前情况，"分不出就不分木柯，干脆一起杀了，不要这傻逼跟着我们，续命良方我们后面再想办法，先杀白柳。"

　　"只有一分钟了飞齿。"苗高僵皱眉，"三个一起我们来不及杀……"

　　苗飞齿舔了一下嘴角上砍杀白柳的时候溅上去的血液："不会来不及，我要开 S，十几秒就够了。"

　　"S 用在这种地方有点浪费你的体力槽……"见苗飞齿一动不动地在房间里直勾勾地看着他，苗飞齿很明显是吃瘪吃到气上头了，不弄死这三个怪物解不了这口气……

　　苗高僵一顿，最终无奈地叹了一口气："……好吧，一个二级游戏而已，随你喜欢，你愿意开就开吧。"

系统提示：玩家苗飞齿使用个人 S- 技能"怨魂双刀"，根据玩家苗飞齿现在的体力槽等级该技能可使用一分钟，一分钟后体力槽耗空，无法使用体力恢复剂恢复，恢复至正常体力值需要一天，玩家苗飞齿确定使用？

系统提示：玩家苗飞齿确定使用，双刀被其所击杀的怨魂附体，攻击 +8001，玩家苗飞齿体力极速下降中……

苗飞齿脸上没有什么情绪地用双刀点了一下地，地面瞬间被他随手这一点崩出了一丝裂纹，他的双刀刀面上缓慢地涌动起一种很诡异的白雾，带出一种很浓烈的血腥气，渐渐地，这些白雾拉扯出很长的、宛如人的面孔的形状，像是幽灵一样飘浮在半空中，而尾部还萦绕在双刀上，它们张开飘绕的嘴唇，无声地嘶吼着。

怨魂不甘地包裹着拿自己祭刀的凶手，怨恨凶煞之气冲天，但除了把刀面变得更加莹亮锋利，毫无用处。

或许还是有点用处的，它们可以帮杀死自己的凶手，杀死更多人，使他们变成来陪伴自己的怨魂。

苗飞齿双刀出手，怨魂怒吼。

白色的幽灵从刀面上狰狞冲天而起，宛如旋涡携裹着病房里的水蒸气对准对面那三个怪物模样的病人呼啸而去，锃亮的双刀紧随其后，几乎在一秒之间，苗飞齿就穿破白雾，他一把刀插入墙面固定住自己的身体，脚踩在墙面上，另一把刀就抵到了白柳的鼻尖横划而过。

这一刀力度极大，和之前苗飞齿那种耍耍嗒嗒的出刀方法完全不是一个等级的，白柳能感受到这一刀带出来的刀风都在白雾里擦出了热气。

之前的刀只是快，没有这么强烈的攻击性。

苗飞齿这一刀似乎是要干脆利落地切开白柳的颈项，让他人头落地。白柳的目光一沉。

白柳仗着高移速飞快躲开苗飞齿的这一刀，刀风在他的脸上割出一道痕迹，刀擦过他的脸不过一秒，苗飞齿目光冷厉地掘了一个回手，弯刀回拉，刀尖眼看要从白柳的后颈穿刺而出，白柳来不及回头闪躲，他直接手化成猴爪在自己的脖颈处握住了刀。

但这刀很明显不如之前好挡，白柳没有捏住这一刀的刀尖，弯刀穿过了他的手掌，刺入了他的后颈。

白柳嘴角溢出鲜血来。

系统提示：玩家白柳使用技能"盗贼猴爪"判定下降 50%，格挡 50% 的伤害。

系统提示：玩家白柳道具"塞壬的鱼鳞"格挡 49.7% 的伤害值，道具轻微碎裂（破损程度 10%），请玩家白柳及时修缮。

系统警告：玩家白柳生命值下降至 7！精神值下降至 27！

按理来说，苗飞齿这一刀就算是被格挡了 99%，剩下 1% 的伤害值杀白柳这个各项数值都要见底的小废物那也是绰绰有余，但那个双刀刺入白柳的后颈之后，刀尖只没入了很浅的一个毫米，就被挡住了。

他被鱼鳞包裹住的硬币不知道什么时候转到了他的背上，刚好挡住了苗飞齿回勾的刀尖。

白柳飞快斜眼看了一下已经被吸血吸得快要失去意识的木柯，木柯呛咳了一下，看着后颈被穿过的白柳，瞳孔缩了一下，白柳在心中估摸了一下木柯的精神值和生命值之后，神色冷静地松开了木柯紧紧握住他的手。

木柯眼睛艰难地张开了一点，他的手缓慢无力地垂落下去。

白柳被苗飞齿这一刀的冲力带得全身都往前扑了一下，苗飞齿面对面地用弯刀把他挑起，正要击杀他的一瞬间，白柳忽然放轻语气很可怜地说了一句："我是，咳咳，木柯。"

苗飞齿一怔，他收手放弃了自己继续往下刺的弯刀，骂了一句"开门刀就刀错了，晦气"，说着一脚踹开嘴边流血的白柳，

毫不犹豫地收回双刀往剩下那两个怪物那边去了。

白柳被苗飞齿一脚踹到墙角，倚在墙边越发虚弱，目光平静地看着苗飞齿拿着双刀向着神志不清的木柯攻击了过去，他手隐藏在暗处抽出一张灵魂纸币，飞快地摁在了自己的面板上。

系统提示：玩家白柳正在使用玩家木柯的灵魂纸币介入对方的系统面板，介入完毕，玩家白柳可以使用玩家木柯的系统面板。

木柯摇摇晃晃地躲了一下，但没有完全躲过，他身上被苗飞齿的双刀擦了一下，直接软倒在地。

系统警告：玩家木柯生命值下降至 6！！精神值下降至 26！！

苗飞齿似乎察觉了不对，他没有对木柯下死手，而是用刀砸在了背上，木柯被他砸得蜷缩成一团，苗飞齿踩在木柯的脖颈上眯着眼睛低头看木柯的脸："……这个反应，还手之力都没有，和之前跟我交手的怪物和白柳完全不一样，我怎么觉得你才是木柯呢？"

苗飞齿说着，用双刀拍了两下木柯的脸，眼神危险地在白柳和木柯之间游移："喂，你有意识吗？有意识就回答我你是谁！"

木柯突然张大嘴死死咬住苗飞齿的脚踝，他眼眶赤红，模仿刚刚怪物吸他血的样子，努力地、发了疯一样地想要吸取苗飞齿的鲜血，喉咙里发出吞咽的呜咽声，牙齿死死陷入苗飞齿的皮肤里。

他在模仿一只怪物，木柯不想暴露假扮自己的白柳，那么他就按照白柳说的，要演好一只怪物。

白柳说，病房内的怪物是什么样子，木柯就要是什么样子，这样白柳才会脱离危险。

木柯像是一只发疯的狗一样咬在了苗飞齿的脚踝上，但他实在是虚弱得过了头，就像是一只歇斯底里的奶狗般，苗飞齿一个 S-

等级玩家的防御根本不是他一只快要死的小奶狗可以啃破的。

苗飞齿切了一声，又暗骂了一句晦气，说"你应该就是那只被我爹料理得差不多的怪物"，说着举起双刀就要收割掉木柯的性命。

而木柯根本没躲开，他嘴里大口地涌出鲜血来，脑子里只有一个念头，就是按照白柳之前给他制订的计划，一定要咬住这人不要让这人离开！

白柳生命值已经很低了，不能让苗飞齿去找白柳，这样白柳一定会死的！这是在木柯看着倒在血泊里的白柳的时候，因为过于恐惧，就像是被催眠一样反复在自己心里植入的念头。

木柯双手死死地粘在苗飞齿的腿上，双目涣散，下颌收拢咬住对方，尽管咬不动也在咬，对苗飞齿骂骂咧咧地从自己头上砍下来的怨魂双刀一无所知。

白柳冷静地看了一眼时间——还剩十秒，差不多了。

系统提示：玩家白柳是否要使用道具"人鱼的雕像"增强玩家木柯的抵抗力属性？

白柳目光冷淡："否，给植物病人使用'人鱼的雕像'。"

系统提示：正在计算中……因植物病人吸取了玩家木柯 35%的血液，附属了玩家木柯的属性，可以对其直接使用玩家木柯的道具。玩家白柳是否确认给怪物植物病人，而非濒危状态的玩家木柯使用该增加防御的道具？

苗飞齿附着了无数怨魂的双刀从四肢瘫软双目空洞的木柯头上落下。

白柳掀开眼皮淡淡地看了一眼，又不冷不热地垂眸："确认，不给木柯使用。"

CHAPTER 26

　　站在旁边的怪物身上突然多出来一个雪白厚重的雕像。

　　这雕像的重量极其过分，当初在《爆裂末班车》里的时候，就能把白柳压得直接跪倒在地，现在挂在这个瘦弱过头又细高的植物病人身上只会导致一个结果——这个病人被这忽然挂在自己肩头上的沉重雕像压得在地上滑了一下，好似站立不稳地摇晃了两下，向前倒去，正好倒在木柯的正上方。

　　一切都好像是慢动作，苗飞齿下落的双刀缓慢地劈在植物病人身上雪白的盔甲上，刀尖摇晃了两下，发出铁片晃荡的声音，雕像应声碎裂成千万片石膏般的碎渣，砸在奄奄一息的木柯头上。

　　苗飞齿的刀在切割了这个普通等级的道具之后，几乎是没有任何停留地往下继续切割，一直到要划断怪物病人的半个上身的时候，才险之又险地在木柯的眼前停下。怪物可以说是纤毫不差地替他挡了苗飞齿这攻击力极强的一刀。

白柳脸色苍白目光平静地微微喘息——成功了。

一个普通等级的道具雕像抵抗力只有一百多，根本挡不住苗飞齿这攻击力几千的一刀，就算白柳给木柯戴上了雕像道具也不耽误苗飞齿把他剁成两半，所以白柳玩了一个小套路，他利用了雕像很重的特性，把这个雕像戴在了身材细长又高挑的植物病人的身上——而这个病人是个 A+ 的怪物。

利用雕像的重量让病人前倾倒在木柯的身上，让雕像 + 病人成为木柯的盾牌，堪堪地挡住了苗飞齿这石破天惊的一刀。

看到这个道具，被怪物压在身下的木柯的眼睛细微地亮了一下，他艰难地偏头看向了角落里的白柳，嘶哑无声地用口型喊了一句白柳的名字，木柯被植物病人怪物吸到枯干得只剩一层皮的手指抓了一下这些碎落的白粉末。

木柯是如此地毫无理由地深信着，白柳这个人不会让自己轻易地死亡，就像是当初一样，所以他到最后一刻也没有退缩。

而白柳也的确做到了这一点。

倒计时八秒。

苗飞齿眼眶睁大，他露出终于发现猎物的血腥微笑，双刀划过半空中所有飘浮的碎屑，往那个穿了雕像盔甲、压在木柯身上的病人毫不犹豫地斩杀而去。

"白柳，你忍不住用道具了！你终于把自己暴露了！"

木柯踉踉跄跄站起来，他要扮演怪物到最后一刻，于是他龇牙咧嘴地往苗飞齿的手腕上咬去，苗高僵赶过来试图一拳砸开木柯这个小怪物，白柳眼疾手快地踢开病床，一脚把病床踢得挡在了苗高僵和木柯的面前，拦住了苗高僵对木柯的攻击，但同时也阻止了木柯对苗飞齿的飞扑攻击。

苗高僵感觉很奇怪地看了白柳一眼，这种眼熟的操作……

白柳虚弱地对他笑笑，呛咳了两下看不出任何破绽："我想阻止他吸苗飞齿的血。"

倒计时六秒。

苗飞齿双刀连砍带劈一路划过墙壁，把植物病人逼到了墙角，挨了苗飞齿好几刀的植物病人嘶吼着要咬苗飞齿，苗飞齿已经把这怪物彻底地当成白柳，再加上之前木柯咬他怎么都咬不破他的防御的表演给了苗飞齿错误的评估，苗飞齿看这怪物要咬他只是轻蔑一笑，并没有过多防备。

他也的确不用防备，这怪物咬了他，苗飞齿死不了也不会轻易出事，但一旦苗飞齿被咬就会有系统的攻击提示，提示这玩意儿是真的怪物，而不是他以为的什么玩家白柳。

白柳起身踩在了之前自己踢过去的病床上。

木柯假装怪物佯装要扑白柳，将信将疑的苗高僵又一次试图用拳头砸死木柯这个假装的、笨手笨脚的小怪物。

白柳眸光冷静到了极致，他一脚勾起倒在病床上的书柜挡住"扑"过来的木柯，同时书柜被白柳踢得立起，恰到好处地又一次拦住了要往这边走的苗高僵。

这种看似在阻止怪物攻击别人，但其实在阻止苗高僵攻击的木柯，白柳假扮得如行云流水，但连续两次之下，苗高僵还是起了疑心。

……这种熟悉的、被打断杀怪的感觉……但木柯之前的确也会这么做，会不经意地推病床挡住他们的进攻。

……但这种让他很不舒服的违和感到底来自于什么地方？

苗高僵皱眉，但很快他的心思就从这个上面上移开了，白柳，或者说苗高僵眼中的"木柯"踩在病床上拦住了怪物之后，几步就跑到了苗飞齿那边去，此时，真的怪物病人正张着血盆大口准备咬苗飞齿，但苗飞齿毫不闪躲，只是双刀上下舞动，在怨灵哀嚎的背景声中一下又一下收割着对方的生命值。

白柳看着苗飞齿，眼神微动。

现在他和木柯生命值、精神值、外貌各方面都是差不多的状态，他们只有一个不一样的地方了。

白柳目光下移，摸了一下自己的脖子——那就是他脖子上的伤口。

他脖子上的伤口和木柯脖子上的伤口不一样，一个是鞭子勒开的割口，一个是怪物咬下的齿痕，这是他和木柯身份互换的最后一步——同样的伤口。

倒计时四秒。

系统提示：玩家白柳切换至玩家牧四诚的个系统模板，使用玩家牧四诚的个人技能。

系统提示：玩家白柳的个人技能"盗贼潜行"因体力槽即将耗空，将无法使用，你还有最后十秒可以使用该技能，十、九……

系统提示：玩家白柳强制将"盗贼潜行"技能拉到全速，体力槽消耗严重，只能使用该技能一秒，速度 +7000。

在苗飞齿又一次提刀回勾时，那个怪物声嘶力竭地大吼了一声，准备咬住苗飞齿的脖子，而在这一瞬间，苗飞齿和怪物之间有一个很小的空隙，白柳目光平静，他往苗飞齿那边走了一步。

而在这速度极致的一步之下，白柳整个人就好似被什么东西拉过去一样，看起来就像是消失在了原地，而下一秒他又出现在了苗飞齿和怪物那个空隙之中，白柳调整位置，让自己脖子上被鞭子割伤的地方被怪物狠狠咬下。

在咬下的一瞬间，怪物和他的喉结同时上下滑动了一下，怪物是因为吸血，而白柳是因为体力耗尽脱力的松懈，他目光都有些涣散了。

系统警告：玩家白柳体力槽清空，请迅速补充！

系统警告：玩家白柳正在被植物病人怪物吸血！生命值和精神值迅速下降中，请迅速回到安全地带！

"苗、飞齿……"白柳眼眸中盈出了一层水光，他抬眸看着

近在咫尺的苗飞齿，声音宛如气音般虚弱低微，"我被白柳控制着拉过来了，你快杀死他。"

"操，都这时候了他还拉你挡刀。"苗飞齿说着，目光狠戾地环绕住了白柳的头，双刀用力刺入，他们面对面，苗飞齿的呼吸里带出来的那种肉腥气对着白柳扑面而来。

苗飞齿对着白柳嗤笑一声："白柳一个蠢货垂死挣扎而已，有个屁用，还不是要被我杀死，你不用怕，有我在，你不会死的。"

白柳脸色虚弱，目光盈盈地勾起了嘴角："谢谢你，苗大神。"

倒计时三秒。

苗飞齿双手握住弯刀刀柄，环抱住白柳，目光阴狠下手干脆地双刀内合，刀尖相对穿破怪物的头颅，怪物咬住白柳的颈部，在白柳的耳边发出让人牙酸的骨头碎裂的声响。

在苗飞齿的双刀刺入怪物头颅的一瞬间，怪物的下颌骨瞬间用力加倍，白柳被怪物咬得轻微耸动了一下锁骨，脖子上滴下的鲜血落入他的锁骨窝里，他轻微地吐了一口气。

黏腻的液体滴滴答答地从白柳的身后滑落，染湿了他身上的病号服，带着一股浓烈的腥气，怪物缓缓松开了咬住白柳的尖利大嘴。

它的头颅被两柄弯刀残忍地刺了个对穿，它左右摇晃了两下自己的头颅，牙齿上还沾着斑斑的血，怪物后退摇晃了两下，苗飞齿面无表情地一个横刀终结了这个怪物的最后挣扎。怪物的和所有人都长得一模一样的头颅被苗飞齿一刀切开，死不瞑目。很快身体也缓缓倒在了地上，再也没能起来。

白柳也因为体力抽空软倒在地，他低着头喘息，捂住还在缓慢渗出血液的、怪物的尖牙留在他脖子上的洞口，白柳缓慢地调整着自己的呼吸，他原本有些涣散的目光在对上滚到他脚边的怪物头颅的时候，又渐渐地聚焦，变成了他原本平静的目光。

系统提示：玩家白柳要否要清空整个系统仓库以及所有积分，

扔弃在地面上？请确认操作。

白柳："是。"

倒计时两秒。

倒地死亡的怪物病人旁边出现了一大堆七零八碎的道具和积分，这和玩家死亡之后爆出道具和积分的场景一模一样，而这些道具中有几个闪闪发亮的碎镜片，还有一些乱七八糟的小道具，在黑暗混乱尘土飞扬的病房里发着光。

"这是碎镜片吗？"苗高僵蹲下捡起来看了一眼，又简单地扫了一眼其他的掉落道具，苗高僵有些复杂地看着那个被打死的怪物的头颅，"白柳的道具和他这两次副本的总积分，都在这里了。"

"虽然因为这个游戏的设定分割了生命值，50% 的主身份线死了不会有死亡面板弹出来，但这应该是白柳了。"

"什么应该。"苗飞齿蹲地，舔了下嘴唇，"这就是白柳，你说对吧木柯？哦，还有刚刚你不用替我挡那一下，这里的怪物最多只有 A+，咬不死我，不过还是谢谢你了，给你一瓶体力恢复剂，你喝着吧。"

白柳垂下眼皮，很轻地嗯了一声，接过了苗飞齿递给他的体力恢复剂。

说完，苗飞齿用刀割了怪物脸上的一块皮，撩到舌头上咀嚼了两下又厌烦地吐了出来："啧，一股腐肉味，难吃，被异化得好严重，白柳这家伙。"

苗高僵收起道具和积分，他耳朵动了动，眉头一皱推开了 ICU 的门，外面护士办公室的门已经打开了，一群护士正往 ICU 这边走过来。

已经晚上九点了，夜班护士要开始巡逻了。

苗高僵提醒还在拿双刀砍着"白柳"的尸体玩的苗飞齿："飞齿，别玩了，九点了，护士出来了，走人吧。"

"行。"苗飞齿收起双刀站起来，左右看了看，"还有那个

怪物呢？一起杀了吧，说不定能算在最后的综合评定里多赚积分，也用不了几秒，都弱成那个样子了，也就是个扫尾的工夫。"

其实苗飞齿根本不需要多赚这点积分，但他就是杀起了手瘾，又还在最大技能时间内，不杀白不杀。

躲在床下的木柯屏住了呼吸，他紧张得都要咬拳头了，整个身体贴在病床底板上连呼吸都不敢呼吸，就怕被苗飞齿发现。

最后一步最后一步了！木柯在心里疯狂祈祷，希望我没事！

白柳适时捂住脖子呛咳了一声，他嘴边和脖子全是血，看起来就像是随时都要挂了。

"不行了，来不及了。"苗高僵看了一眼还坐在地上没有动弹的"木柯"，他略微压低了一点声音，"我们还要带木柯跑，你的体力也要耗空了，不要多惹麻烦了，'续命良方'和杀死白柳这两个目的我们都达成了，先走人吧，这些怪物满医院都是，什么时候等你恢复了再大开杀戒不迟。"

苗飞齿在病房内环绕一圈，目光又落在的确看起来要死不活的"木柯"身上，白柳捂住自己的脖子很轻微地呛咳了一声，血从嘴角溢出，染湿了他肉色的唇。

门外陆陆续续响起护士的高跟鞋有韵律感地踩在地板上的声音，听着很快就要到这个 ICU 病房来了，苗飞齿最后喷了一声，收回了双刀："走吧，反正只是一个普通怪物，也没有多少积分。"

病床下的木柯听到这句话都要虚脱了，他妈的，总算是走了。

还有余力的苗高僵一只手绕过"木柯"的腋下，把他给扛了起来，跟扛麻袋一样。

白柳垂着头呼吸声很轻微，最后他被咬了一下狠的，生命值差点就见了底。苗飞齿最先溜出病房，紧接着苗高僵扛着白柳麻袋跟了出来，两个人的移动速度很快，在护士到 ICU 之前，两个人带着白柳就偷偷摸摸地摸进了安全通道。

苗高僵语气沉稳："这些护士会从一楼开始巡逻，而且是坐电梯上去，不会走这个安全通道，我和苗飞齿在五楼，木柯你在九楼，还有一段时间她们才会查到我们的病房。"

"看来我们有一段时间可以算算总账了。"苗高僵声音一转，陡然低沉了下去。

说完，苗高僵眸光沉沉地把自己肩膀上的白柳扔在了地上，他蹲下来张开宽大粗糙的大手卡在白柳细瘦的脖颈上，手腕上抬轻而易举地卡住对方正在滑动的喉结："木柯，或者说假扮成木柯的白柳？"

苗飞齿一怔："爹你在说什么？他不是木柯吗？"

白柳垂下眼帘声音嘶哑："……你在说什么？"

"白柳是个控制系技能的玩家，虽然我们在进入 ICU 之前的确确认了木柯已经脱离了白柳的控制，但在进入之后，那种混乱的情况下，我和飞齿是 S- 面板的玩家，白柳想轻易控制我们不可能。"苗高僵目光越来越暗沉，有种精光外露的倾向，他手上用力抬起白柳的喉部，卡住了白柳的喉骨往下按压，"但白柳要再控制木柯，应该是很简单的事情。"

"我怀疑在进入 ICU 不久之后，木柯就被你控制了，所以才会不断地来干扰我们的进攻，最后说不定也被你推出来当了替罪羊，让我们给杀死了。"

苗高僵冷笑一声："我之前是假装信你是木柯，把你搞出病房再说，毕竟护士要过来了，和你在 ICU 病房里多逗留被护士抓住，我和飞齿都吃不了好。但想在我面前玩反间计？"

说着，苗高僵用两指捏住白柳的下巴，虎口微微用力收拢。

白柳顿觉颈项被死死扼住，呼吸困难，但想要呛咳两声都被苗高僵的手死死抵住，连咳嗽都咳不出来，手脚因为窒息微微蜷缩发抖，苍白的面颊上出现了一种缺氧特有的红色。

苗高僵眼睛一眯："最后那个被我们杀死的怪物使用了道具，能使用道具的一定是玩家，但那个怪物使用的道具叫作'人鱼的雕像'，是《塞壬小镇》解锁人鱼雕像怪物书通关会有的奖励。"

"这个道具不对。"苗高僵语气一顿，"白柳的确有这个道具，

但这个道具白柳在《爆裂末班车》的时候已经用过了，是对付牧四诚时使用的，我看过你的小电视视频很多次，我记得很清楚。"

苗高僵语气冷静，目光狠戾："当然不排除你自己又去交易市场购买了这样一个道具，但你一个新人根本没必要购买这种道具，而木柯的仓库里，之前我们检查过，他恰好是有'人鱼的雕像'这个道具的，那个被我们杀死的怪物很有可能是木柯，在求生的时候下意识地用了这个道具，而爆出来的那些东西，是你故意丢在地上的。"

"就是为了让我们以为他是白柳对吧？但可惜木柯用了的那个道具'人鱼的雕像'是你整个计划里唯一的破绽，白柳是没有这个道具的。"

白柳被掐得呼吸不畅，下意识想扳开苗高僵的手，他声音干涩地解释："我真的是木柯，那个道具是白柳在病房控制我之后拿走的……"

苗高僵当然不信，见他这样还讥笑一声："小崽子，你还太嫩了点，在联赛里摸爬滚打一年后再来和我们斗吧。"

系统提示：玩家白柳载入玩家木柯的系统面板，载入完成。

白柳在要被掐死的千钧一发的时刻点开了系统面板，面板弹开在所有人面前，看到面板的苗高僵又是眼睛一眯，手下一松，白柳捂住脖子大口大口地后仰着呼吸，他脖子都被掐紫了，嘴唇白得透出一股子死物的冷意，过于急促的呼吸让白柳的嘴唇颤抖着。

他差点真的被苗高僵这个下手狠辣的给活活掐死了。

苗高僵将信将疑地看着这个系统面板，这的确是玩家木柯的系统面板，仓库道具里的确少了一个"人鱼的雕像"。

但可惜苗高僵不是一个特别信赖面板的玩家，他在联赛里爬模滚打又心思深沉，对很多直观呈现出来的东西都会多好几个心眼。他始终记着白柳是个控制系玩家，而这个技能具体是怎么实施的，因为白柳是个只过了两场游戏的新人，还没有人清楚。

虽然可以共用技能面板这种略有些离谱的可能苗高僵也猜想过，但这已经侵犯系统的权益了，属于最高等级的"规则技能"的范畴，列如黑桃和红桃，以及积分榜排名第三的"逆十字的审判者"这些玩家拥有的就都是"规则技能"，属于自身技能和系统一个层级的权限水平。

白柳不太可能是这种等级的个人技能拥有者，这种技能的拥有者就算是前期，也犯不着对苗高僵玩这种智斗把戏，直接上就行了——因为"规则技能"是非常强势的个人技能，完全可以实现越级杀人。

当然也有可能白柳的确有这种技能，但是限制非常多，但这种可能性太小了，至少苗高僵还没有在游戏里见过这么奇怪的个人技能。

白柳清了清嗓子，他低垂着头轻声解释："我进 ICU 的时候，的确被白柳控制了一段时间，但白柳后来精神值太低了，就解除了对我的控制，但拿走了我一个道具，我也是因为这个确定了那个怪物就是白柳。"

"这样吗？"苗高僵目光晦暗不明，他毕竟是个见过大风大浪、打过联赛的老玩家，虽然因为对自己儿子的纵容，一般在很多事情上都听苗飞齿的，但比起苗飞齿这个喜欢血腥刺激的小毛头儿子，苗高僵要警惕老辣得多。

苗高僵就算是见到了白柳给他展示的木柯的系统面板，心里也没有完全信任，反而是生出了一股杀意。

这样不能确定对方阵营和风险值的玩家，苗高僵一般都会选择干脆杀死，以绝后患，但在杀死之前……

之前他们选择带上这个木柯的主要理由就是那个"续命良方"，苗高僵突兀地放柔了语气："木柯，不是我不相信你，但你总要证明你自己，这个系统面板虽然可以表明你的身份，但还不够让我们继续带着你，你之前在 ICU 里，说自己找到了'续命

良方’，不如你给我们看看？”

“续命良方”是木柯说出来限制苗飞齿和苗高僵行动，打乱这对组合的攻击节奏的，木柯现在还一个人正在病房里找，最快都要明早才能看完找出来，白柳这里是根本没有什么“续命良方”的，但苗飞齿和苗高僵这两个老玩家虎视眈眈地守着他，态度已经很明显了。

拿得出来“续命良方”，至少今晚，白柳作为“木柯”可以安全回病房。

拿不出来，这两个人很有可能就要为了消除隐患当场把他给宰了。

除非白柳可以证明自己对他们有其他价值。

气氛一时之间沉静了下来，只有白柳迟缓恢复的呼吸声，和站在白柳身后的苗飞齿缓慢地摩擦双刀的声音。

苗飞齿还在迟疑：“爹，你真的确定他是白柳？他救了我一次……”

苗高僵淡淡地看苗飞齿一眼：“这事儿听我的。”

苗飞齿顿了顿，多次游戏的默契让他很快就选择了无条件相信自己的爸爸，他提起双刀向白柳靠近。苗飞齿体力槽虽然耗空了，不能使用个人技能，但凭借这人面板属性的攻击点，就算不使用个人技能光靠平 A 杀死白柳也是很轻松的事情。

弯曲锋利的上弦双刀缓慢冰冷地环绕贴上了白柳的后颈，一股凛然的寒意穿过白柳的皮肤，苗高僵双手摁在白柳的肩膀，这好似一个安抚或是拜托的手势，但他双手只需要轻轻一合，以苗高僵的力气就能轻而易举地勒死只有 6 点生命值的白柳。

“不好意思，得罪了啊。”苗飞齿笑嘻嘻的，“我爸爸怀疑你，你还是自证一下清白比较好。”

苗高僵蹲在白柳的前面，目不转睛地看着他，脸上带着很慈祥的微笑，眼里却一点笑意都没有：“给我看看你找到的‘续命良方’吧，木柯。”

　　前后来击，牧四诚的逃逸技能也在冷却当中，白柳现在的体力根本无法使用任何技能，完全跑不掉。

　　苗高僵语气和缓：“怎么，想不起来了吗木柯？要我帮你回想一下吗？你在床底的时候突然大吼说自己得到了‘续命良方’，打断了我们的攻击节奏，那个时候你是不是已经被白柳所控制了呢？如果这句话是他操纵着你说出来骗我们的，我们花了这么大工夫带你进去，却一无所获，那我们可是要生气的啊。”

　　“我们生气的后果，你可是承担不起的。”苗高僵宛如一个长辈般谆谆劝告，但手却突然卡住了白柳的脖子，目露凶光，虎口越收越拢。

　　在苗高僵耐心即将丧失的最后一秒钟前，白柳身上的电话突然响了，苗飞齿和苗高僵对视一眼——没想到这家伙的小孩居然真的有在给他打电话。

　　白柳接起电话什么都还没来得及说，苗高僵就抢过了白柳的电话，他目光沉静地看着白柳，白柳一瞬间就明白了苗高僵想要干什么。

　　苗高僵这个人不愧是老玩家，心眼多得和蜂窝煤都有一拼了，或许是白柳那个使用方式不明的控制系技能让苗高僵这个身经百战的老玩家提高了很大一截的警惕，白柳都已经亮了系统面板，苗高僵都还在疑心他的身份，还在怀疑他是不是白柳。

　　这个游戏里判定玩家是谁的办法除了系统面板，还有一个很重要的，就是玩家对应的儿童。

　　这个电话是玩家和儿童一对一单线绑定操作，并且因为系统要求玩家随时携带电话便于接听儿童的电话，电话相当于是绑定在玩家身上的，所以玩家是无法丢弃或交换电话的。

　　也就是玩家的电话对应的只能是自己的儿童，因此，玩家这边接到的儿童电话绝对能反映玩家的真实身份。

　　再加上打电话过来的儿童是不知道玩家这边发生过的事情的。就算面前这个投资人玩家是白柳假扮的木柯，白柳可以这么

假扮另一个玩家，是因为他和投资人木柯的外貌长相乃至于声线都是一样的，但是那边打电话的儿童小白六是没有办法改变自己的身份的，他就是小白六，他和儿童木柯有很多不一样的地方，比如声线。

而苗高僵这种 S- 等级的玩家是可以轻而易举地分辨儿童木柯和儿童白柳的声线的。

哪怕他现在还不知道这两个小孩具体的声线是什么样的，但明天就是福利院的洗礼了，到时候苗高僵会见到儿童木柯和儿童白柳，如果那边的小白六这个时候开口说话的声音和明天苗高僵见到的儿童木柯的声音不一致，这边的白柳就绝对会暴露他不是木柯的事实。

白柳平静地看着拿走了自己电话的苗高僵，苗高僵并没有开口，哪怕是楼下的护士已经开始往上搜寻，这人也十分沉得住气。

苗高僵思索两秒，用食指点了一下白柳的肩膀，把电话凑到白柳的耳边，目光冷厉地扬了一下下巴——苗高僵意思很明显，他要让白柳开口说话，他要让对面以为这边还是他的投资人，并且不能暴露这边是其他人拿着电话。

这样可以确保对面的儿童在一种完全不知道这边情况的情况下发声，也就是说，对面一定是原原本本那个玩家对应的儿童的声音。

"晚上好。"白柳语气平稳，他在苗高僵的眼神指示下顺从地开口了。

对面是好几个儿童奔跑的急促呼吸声，脚步声非常密集，感觉像是一群小孩在狂奔，还有隐隐约约的哭声，和一些诡异空灵的小孩笑声，紧紧地跟在脚步声的后面，听不清到底有几个小孩在跑，在喘息。

"晚上、晚上好，投资人先生。"是一个小男孩柔柔弱弱的声音，他好像在被人拽着跑，声音带一点哭腔，"我、我呜呜呜是木柯，我来给您打电话了。"

是真真正正的小木柯的声音。

白柳微不可察地勾起了嘴角。

干得不错，小白六。

听到这个儿童的声音之后，苗高僵和白柳直直地对视了两分钟，才缓缓地收回了自己卡在白柳脖子上的手。

对面的确在什么都不知道的情况下，说出了自己的身份，苗高僵没有任何怀疑面前人就是木柯的理由了。

苗高僵终于放下警惕地拍了拍白柳的肩膀："护士要上来了，先回病房吧，不好意思刚才对你那个态度，主要是因为白柳太狡猾了，我们要多做几次确认才行，你的儿童愿意给你打电话对我们的帮助很大，今晚先就这样，那个'续命良方'——"

"我知道'续命良方'是什么。"白柳打断了苗高僵，"但这个方子太复杂了，等明早我弄好直接给你们吧。"

明早木柯应该就看完 ICU 里的书了，刚好可以给白柳答案。

所有的一切都被白柳卡得恰到好处，而白柳，哦不应该说是木柯有'续命良方'的这个消息明显让苗高僵的态度和缓不少，他点头："那麻烦你了，我们后续会尽量带你通关的，护士要来了，今晚先到这里，大家回病房吧。"

回病房后，白柳回了木柯之前的病房，他反锁房门之后，拿起还处于通话中的听筒，轻声询问："白六？"

"我在。"那边突然又变回了一个很冷淡的小男生的声音，旁边还有一个小孩哭哭啼啼地跟着跑的声音，应该是小木柯。

小白六很冷静地问："刚刚还有谁在听电话？"

"你怎么知道这边还有人在听电话？"白柳饶有兴味地反问，"只有我一个人的声音啊。"

小白六很冷漠地说："我听到了三个人的呼吸声，而且你的声音离听筒太远了，不是昨晚你和我打电话的那种正常通话状态，电话很有可能不在你的手里，像是你被人胁迫着接了我的电话。"

小白六那边顿了顿，又开口继续解释："并且昨晚你并没有

和我说晚上好这种客套的开场白，这一般是我拿钱的时候会对金主说的话，但你就是金主，不用对我说这种话，你昨晚也的确没有说，今晚一开场就是晚上好，有点奇怪。"

这倒是，白柳回想了一下，自己的确只会在有钱拿的时候对陌生人显得礼貌又客套，什么奇怪的话，类似于对张傀的"主人"啊，白柳都能说出来，他自己倒是没有发现这一点。

"你怎么会想到让木柯拿你的电话和我说话的？"白柳笑着问，"以及你今晚怎么会和木柯在一起？还有今晚你的情况怎么样？"

玩家这边的电话是绑定的不可以交换，但儿童那边的电话可不是。

但在几乎所有儿童外出打电话都极度困难的情况下，让一个儿童带着另一个儿童外出，并且在电话接通的一瞬间把这个电话交给另一个儿童，让对方说话这种操作，还没有接到过儿童电话的苗高僵估计想都没有想过。

儿童的执行力和服从性比成年人低得多，尤其是比起这些已经在游戏里摸爬滚打过的成年人来说，更是低了不知道多少个档次，在让这群儿童打电话给他们都困难的前提下，像小白六这种为了钱大半夜不睡觉，还把木柯拖出来满院子跑的小神经病，不要说苗高僵了，就连白柳自己都没见过，他也有点惊讶于小白六罕见的执行力。

虽然知道自己为了钱大概率什么事情都能做出来，但当电话接通听到小木柯的声音的时候，这边的白柳还是没忍住惊讶地挑了一下眉头。

小白六平铺直叙地汇报："因为明天要接受洗礼，老师要求通知投资人和家长，所以今晚很多小孩出来打电话，但目前除了我还没有成功的，还有一些被笛声吸引出来的小孩，所以畸形小孩没有追着我们跑，情况还好。"

"至于我今晚为什么会和木柯在一起，我觉得你在明知故问。"小白六的语气冷淡又嫌弃，"你昨晚不是让我帮你照看两个小孩吗？还说给我钱的，你让我照顾的其中一个小孩儿是盲人女孩儿，我现在知道她叫刘佳仪，另一个就是这个木柯。女孩儿我暂时接触不到，但我和木柯睡在同一个房间里，为了钱，今晚我给你打电话的时候，找的一定会是同房间的木柯。"

"我本意是让你听到他的声音给你验验货，证明一下这小屁孩情况还不错，能跑能哭，但没想到你那边出了状况，我就直接不说话了，把电话给他，让他假装你的投资儿童。"

那边小白六的声音微妙地顿了一下，然后他很直接地质疑白柳："其实我觉得你在昨晚和我说你给钱让我帮忙照看人的时候，就是为了现在让木柯给你打电话吧？"

白柳声音里带着一点很细微的笑意，他懒散地靠在墙面上："可以这么说。"

他在对小白六说出我给钱你帮我照看一下木柯和刘佳仪的时候，就知道今晚的小白六一定会拖着其中一个出来给他打电话了。

十四岁的自己对金钱的执拗前所未有地强烈，他不可能放弃这么一个可以拿钱的机会，但白柳从小到大又是一个相对遵守交易规则的人，他不会轻易地欺骗自己的交易对象，那么最好的证明交易成功的方式就是让小木柯直接和白柳对话，说他自己还不错。

而小白六果然也这么做了。

"你可以直接让我拖木柯出来今晚给你打电话，不用和我兜这么多圈子。"小白六的声线有种少年人独有的青涩，但因为过于冷静又显得十分冷漠，"你给钱，我什么都可以为你做。"

"但那样你就会提前知道我针对另外两个投资人做的敌对计划了。"白柳不紧不慢地说，"你一定会猜到我要干什么，会面临什么样的可怕的威胁，知道这个电话对我来说意味着什么，你说不定会在打电话的时候出卖我的计划给我的敌人，从我的敌人那里换取更多的金钱，这是你会干出来的事情，不是吗？"

那边的小白六陷入了长久的沉默。

白柳轻笑一声："我总不能让你猜到我要做什么，因为你也

是个很危险的家伙。”

　　“我甚至觉得在这个游戏里，你比任何其他的事物对于我来说都要更危险，但幸好我了解你，而我在了解你的基础上告诉你一个事实，白六，我给你的金钱一定会比这个世界上的任何一个人都要多，我甚至可以给你我的所有金钱。”

　　白柳缓慢地垂下眸子：“不会有比我对你更大方的人了，白六。”

　　因为我就是你，你就是我，金钱在你和我之间跨越时间和空间奇异地流通着，但本质都归属于“我”这个身份，我所拥有的金钱被你和我同时拥有着，但白柳拥有的金钱却不会有一分一毫的减少。

　　“全部的金钱？”小白六语气依旧冷漠，但他说出来的话却透出一股莫名的讽刺，“那您可真是一个旷世难遇、一点都不自私自利的好心人啊，投资人先生。”

　　“我的确很自私自利，还很贪婪，所以我对别人绝对不是这样的。”白柳被讽刺了也不生气，脸上依旧不为所动地带着亲和的笑，“但怎么说，你对我来说是在这个‘世界’里最特殊的人，因此我对你一定毫无保留。”

　　小白六没有回答白柳这句话，只是微妙地、漠然地保持了一种怀疑式的沉默。

　　白柳不疾不徐地接着说：“但我能理解你在想什么，你一定在想人类是一种本能就很自私、一切为了自己的动物，我作为一个投资人，为什么要为了你一个陌生人违背本能做到这个地步？这个世界上一定不会有这样的人存在，就算存在，那也一定是装出来为了得到更多的利益的，毕竟天下没有白吃的午餐，是不是？”

　　对面的小白六又陷入了诡异的沉默，很明显白柳很了解十四岁的他在想些什么。

　　“我在你这个年纪也是这么想的。”白柳靠在墙上，他仰着头眼眸微微闭合。

　　因为身体的虚弱和福利院这个对他来说带有一定特殊含义的

副本，以及小白六这个游戏 NPC 的存在，白柳罕见地沉浸在了过去的回忆中。

他十四岁的时候是什么样的呢？白柳以为自己不太会记得。

因为人的确是很健忘的生物，或许人的记忆真的只有七秒，其余的记忆都只是人根据自己浅薄的感觉构建出来的欺骗、糊弄和安慰自己的东西。

但在听到小白六冷厉、毫无感情波动的声音的一瞬间，白柳闭上眼睛就能想起十四岁的自己是什么样的一个人。

孤僻、冷漠、和周围的一切格格不入，没有人可以理解这个成天一声不吭，老是在看福利院里各种可以找到的恐怖故事的瘦弱小男生。

白柳十四岁的时候不如现在会遮掩神色和伪装自己，看人的时候目光自带三分排斥，浑身上下都是生人勿近的冷淡气场，因此并没有什么孩子愿意靠近他。

当然这和白柳自己也有很大的关系。

在福利院里的其他孩子的玩具是好心人捐献的火车或者积木的时候，白柳喜欢的玩具是缺胳膊少腿的画风惊悚的玩偶；在其他孩子看连环画和故事书的时候，白柳在一旁看的是《瘦长鬼影杀人实录》这种不知道为什么会被捐献到福利院里的书籍。

但在那个时候，在这些人类幼崽还没有进入社会接受各种成年人规则的浸染和荼毒的时候，福利院里每一个小孩也会为了好的玩具、好吃的食物、可能被养父母领养的机会，甚至不那么潮湿的稻草床争得死去活来。

没有任何人教他们这样做，为了自己活得更好而踩踏其他人是一种类似于生物本能的东西，白柳很早就意识到了这一点，所以他离这些人越发地远。

而在福利院里有两个人完全不会争这些东西，一个是白柳，一个是陆驿站。

白柳是因为不需要这些东西，他更喜欢钱，但福利院里一般

不会给小孩这个东西，而陆驿站是因为觉得其他人更需要，所以这个傻子就主动让了出来。

更好的食物、更好的玩具、被领养的机会，陆驿站通通傻乎乎地让了出来，望着别人因着剥削他而来的成果而绽放出来的幸福笑脸，这个时候对方只需要对陆驿站道一句简单浅薄的感谢，这个傻子就能挠着后脑勺露出一个比对方还要灿烂的笑脸。

"我曾经也以为这个世界上不会有真的全部为了别人付出的人类。"白柳的声音很轻，很平静，"就算是付出，也是为了得到那种被世俗道德准则所洗脑熏陶出来的自我奉献和自我满足感，本质还是为了愉悦自己。"

"世界上是不存在纯粹的好人的，只有纯粹的坏人。"

小白六的呼吸声在对面急促地响着，他拉着还在小声抽泣的小木柯在深夜的儿童福利院奔跑着，但白柳知道他在听。

这小家伙还没有挂电话，因为是按分钟计费的，真是一个很努力的陪聊工——虽然是个童工。

白柳的嗓音里带出了一点很懒很闲散的笑意，他好像回忆到了什么很好笑的事情："然后在我对这些想法坚定不移的时候，遇到了一个傻逼，他自告奋勇地想和我做朋友。"

"他不断地问我为什么一个人，自己饿肚子省吃俭用给我食物，在发现我看一些很血腥奇怪的书籍的时候也只是愣了一下，然后偷偷摸摸地去外面搞来给我看。"白柳口吻很平淡地说，"但我从头到尾对他都很冷淡，他是在得不到任何满足感的情况下在付出，我以为他很快就会放弃了。"

那边的小白六终于开口了，他问："他放弃了吗？"

"他中途远离过我一阵，我以为他放弃了。"白柳顿了一下，"然后有一天中午，我在院子后面看到一只'瘦长鬼影'的玩偶。"

那是一只非常笨拙的瘦长鬼影，身上的玩偶服装是拿福利院不要的床单改造的，帽子破破烂烂，简直像是什么小学生失败的手工作业，这只瘦长鬼影挥着自己巾巾吊吊的褴褛衣衫在和白柳傻兮兮地 say hi。

那段时间白柳经常看的书就是瘦长鬼影的故事，因为福利院也没有再次被捐献别的这类的书籍了。

但陆驿站可能误会白柳很喜欢这种奇怪的传说生物，十几岁的陆驿站偷偷摸摸地熬夜藏在被子里做了这么一个玩偶，然后套在自己头上，站在白柳面前蹦蹦跳跳，他跳得哼哧哼哧满头大汗，劣质的布偶套装里的眼睛干干净净，但眼眶因为熬夜泛着红。

陆驿站把白柳当成那些喜欢动画人物的小孩了，他纯粹地希望白柳因为这个感到快乐。

但他并没有想要白柳感谢他的意思，当然白柳也并没有感激他的意思，因为这实在是……

"……他好蠢。"小白六面无表情地吐槽。

"对，我那个时候也是这么觉得的。"白柳低笑了一声，"我就像是看傻子一样看他，然后礼貌地解释我并不是瘦长鬼影的小粉丝，我只是喜欢看这些恐怖故事，看这些奇形怪状的恐怖生物吃掉犯傻犯错的人类，我喜欢这样的恐怖故事。"

小白六静了一会儿说："我也喜欢，但他应该……不喜欢吧。"

只能说正常的小孩都不会喜欢，那个时候的白柳是福利院里的怪胎，因为看的书和画的画都不太正常，十分血腥，属于老师会重点关注的类型，觉得他有反社会倾向之类的，很快在老师的严密监控下，他们把白柳喜欢的那些东西都给丢掉了。

书籍、游戏，甚至是白柳多看了两眼的布偶玩具，他们防备白柳就像是防备一个潜在的劳改犯。

其实某种程度上来说，这种防备也没错。

白柳就收敛了自己明目张胆的爱好，假装一个迷途知返的乖小孩。

陆驿站是不喜欢这种非常规的恐怖故事和游戏的。

但他不喜欢，并不代表他不能让白柳喜欢，而他知道白柳喜欢，只是装作不喜欢。

"他的确不喜欢，但这个家伙人缘一向都很好，他不知道从什么地方搜刮了很多很多的恐怖游戏和恐怖故事书。"白柳眼睛还是闭着的，他回忆道，"真的很多，然后瞒着老师送到我面前，让我玩，让我看。"

小白六这次沉默了好一会儿，他问："他为什么要这样做？"

"我也是这样问他的。"白柳声音轻到几乎听不见，"他说，我们不是朋友吗？这是我可以帮你做的事情，所以我就做了。"

小白六发自内心地疑惑了："你什么时候和他做朋友了？我记得你没有同意过这件事吧？"

"我也不知道。"白柳说，"但陆驿站就这么一厢情愿地认定了，我和他说我大概率是个怪胎，以后说不定会干坏事，他很严肃地和我说，如果我要做坏人，他就当警察来抓我。"

白柳轻笑一声："所以他让我放心，他不会让我做坏人的，因为警察的朋友不能是坏人。"

"他在一起和我玩了很多恐怖游戏，玩了很多很多年，后来他渐渐认清了我是个不怎么正常的人，但他还是坚持和我做朋友。"

"为什么？"小白六又问了一句，他这次有些迷茫了，"你们根本不能互相理解，和你做朋友，会给他带来什么好处吗？"

"什么好处都没有，我是个各方面都相当麻烦的人。"白柳很爽快地承认了这一点，"我不擅长做人，但我的那个朋友并不是为了什么好处和我做朋友的。"

小白六："那是为了什么？"

白柳："他只是为了让我拥有一个朋友。"

陆驿站的理由就是那么简单，他想和白柳做朋友，他想让白柳开心一点，想要白柳有一个朋友，不同情不怜悯，他只是这样想，所以他就去做了。

陆驿站是白柳认知中第一个出现的奇怪的人类，这人的存在几乎颠覆了白柳的三观——这个人是一个高级的、没有任何私人目的的、道德水准极高、就是脑子不太好使的，纯粹的好人，在白柳的世界观里简直是个教科书级别的自我奉献式的傻子。

是白柳这一生唯一的朋友。

"这个世界上还是存在这种纯粹的好人的，他们的存在是违背进化论和人类本能的，所以他们活得很辛苦。"白柳轻声说，"但他们就是存在，而你也很快就会遇到。"

是的，白六，你会遇到这个愿意陪你玩游戏，装瘦长鬼影逗你笑，陪伴你度过很多年的朋友。白柳在心里轻声说。

"这种人很少见吧？"小白六的语调还是那么淡，"你能遇到一个已经是世界奇迹了，我不会遇到这种一厢情愿地付出的蠢货了。"

"你会的。"白柳微笑起来，"你还遇到了我不是吗？"

"我也知道你是个坏小孩，白六，我也知道你可能会出卖我，但我最终还是告诉了你我的计划。"白柳语气柔和，带一点很奇异的引诱，"你对我真的很重要，比计划重要，甚至比我还要重要。"

"你是这个地方对我来说最重要的一个人。"白柳微笑着，"我保证我会是你奇怪并且可靠的朋友。"

这次白六沉默了很久很久，久到白柳以为他会挂电话了，然后小白六语气十分生硬地转换了话题："你也很喜欢恐怖游戏？你有玩过什么好玩的吗？"

白柳漫不经心地垂下眼眸，他嘴角微不可察地勾起，慢慢悠悠地和白六聊起了天："有啊，我玩过很不错的两款游戏，一个叫《塞壬小镇》，一个叫《爆裂末班车》。"

十四岁的他还是很好骗的，会被陆驿站那种自我牺牲类型的大傻子给轻微打动。

而如果他遇到的是二十四岁的白柳，那可就要复杂得多了。

白柳没有太多的闲心给十四岁的自己做心理辅导，并且他觉得小白六也不需要，他说这样一长串的故事只是为了铺垫说服小白六全心配合他。因为不幸的是，最好蛊惑小白六的工具——他的积分，或者说是钱——白柳已经给全部丢出来给苗飞齿他们了。

这也是很危险的一点，白柳现在手上控制住的所有玩家的积

分总和，也就是金钱总和是低于苗飞齿他们的，他所拥有的这种对小白六很有诱惑力的道具的总数少于他的敌人。

而很快地，第二天小白六见到他们之后，这个很敏锐的小朋友就会察觉到这一点——白柳并没有苗飞齿他们有钱。

这就很尴尬了，在小白六知道他们敌对的情况下，根据白柳对自己的了解，小白六必然会倒向钱更多的一方，他很有可能会向苗飞齿那对父子出卖他的信息——白柳很了解十四岁的自己也不是个什么服从度很高的小孩，目前来看小白六只是服从于他的钱而已。

就算这样会导致自己的杀身之祸小白六也不会在乎的，他十四岁的时候要钱不要命的欲望可比现在强烈多了。

所以白柳需要一个除了钱的，其他可以牵制小白六为了钱胡作非为弄他的点，这个点要和钱旗鼓相当，从白柳已知的经验来看，牵制自己的一大利器，那就是陆驿站。

陆驿站可以牵制金钱欲旺盛的白柳走在不违法犯罪的道路上这么多年，除了这个人不寻常的执拗和一心要和白柳做朋友这些因素，还有一个很重要的原因，那就是白柳对陆驿站是非常好奇的。

白柳是一个好奇心相对旺盛的人，对各种离奇的非人类的行为和事物都充满了探索欲，他对陆驿站的这种好奇更是这么多年来从未消减过。

白柳好奇陆驿站这个和他自己同样怪胎的人到底能做好人到什么时候，好奇这个人的行为驱动力是什么，而这种好奇在足够强烈的时候，在一定程度上甚至可以抵消白柳对金钱的渴望。

陆驿站在这个副本里不存在，那么白柳就告诉小白六有这么一个人的存在，并且自己来充当陆驿站的角色，白柳提取了陆驿站这个人身上对自己最有牵制力的元素，就是这种自己对他的好奇。

小白六开始对他感到好奇，想要探究他的行为逻辑，那这就是一切故事的开始。

就如当初他对陆驿站一样。

CHAPTER 27

　　"你说你和一个住在罐子里的银蓝色尾巴的人鱼接吻，又和一辆燃烧的列车上快要爆炸的镜子里的鬼魂接吻？"小白六语气不明地轻哼了一声，"听起来你的感情历史略有一些非同凡响。"

　　白柳不以为意："都只是游戏里的人物而已，不过今天你听我扯了这么久都没有挂电话，怎么，想和我打满三个小时？"

　　"如果可以的话，我的确想和你打满三个小时。"小白六淡淡地说，"毕竟是按照分钟计费，而今天难得所有人都在跑，吸引了畸形小孩的注意力，目前只有我和木柯打了电话，成功通知了投资人明天要发生什么。"

　　"不过那个叫刘佳仪的盲人小女孩动作也很快，她虽然看不见，但一直贴着墙走，刚刚我掩护了她一下，引走了她那边的畸形小孩，她应该很快就能打完电话回去了。"

　　"其余两个小孩跑步速度还挺快的，我记得是叫苗飞齿和苗高僵，他们虽然打了电话，但一直在哭，没有给对面的人交代清楚明天要请投资人过来观礼。"

小白六一边奔跑一边飞快地和白柳交代情况，声音里带一些喘，但交代得依旧非常条理清晰："并且你可以放心，我比较有警惕心，在我不知道你和这两个小孩的投资人都有仇的时候，我和木柯跑的时候就有意避开他们了，没有被他们发现我们是一起打电话的，而且可能也是因为他们乱跑吸引了怪物的注意力，今晚我们其他三个人打电话才这么容易。"

"哦对了，忘了和你说，今晚的畸形小孩不止一只。"小白六语调平静地补充说，"有三只，不同的畸形，还不是昨晚那个小孩。一个是蹲在地上四肢着地爬着走，嘴唇发紫；一个四肢畸形，都是内折生长的，跑动的时候脚会内拐跛脚，四肢和躯干、头部比例很奇怪；还有一个头发和皮肤都白得不正常，刚刚我躲在滑梯上看了一下，没有看得很清楚，但这个小孩眼珠子应该是紫色的。"

白柳在福利院待过，对一些常见畸形还比较熟悉，他若有所思："听起来感觉有点像是先心、骨发育不全和白化病。"

都是先天性遗传疾病，并且和现实世界里存活下来的那五个小孩的疾病很大程度上重合。

白柳迅速地发现了两个奇特的点。

第一：虽然福利院残障儿童的确偏多，但这些存活下来的都是某些特定先天遗传病的孩子，这已经是非常特殊的一个点了，而这个特殊点意味着什么？

第二：为什么现实世界里的畸形儿童可以存活，而这个世界里的畸形儿童已经变成鬼魂了？

第一点白柳还需要更多信息来推理解释，但第二个点白柳觉得自己已经得出答案了。

白柳似有所悟地用手指玩弄了一下他胸前那枚破损的硬币，陷入了沉思。

按照这个副本目前给的信息来看，正常的孩子，也就是没有畸形的孩子是被笛声吸引失踪的，失踪之后就没有再出现过了，而这些畸形的孩子目前死亡的方式不明，死亡之后却是可以变成怪物出来流窜玩耍的。

但并不是不会死亡。

从《爱心福利院》这个游戏副本目前白柳知道的规则来看，这六个现实中有着先天缺陷的小孩，包括刘佳仪，应该是作为《爱心福利院》投射到现实副本的"畸形小孩"这样的 NPC 般存在的，而这个《爱心福利院》中这些畸形小孩 NPC 全部死亡了，那么对应回去，这六个在现实中还没有出事的小孩大概率是要死亡才符合这个副本的规律。

但这个六个小孩中的其中五个目前在现实中的陆驿站严密的看护下，死亡的可能性非常低，反而唯一有可能死亡被异化成怪物的就是进入游戏的、很危险的刘佳仪。

不过从系统一贯的策划来看，为了符合副本的游戏逻辑，这几个现实当中的小孩多半还是要死亡的。

那问题就在于如果他们要死亡，他们会怎么死亡？

"所以很有可能现实存活下来的那些畸形小孩最终也会死亡，但我进入游戏的时候，他们还活着，如果他们死亡的话，会是因为什么方式死亡呢……"

白柳靠在墙上自言自语着。

游戏载入不能脱离常规，强行载入"NPC 死亡"的数据，"现实世界"多半就会出 bug，会被"陆驿站"这个对案件 NPC 观察密切的人察觉到不对，当然系统可以使用流氓手段删除所有关注这件事的人的记忆数据，但"玩家"的记忆是无法删除的，白柳会知道这个地方有 bug，如果不做区分全部删除，这样"现实世界"的正式版本对很多"玩家"就失去了意义。

所以问题就在，这六个小孩应该怎么死亡才是符合游戏逻辑和世界逻辑，不算是强行载入的 bug 呢？

白柳突然想起了那天他去医院看到的那一堆尸体，和陆驿站

神色凝重对他说的话："这群孩子进入医院的时候基础体征都是正常的，但一天之后突然就开始发作了……尸斑和尸僵都出现得太早了，感觉像是早就死亡，延迟到后面出现……"

对，就是这个点，延迟死亡。

白柳忽然想到了这个点——这是最合理的，符合现实常规并且不会引起其他人怀疑的死亡载入方式。

这六个小孩并不是没有毒蘑菇中毒，更有可能的他们对蘑菇的抗性比其他小孩更强，中毒的症状延迟到后面出现，所以截止到白柳进入游戏之前，这几个小孩还没有出现任何症状，但并不代表他们不会出现中毒症状。

或者说他们正在死亡的进程中，但医学的检查在他们身上无效，所以除了在游戏中的白柳，还并没有任何人发现这件事。

这六个死里逃生的畸形小孩还笼罩在死亡的阴影下这件事。

白柳眼睛一眯——而且如果现实世界副本是游戏副本的载入，这些游戏内外的小孩的死亡方式会不会是一样的？

小白六并没有打扰白柳的沉默，他安静地等着白柳下一次的询问，也不挂断电话——毕竟按分钟算钱。

白柳沉默了一会儿之后突然问他："你们福利院最近有吃蘑菇吗？"

"没有。"小白六言简意赅，"我对蘑菇味道还算敏感，我吃过的食物里应该是没有放任何一点蘑菇。"

"那些追着你们跑的畸形小孩身上，有蘑菇味道吗？"白柳换了个思路又问道。

小白六回答得很快："不知道，我们离它们一直很远，距离没有近到可以闻到它们身上味道，你需要我靠近确认吗？当然不是免费的。"

"不，暂时不。"白柳迅速地否决了小白六这个过于大胆的提议，"这些小孩的移动速度不算慢，如果没有其他人转移注意力，并且你又靠得太近，很容易被抓到。"

　　而且根据怪物书上对这些"畸形小孩"的描述，玩家的儿童一旦被抓到就是彻底失踪，白柳现在这边的生命值只有 6 了，他之前对小白六所说的那些话也不算全是假话——比起他自己，生命值还很充足的小白六的确要重要得多，白柳现在会用尽一切确保这位过于贪财的小朋友的安全。

　　"但你是需要我靠近的对吧？"小白六语气很冷静。

　　"对。"白柳很诚实，"我不仅需要你靠近，我还需要你找到这些畸形小孩的弱点。"

　　他需要解锁怪物书上这些怪物的弱点，靠弱点控制住这些每晚出来游荡的畸形小孩，这比放任它们每晚追逐自己儿童要安全得多，毕竟这些畸形小孩的失踪攻击，白柳觉得比植物病人的吸血攻击还要恐怖和充满未知，可以说是一击必杀。

　　现在还没有儿童失踪，很有可能只是因为这些畸形小孩的目标太多太分散，一旦锁定了，那很容易就抓走了。

　　而且还让白柳觉得很危险的一点就是，昨晚是一个，今晚是三个，这些畸形小孩的数量似乎在增多。

　　"我的确需要你靠近这些小孩帮我找出它们的弱点，这对我很重要，当然我会付费给你。"白柳轻声说，"但不是今晚，小朋友，今晚太危险了，我不会牺牲你来做这种事情，等明晚我找到保护你的办法之后，我们再来做这个。"

　　对面诡异地沉静了，隔了大概一分钟，小白六好似什么都没有听到般地飞快地岔开了话题："苗飞齿和苗高僵进屋子了，那三个小孩来追我了，投资人先生，今晚通话总计三十一分钟，给您抹零三十分钟，一共三千块，您已经欠我六千块了。"

　　小白六语气礼貌又咄咄逼人："拖欠未成年陪聊工资是不好的习惯，希望明天见面的时候您可以给我结清这六千块，承蒙惠顾，祝晚好，投资人先生。"

　　按照昨天的路数，这个时候小白六就要干脆利落地挂断电话了，但今天他说完之后还没挂。

白柳能听到他在空旷的地面上奔跑的呼吸声，背后还有追着他的小孩嘻嘻嘻的笑声，还有小木柯竭力压抑住的喘息声和哭声，跑动的脚步声渐渐从急促变得缓慢，他们踩在地上的声音质感也从沙沙的踩在沙土的感觉，变成了踩在水泥地的坚硬的踩踏声，背后的小孩诡异的笑声渐渐远去——他们应该要回房间了。

小木柯费力地在跟着小白六跑，这个小家伙被小白六拉着跑了一晚上，因为心脏不好脸都紫了，但却依旧乖巧地竭力咬牙跟着跑，没有哭闹着不跑，似乎也知道小白六拉着他跑是为了他好。

因为小木柯知道如果没有小白六拉着他跑，他今晚肯定撑不到给自己的投资人把电话打完。如果没有办法通知投资人，他明天就不能参加洗礼了，这对进入福利院的儿童来说是很严重的事情，他们说不定会因此受到惩罚。

而今晚如果没有小白六的投资人说了一句要小白六帮忙照看他，小白六这种一看就很冷漠的小孩一定不会管小木柯的死活。

小木柯偷偷看了一眼小白六手上的电话。但这位好心的投资人先生，为什么要让小白六帮他呢？

并且小白六为什么现在都还不挂电话呢？已经要跑进他们睡觉的房间了，被老师看到之后会挨骂的。

"你是还有什么想说的吗？"白柳很识趣地开了一个头，"你是要回房间了吧？怎么还不挂电话？就这么想多挣我的钱？"

"……这几分钟不算你的钱。"小白六气还没有喘匀，声调有种说不出来的低，他好像在掩饰什么一般说得飞快，"今晚你说的两个恐怖游戏很不错，可以抵了。"

白柳惊讶地挑眉："今晚对我这么好？又是抹零又是抵消——"

"嘟嘟嘟——"

对面毫不犹豫地挂了电话。

白柳："……"

这明明就是为了夸他玩游戏玩得不错，他十四岁的时候是这种别扭的人设吗？

哇，好恶心。

白柳收起了电话，他的目光落在了那张潮湿过度的稻草床上，眼睛忽然一眯。

今晚他一直在那个病人身上闻到一股若有若无的植物腐烂的气味，他之前注意力全在对抗苗飞齿他们上了，没有去甄别这味道到底是什么植物，只觉得是一种腐殖质的植物味道，很像是腐烂的稻草，但还有一种别的什么植物，藏在浓烈的稻草味道的下面。

白柳摸了一下自己被咬的脖颈，那里还残留着植物病人的口腔黏液，白柳用指腹刮了一点下来，放在了鼻腔附近细致地嗅闻——他的血的味道，潮湿腐烂的稻草味道，稻草味道的下面还有股很浅淡的……

白柳神色平静地把手指放进了嘴里。

——黏液里还有一点很浅的蘑菇味道。

闻不太出来，但尝可以尝出来。

这里的孩子没有吃蘑菇，反倒是病人在吃蘑菇？

重症监护室的病人吃的唯一的东西，就是那个护士送入每个病房的"药物"。

但"药物"很明显不是蘑菇，因为"药物"是液体，虽然不排除这个液体里含有蘑菇的成分，但比起这种可能性来，白柳觉得另一种设想的可能性更高。

白柳的目光定格在了他面前的稻草床上。

他上前围绕着这个稻草床转了一圈，越看越觉得有一种很奇异的即视感，这个东西看起来的确像是床，但这样昏暗的灯光，二十四小时不间断的水汽，以及厚实过头又开始发霉的稻草……这些所有的条件加起来，让白柳觉得，这个地方比起床，更像是一个标准的蘑菇培养房，而这个稻草床就是蘑菇培养基。

白柳的手掀开白色的床单，露出大片枯黄的稻草，随意地拨弄两下就能看到根系附着在腐烂稻草上正在萌发的菇类，这些菇类白柳都见过，一些能吃一些不能吃，但总体来说都是常见的品种，

吃了也不能延年益寿，有些还带毒，会很快致死——当年白柳所在的福利院也有孩子误食之后差点没有抢救回来。

白柳用手指翻找着从稻草里萌发的这些菌菇，确认了这些长在床上的菌菇都是一些常见的品种之后，他若有所思。

那些病人吃的应该不是白柳看到的这些蘑菇，那这些病人吃的蘑菇到底是什么？

白柳的目光落在稻草床上，他之前在 ICU 的时候，因为那个植物病人一直躺在病床上，跟植物人一样一动不动，而白柳生命值也不高，所以白柳并没有单独去惊扰这个病人，翻找确认它睡着的稻草床下面长出来的蘑菇是不是和他们床上长出来的一样，都是很常见的菌菇的品种。

现在看来很有可能大家的"培养基"，也就是床，长出来的蘑菇并不一样。

但问题的关键就在于为什么会不一样，它们的床长出来的又是什么品种的蘑菇。

白柳觉得一切的答案都藏在系统所说的那个"续命良方"里。

"木柯，"白柳仿佛低叹般地自言自语，"现在就看你能不能在一夜之间找出这些病人吃的'续命良方'到底是什么东西了。"

ICU 病房。

木柯奄奄一息地从混乱一片的病床下面爬了出来，扶着病床喘着粗气站了起来。

他站起来之后头还有点晕，没走几步又喘着气坐在了病床上。

木柯坐在白柳之前待的病床上，他整个人虚脱地倒了下去，把头埋在残留了白柳气味的被子里，就像是还没长成的雏鸟把头埋在母鸟的翅膀下，这是一种寻求安全感的行为。

死里逃生残留的恐惧让他的手和脚都抖得很厉害，虽然木柯刚刚躲在病床下面喝了几瓶精神值漂白剂把精神值恢复满了，基本理智已经恢复了，但是木柯的生命值掉得太厉害了，这导致他的身体状态非常地差。

他被吸走了太多的血液，陷入了失血过多的寒冷和近似休克的状态，手脚就像是抽搐一样不停地颤抖着。

木柯咬着牙蜷缩在带着白柳味道的被子里抖着左手摁右手，想要尽快恢复，他眼眶通红，之前那个怪物一直吸他血的时候他真的以为自己要死了，到最后木柯都眼冒金星了，他手背上的血管都瘪了下去。

但他必须要被吸到这个程度，这样他和白柳呈现出来的状态才是差不多的，白柳才能顺利假扮他进入苗飞齿的团队里。

木柯闭上眼睛，他回忆白柳之前交代给他的计划，这样可以转移他的注意力，让他好受一点。

白柳的计划非常简单又大胆，就是纸杯橘子游戏。

就是把一个橘子藏在三个纸杯当中的一个，然后轮换纸杯让对方猜到底哪个纸杯才藏有橘子，投资人一模一样的外壳就是那三个纸杯，而纸杯下面的白柳，就是苗飞齿他们要猜的那个橘子。

但这个简单计划有很多需要解决的复杂问题。

首先第一个，木柯的目光落在白柳放在桌子上的三个大小不等的纸杯，他皱眉："你和病房里的那个病人的外表并不完全一样，他比你更细长。"

"对，没错，而且不光是这个，苗飞齿父子是 S- 级别的玩家，他们完全可以不按照我们的游戏规则来。"白柳飞快轮换着手上的三个纸杯，语调不疾不徐，"他们有能力直接把这三个纸杯都捏瘪，然后再去检查纸杯下面谁才是他们想要的橘子，也就是我。"

白柳一边说一边很平静地捏瘪了自己手中三个大小不一的纸杯，纸杯下面露出被捏得爆浆的橘子来，然后又若无其事地把纸杯给扔进了垃圾桶里。

木柯缓慢地吞咽了一口口水："……那怎么办啊？"

"所以第一步，我们要让他们认为这三个纸杯，他们没有能力轻易捏瘪，他们才会按照这个游戏的规则来。"白柳用手指点

了点一个纸杯，在上面写了一个 A+，"我会伪装成一个有 A+ 能力的怪物，同时假扮三个怪物，这里的护士换班只有十五分钟，就算他们是 S- 等级面板的玩家，同时面对三个 A+ 级别的怪物，我觉得他们也会更倾向于只击杀一个。"

"但你只有一个，你怎么同时假扮三——"木柯没说完的话戛然而止。

白柳以一种眼花缭乱的速度在他面前飞快地轮换着纸杯，一时间只能看到残影，而那个纸杯上写着的 A+ 因为残影，好像三个纸杯同时出现了这个 A+ 的标记，白柳微笑着抬眼："靠移速。"

"至于你说的外表的问题，这里的病人是病得越重越纤长，而对于我们玩家来讲，'是否病重'有两个指标来衡量。"白柳抬眸直视木柯，"这两个指标一个是生命值，一个是精神值，从客观逻辑上来讲，我们只需要把生命值和精神值下调到和这个怪物差不多就行了。"

"生命值的下调很简单，而精神值的下降，利用这个病人怪物就行了。"

木柯抿着嘴，从他脸上能很明显看到对这个计划的反对，很快他就不赞同地开口："苗飞齿和苗高僵是两个老玩家，这种简单的把戏很难骗得到他们，而且就算不是老玩家的我，橘子纸杯这种游戏我也可以靠记忆力很轻易地认出哪个纸杯是正确的，但我们如果下调生命值和精神值到同样病重这个点，对方一旦识破……"

"你会死的，白柳。"木柯看着白柳的眼神甚至带上了一点乞求，"你真的会死的。"

"木柯，这个计划的重点不是我的死活，我只有我 50% 的生命值。"白柳用一种冷静到近乎残酷的语气对木柯说，"这个计划的重点是让你能安全在 ICU 里待一整晚找出续命良方。"

"你手里拥有'续命良方'筹码之后，你主身份线的任务就完成了，而副身份线的任务，也就是儿童那边的任务小白六是目前完成得最快的，你只要用钱就能钓着他帮你做事，他会配合你的，这样你可以抢跑去通关，如果我死了，你就带着我的另外 50% 生命值通关，明白吗？"

木柯泫然欲泣，疯狂摇头："我做不到！我真的做不到！"

"做不到我们就一起死吧，木柯。"白柳很浅淡地直视木柯，他在说这句话的时候，脸上甚至还带着很无所谓的笑意。

白柳并没有在威胁木柯，他只是在很平静地叙说一个事实，如果木柯做不到，他们很有可能会一起死在这个地方。

木柯被白柳笑得打了一个冷战，他低着头紧咬下唇，就像是在自我斗争般没有说话，隔了很久他才抬起蓄满眼泪的眼睛看着白柳："我，我会尽力地试试的……"

白柳放缓了语气，他拍拍木柯肩膀："但我死了这的确是最差的一种情况，所以我们要防止它发生，简单的橘子纸杯游戏在老玩家面前的确很容易露馅，我发小那种人玩过十几次就可以百分百猜中了，因此我们准备的不是一个简单的橘子纸杯游戏给他们。"

木柯泪眼蒙眬地看着白柳："不是简单的橘子纸杯游戏？"

白柳："对，双重纸杯的橘子游戏，就和这个游戏的双重身份线一样。"

"并且我们准备好第一轮橘子纸杯游戏的答案给他们。"白柳又拿了六个新的，一模一样的纸杯放在了桌面上。

他低着头随手从抽屉里拿了一支记号笔，在一个纸杯上写上"白柳"，又在一个纸杯上写上"木柯"，然后面色平静地把写了"白柳"的纸杯盖在了写了"木柯"的纸杯上。

白柳把一个纸杯写上"木柯"，盖在了写了"怪物"的纸杯上。

最终白柳把一个写了"怪物"的纸杯，盖在了写了"白柳"的纸杯上。

木柯迷茫地看着白柳的操作。

"这是第一轮橘子游戏的答案。"白柳指着纸杯上的字，一一对应给木柯讲解，"这三个纸杯分别是白柳、木柯、怪物，对吧？然后他们一定不会那么轻易地相信，他们会怀疑我的身份，

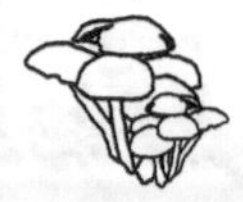

所以我们准备好了第二轮答案。"

白柳把之前写的纸杯提了起来，露出了下面的一层纸杯："这是他们看到的第二层答案，然后……"白柳脸上没有什么情绪地开始飞快轮换起了纸杯，然后停下来扬了扬下巴，微笑着问木柯："现在猜猜代表我的橘子在什么地方？"

木柯对自己的记忆深信不疑，他把手放在了写了"木柯"的纸杯上："是这个。"

"猜错了。"白柳勾起嘴角，他打开三个纸杯，"橘子在'怪物'的纸杯下。"

"怎么会？！"木柯很惊讶，"我明明看到你把橘子放在了第二层写了'木柯'的纸杯下面。"

"人果然是会被所得到的即时信息欺骗的动物，你没有记错，但是我作弊了。"白柳垂下眼帘，他笑得意味不明，手上缓缓打开"白柳"那个纸杯，在木柯惊愕的目光里，白柳小指和食指夹住纸杯的边缘轻轻一扯，他把两个纸杯分成了三个。

白柳掀开眼皮，懒懒地笑了起来："一个粗糙的手上小把戏罢了，你其实记住了也猜对了，但我出千了。我在属于'白柳'这个身份的纸杯上，放了三个纸杯，你看到的只是第二个纸杯，但其实这个杯子上有三个纸杯，所以我作为'橘子'，其实是藏在第三个纸杯身份下面的。"

白柳拿起橘子："换句话说，在这场橘子游戏的最后，我还会利用其他信息给我自己的身份套一层壳子，作为第三层'纸杯'来保护我自己，以及迷惑老玩家苗飞齿和苗高僵这对父子。"

"而他们绝对不会怀疑自己得到的这个信息。"白柳把纸杯下的橘子剥开成两半，递给木柯。

白柳似笑非笑："因为这信息是另外一半的橘子打电话告诉他们的，木柯，吃橘子吗？"

木柯有点呆滞地摇了摇头，拒绝了白柳递过来的橘子，他已经被白柳这些操作看傻了，还有点理解不过来，木柯拒绝了之后白柳无所谓地耸耸肩，剥开橘子一口放进了嘴里。

咬下的一瞬间，白柳的脸轻微扭曲了一下，他木着脸缓缓地把橘子吐进了用黑色记号笔写着"白柳"的纸杯里里："……喷，这医院的橘子好酸。"

而这个计划最成功的纸杯身份互换模式是，怪物病人以"白柳"的身份死去，木柯以"怪物病人"的身份安全待在 ICU 病房里度过一夜。

而白柳这个橘子以"木柯"的身份，待在最危险的苗飞齿父子的眼皮子底下。

为了达成这个目的，白柳给三个人，或者说给三个"怪物"都做了两层以上的"身份纸杯"。

白柳第一轮的"互换纸杯"之后，他给了苗高僵一个简单的每个怪物对应的身份答案——被杀死的怪物是"白柳"，藏在病床下面的怪物是真的怪物，而他带走的怪物是"木柯"。

但苗高僵当然不会相信白柳给他的这个显而易见的答案。

于是白柳为苗高僵准备的，第二轮的"纸杯橘子游戏"开始。

而在第二轮的"纸杯橘子游戏"中，白柳很敢赌地把"互换纸杯"这个环节交给了苗高僵，而他和木柯只是用各种方式暗示苗家父子自己的身份异常，比如木柯帮助白柳，白柳帮助病人等等很明显的异常的行为，激起苗高僵的疑心，让他在心里不断地更改这三个怪物身上的"身份纸杯标签"，那么最终，苗高僵就像是无比信任自己记忆的木柯一样，他就会犯和木柯一样的错误。

过于相信自己的经验和亲眼所见的信息得出的结论，苗高僵会怀疑白柳这个藏在"木柯"纸杯下的橘子，从而触发白柳的第三层"身份纸杯"——一个白柳早就准备好的、来自于小木柯的自证电话。

木柯喘着气抬头看了一眼时间——目前已经九点半了，所有的护士都开始巡逻了，但木柯并没有听到什么病人死亡的消息，也没有听到什么打斗的声音，所以很大概率白柳那个"最后一层

纸杯"的保护信息层发挥作用了。

他躺在床上，因为刺激过度而双目失神，无意识地长出了一口气。

执行整个计划的过程，木柯要负责的部分是把苗家父子引入ICU，被精神异化和生命值降低到外表和怪物病人保持一致，以及在精神值异化之后还要保持足够清醒地配合白柳的计划，而最终也是最重要的部分，他可以在死去了怪物的重症病房中完美安全地待上一整个晚上，按照白柳的指示找出藏在书柜里的续命良方。

而这个计划剩下的所有危险部分，全都是白柳负责。

木柯闭了闭眼睛，他的心跳还没有彻底平复下来，他把手摁在自己的胸膛上，能感觉到脆弱的心脏无比激烈地在他的胸口咚咚咚地跳动着——因为恐惧，因为后怕。

——因为这个计划过程中好几次差点翻车。

苗飞齿这个人根本就没有按照木柯一开始设想的套路来，苗飞齿仗着自己的高面板属性一直都想通杀所有怪物，而且差点还真的做到了，如果不是白柳硬是靠着技能和道具扛了苗飞齿十分钟，苗飞齿说不定真的能够在这个重症病房达成三杀的成就，而木柯现在绝对也 die 了。

在平复好心跳之后，木柯松了一口气，他缩在床上缓了一会儿，勉强适应了他现在的这种身体状态之后，咬牙摇摇晃晃地站了起来，开始整理一片混乱的病房。

时间不多，他要抓紧做任务。

中央大厅，核心屏幕，白柳的小电视前。

王舜看着白柳的小电视所在的核心推广位不由得唏嘘，人和人真是不同，这家伙现在对上苗飞齿父子这种联赛玩家居然也能爬这么快了，开场游戏里才第一天，就爬到了核心推广屏幕。

支持白柳冲上来的点赞充电数目主要是中期白柳和苗飞齿父子对峙的那一场，苗飞齿和苗高僵那边的观众正在为自己杀死了白柳而欢呼庆祝呢，食腐公会在这个节点上还买了一个推广广告。在各种因素的加持之下，再加上很多大牌玩家没有开直播，苗飞齿的观众们疯狂充电点赞收藏差点就把苗飞齿送上国王推广位。

但是很快，苗飞齿就从快要摸到国王推广位的边缘的位置跌落下来了——因为白柳没死，不仅没死，还趁机混入了苗飞齿他们的队伍里。

苗飞齿的粉丝和买推广广告的食腐公会都傻眼了——他们辛辛苦苦攒下来的局面全数给白柳做了嫁衣，观众疯狂外涌到白柳的小电视，就算是对白柳怀有敌意和不爽的观众也在外涌，拦都拦不住——他们大部分是搞明白到底发生了什么，定在白柳的小电视这边就不走了。

极速上涨的观众数量，和各项都在攀升的数据迅速地将白柳送入了核心推广位，甚至不光是白柳，就连木柯的小电视也吃到了这一波的苗飞齿红利，他顺利地从多人区升入了中央屏幕。

观众们有疑窦、有不解、也有合理讨论的，白柳能从苗飞齿的手下混过一次，上次还成功击杀了国王公会的备用选手张傀，已经没有人觉得这个新人简单了，但主论调还是：牛是牛，太狂了，还是踢到铁板了。

"混进去了也没用的，白柳的控制技越级控制一个张傀还行，他一个 F 面板控制苗高僵和苗飞齿这种 S- 级别的，技能判定都不够，多半不行。而且苗高僵警惕性很足，我之前听食腐公会的人说苗高僵看白柳的视频看了几百次，总结出了很多种白柳控制别人的结论，其中之一就是白柳的控制技是有限制的，应该是借助什么媒介并且要双方允许，所以只要他们不接白柳的东西应该就没事儿。不过白柳这一手偷天换日玩得很漂亮了，几层套子罩下居然真糊弄住了苗高僵，啧，属蜂窝煤的吧这新人，心眼够多的，现实里整啥的啊？"

"毕竟苗高僵这两人跟喜欢玩控制的国王战队对过的，双人赛里还反杀成功了，我觉得不太可能被白柳控制住。"

"看这情况，白柳这次准备玩抢跑战术啊，用尽一切先搞到主任务的线索，然后完成通关。"

"但是玩抢跑战术带牧四诚不是更合适吗？！这两个人是闹崩了吗，都跟吃错药似的，各带各的新人，我八百年没见过牧神带新人了，嘻好家伙，一带就带两口子……"

"你还别瞧不起人家两口子，牧四诚带的这两个新人素质都很高，一个扛怪一个杀怪，又是夫妻配合度又好，看着是双人赛的好苗子，我觉得好好培养后期成长起来不输苗高僵他们。"

"白柳现在带的这个新人素质也不错，就是差了个人技能，可以往潜伏情报那个方向培养，国王公会那边那个王什么来着不就是这个方向的吗？养起来了就是一个数据库，是真好用，欸，这几个新人看着真的都很不错！我怎么就找不到这么有潜力的新人呢，我他妈今年就看上一个牧四诚，追了他三个副本都没说上一句话，跑得贼快，追得老子气都喘不上，我现在看着这堆新人，全都想薅到自家公会里！"

"滚滚滚，你想得倒是美，我还想呢，人家愿意吗？"

"是真的玩得不错，但可惜了，我觉得还是要死，苗飞齿那把草猪，呸，上猪，欸也不对，妈的我真是被白柳给带跑了，那把什么玩意儿刀攻击很高，平 A 我记得是 3100，之前差点就把我从比赛里给带走了，白柳带一个纯新人根本扛不住……欸，不过白柳这人要是进联赛，他那破烂面板再涨点，用得好真的可以大杀四方。"

"……有点想招揽这小子，他那个技能也很有意思，是可以复制自己控制过的玩家的技能吗？就是续航有点太短了，但不知道是白柳体力的原因还是他技能的限制，他用牧四诚的技能对上苗飞齿没几分钟就不行了……"

王舜有点惊异地看着这些簇拥到白柳的小电视前点评的观众玩家，普通观众也面带惊奇地看着这些玩家，不怎么敢大声逼逼，都很小声地在后排讨论，因为这些站在白柳小电视面前的玩家很

多都是去年联赛中的熟悉面孔，有些是十大公会里的高层玩家——有这些玩家在，普通玩家根本不敢随意发言，就和之前牧四诚在白柳的小电视里镇场子一样。

苗飞齿的挑衅推广不仅吸引了普通观众，更是吸引了和苗飞齿一个层级的联赛玩家，他们对苗飞齿要干什么心里还是有点数的，而这个注意力在苗飞齿第一次在白柳手中吃瘪之后，顺势就倾斜到了白柳这边。换言之，白柳现在已经吸引了大批联赛玩家的注意力。

王舜仰头看向小电视里的白柳，长叹一口气——白柳这个表现出彩的独身玩家，在这个应援季白热化的时候，已经开始吸引各大公会战队的注意力了吗？

说实话，如果不是国王公会一开始就和白柳结了仇，王舜也是看上了白柳的，但可惜现在……他又是一声叹息。

不过王舜听到牧四诚也开始带两个新人之后，他心中有股很奇异的感觉——白柳这边也在带新人，牧四诚那边也在带新人，新人加上白柳和牧四诚，数量正好是参加联赛的五个，这感觉怎么跟白柳要冲击联赛培养新人似的……但很快他又好笑地摇了摇头，把这个匪夷所思的想法抛在脑后。距离联赛只有不到两个月了，这群才进入游戏的纯新人怎么可能参赛？

白柳是疯了才会带着几个纯新人参赛。

不过看样子这几个新人都会被各大公会招揽培养了，也不知道明年会在什么战队里见到这些新面孔，王舜有点忐忑地想着。

游戏内。

木柯把病床推回原位，推的时候抵住了墙角那个怪物病人的尸体，这个病人在白柳他们离去后的短短几分钟之内就散发出了一股浓烈的真菌腐烂的气息，湿热又绵密，味道大得木柯都捂住了鼻子。

那个被苗飞齿砍死的植物病人垂着头靠在角落里，昏暗的灯

光下，投映出的阴影都让人十分不安，它甚至比被苗飞齿砍死的时候身量更长了一点，手脚更是纤长到不可思议，像是什么细长的金属杆，这个植物病人要是站起来的话——木柯粗略估计了一下——估计在这个病房里都要歪着头才能正常行走。

这个植物病人的评级只有 A，遭受了 S- 面板的苗飞齿的全力好几击，怎么都不可能还活着了。

木柯很快就收回了落在这个病人身上的目光，毕竟看久了让人十分不舒服，长久凝视这种长得像人又非人的怪物会激发他的恐怖谷效应，他精神值才恢复没多久，不做这种污染自己精神的事情。

病房里书到处都是，但好在没有损坏，只是因为房间很湿而粘在了地面上，但好在这并不妨碍木柯阅读，他小心翼翼地一本一本地把这些书捡起来整理好，把倒在地上的书架扶起来，按照他之前看到的顺序依次把书本给放进去，然后在灯光下，用笔点着定位视线，飞快地阅读了起来。

这里的书和白柳之前揣测的一样，有各式各样的笔记，很有可能因为这里是 ICU，住进来不止一个病人，上面的笔记还有不同字迹的，木柯看书看得极快，他只挑书页旁边有笔记标注了的地方看，手上翻得飞快，木柯的眼珠飞快转动着，目光在每页上几乎只停一两秒，简直和网上的"量子力学看书法"差不多。

不知道过了多久，木柯眼睛都看出了红血丝，他吐出一口长气坐在了床上，头晕脑涨地自言自语："第一遍浏览完了。"

看了这么多笔记，木柯基本可以确定这个"续命良方"方如其名——这是一个在笔记描述中能医百病的中药方子，但因为没有经过任何实验，所以算是偏方类型的。

这些绝症病人饱受病魔的折磨，看过很多医生，尝试过各类的治疗方法，在所有治疗方法都不管用之后，被医生通知可以放弃治疗回家多吃点好的，换言之就是回家等死之后，病人们都绝望了。

但这些病人不愿意放弃，有些有钱有势的病人就自己建了这么一个不伦不类的私人医院，因为这些病人并不相信医生的诊断，甚至对说他们无药可医的医生满怀怨恨，所以这个医院里只有护士没有医生，而是这些尝试自救的病人自己来充当医生。

而他们当中的确有很多人在长久的各种治疗中阅读了很多医学类别的书籍，拥有了一定的医学常识，可以说是久病成医，也可以说是疾病发展到了后期医生说救不了他们，这些病人就开始自己看书自救的结果。

总的来说，他们比起医生，更相信自己，或者是和自己有同样疾病的人。

"皇天不负有心人"——木柯看到书页上的笔记中激动地写道，终于，在他们日日夜夜绝望的祈祷之下，这里面有一个神秘的病人不知道从什么地方找出了一个中药偏方，这个偏方在几个病人身上实施验证之后，证实对缓解他们的疾病症状是很有效的，这让这些走投无路的病人激动不已，并且这个偏方被他们称为"续命良方"。

不过这个药方因为各种原因"秘不外传""不可直接相传""直接告知，流传至外会招致灾祸"，所以不能直接告诉新入院的病人药方是什么。

——但他们也不是绝对不传这个"续命良方"。

新旧病人之间"传递药方"的方式相当隐晦且警惕，第一就是新病人的确是病入膏肓，病得马上就要死了，并且有钱资助儿童了"做了善事"之后，才被旧病人允许住进这所医院，而且不光是这些，还要新病人能经受住耐性考验才行——这些人在每一个病房里准备好一个大书柜，如果入住的病人可以看完书，就能找到藏在这堆书字里行间的"续命良方"。

木柯觉得这件事宛如是一个什么暗号式的传递。就好像他们很害怕这个偏方流传出去给自己招来灾祸，所以要严格地筛选，确定知道这个药方的人和他们保持同一个阵营——这让木柯想起了那些有钱人的涉及一些灰色地带的地下俱乐部也有这样严格的

审查和森严的"会员"制度。

木柯靠着笔记描述和快速阅读拼凑起了一个大致的"续命良方"，他找到了这个续命良方绝大多数的药物，不过这个方子还差最重要的一味药引，木柯翻找了书上的所有笔记，大多的记录都只是含糊其词地提起这个药引"是一对一的"，也就是每个病人的药引是不一样的，专一性很高，并且"取得不易"。

但这味药引子具体是什么，却没有任何笔记提及，木柯神色凝重下来。

夜已经很深了，不知道什么时候天边就会开始泛白，这让木柯有些着急了——这个药引子很明显就是这个"续命良方"当中最重要的东西，为什么会没有一页书上有相关的描述？而且这些病人看到"药引子"这一页的相关描述，怎么可能一点笔记都不做？这么昏暗的灯光下，如果不做一点痕迹来定位这个地方，病人要查看第二次是很不方面的事情，木柯连折痕都一页一页地查找过了，也没有发现。

"不应该啊……"木柯喃喃自语着，"等等！"

如果完全没有一点折痕和笔记，还有一种可能性——如果一页上的东西对病人来说太过重要，比起折痕和笔记，为了反复查看，病人更有可能的做法是，偷偷撕掉藏起来。

虽然这里是不允许破坏图书的，但这是对他们这些玩家，也就是"新病人"的规则，对这些怪物病人，也就是老病人未必有这个规则——因为这些作为传递"续命良方"道具的书籍已经没有用了。

但这里的病床和柜子木柯都已经搜过了，所有有可能会出现纸张书页的地方他都查找过了，就连厕所都没有放过。

所以如果这些书页被撕了下来，唯一有可能在的，并且木柯没有找过的地方就是……

木柯缓缓地转移视线，看向那具已经腐烂的怪物尸体的病服口袋，他的视线从植物病人委顿低垂的头颅，移到了这个病人在短短几个小时之内干瘪得像是枯萎的茄子一样的面皮上。

木柯缓慢地吞了一口唾沫。

他深吸一口气，蹑手蹑脚地走向了这个倒在墙角的病人，病人枯瘪的皮肤下像是有什么细长的虫子在钻动，在病人青紫色的脸上鼓出一道道纤长流动的线痕，这道线痕最终没入了病人的瞳孔，这个病人空洞许久的瞳孔渐渐收缩，它已经生长出尸斑的嘴唇微微张了一下，嘴里的唾液莹润可见，这具尸体的尖牙上滴落下黏液，滴落在它垂落在身侧的食指上。

病人的手指突然动了一下。

但这些动作都极其轻微，在墙角昏暗的角落里发生，这病房的能见度极低，靠近这里的木柯并没有察觉这具已经死去多时的尸体有不对劲的地方，因为这具尸体一直都没有任何异常，他只是觉得病房中那股腐烂植物的味道越来越浓，就像是有什么东西在疯狂生长着。

"好浓的蘑菇味道啊……"木柯抽动着鼻子，他嫌弃地挥了挥手，这蘑菇味道让他莫名想起了在儿童福利院那几个残疾孩子身上闻到的蘑菇味道。

木柯蹲下来，他忍着直面死尸的不适和恐惧把手探入了病人的病服口袋里，他的确摸到了一沓纸张，但比摸到一沓纸更让木柯毛骨悚然的事情是……

他探入的口袋里的手，能感受到一下一下的搏动，并且这搏动在木柯伸手进入口袋之后越来越快。

病人还有心跳。

这个植物病人，还没死。

木柯就像是被人摁着头浸入了冰桶里，从头顶一直冷到了背心，这个怪物被苗飞齿这种等级的玩家在技能全开的状态下双刀穿脑而过居然都还没死，到底是什么等级的怪物……不想深思这代表着什么，木柯在短短几秒钟之内飞快深呼吸，他强行让自己冷静下来。

这个病人明明已经没有呼吸了，木柯在白柳他们一走就立马确认过这一点的，一个生物有心跳却没有呼吸，那到底是什么东西在它的心里跳……

木柯来不及想太多了，他飞快地拿到了纸张之后就抽回了手。

信息，只要他拿到了足够的信息传递给了白柳，就算他死在这个诡异病人怪物的手里，还有有 50% 的生命值小木柯活着，要相信白柳可以完成任务带着小木柯通关。

木柯给自己洗脑了两三遍之后，深吸一口气低头抖开纸张一目十行地看了起来。

"血灵芝，需要血缘纯正的童子童女之血液浇灌的一种灵芝，也为传闻中可'生死人，肉白骨'的灵药菌菇太岁的变异种类，又称其为'血太岁'或'邪太岁'……"

"《本草纲目》中记载此药久食用，可轻身不老，延年神仙……《神农本草经》记载此药可补益精气，治胸中结……"

"'投资人'可自行挑选血缘纯正之孩童，取其鲜血浇灌菌床，日夜枕于稚子之血菌床上，菌床宜潮，避光，诚心求病愈，便可得一专属入药引血灵芝，菌丝入体，此灵芝不死则本体不死，延年长寿，孩童之血愈纯，入体灵芝愈强，孩童之血不纯，则菌体不纯……"

系统提示: 恭喜玩家木柯完成主线任务——寻找"续命良方"。

系统提示: 恭喜玩家木柯触发新主线任务——利用医院内的菌床培育专属于自己的血灵芝，用于续命。

"操！"木柯忍不住爆了脏话，"这他妈什么狗东西！"

在木柯阅读的期间，病人干瘪面容下的红色线痕蠕动的速度突然变快，这些鲜红的"线痕"宛如蠕动的菌丝从病人的心脏往四肢百骸蔓延，很快连手背上都出现了血线般的痕迹。

很快这些毛细血管般的，正在搏动的鲜红色细线就蔓延到了植物病人的全身，把病人苍白青紫的皮肤鼓起来，这个病人几乎在木柯眨眼之间就变成了一具全身都是蠕动"血管"的细长尸体。

这个病人全身上下只有眼珠是黑白的，其他地方的皮肤全红，全是这些密密麻麻的血管样还在不停蠕动的管道，好似肌肉外翻，而这些血线也存在于病床和病人之间的地面，甚至像是藤蔓般蔓延到了整个病房，最终这些蠕动的"血管"导向了那张病床。

这些红色的"血管"变得越来越粗壮，生机勃勃地搏动着，像是在往病床上输送着血液，整个病房笼罩在一种很奇异的暗红色光影中，病床上的稻草下好像有什么东西在萌动般，窸窸窣窣地从腐烂的稻草中钻了出来，是一丛一丛亮红色的蘑菇，这些蘑菇在不停地长大，长大，最终变成了一个磨盘大小、有头有尾、像是没有发育好的胚胎形状的东西。

这堆真菌像是心脏一般，有规律地在跃动着，在病床上散发着一种很离奇的淡红色荧光，并且一点让人厌恶的血腥气都没有，反而是一股让人闻着很舒服的血的味道——一种食物的香气。

植物病人苍白的眼珠在眼眶中滴溜溜地转动着，它摇摇摆摆地站了起来，双手晃晃悠悠地向病床上的血灵芝靠近。

木柯警惕地往远离病床和这个病人的方向走，他慢慢地后退，直到背部抵上了门。

走廊里是护士巡逻的嗒嗒嗒的清脆高跟鞋声音，一旦木柯出去肯定就要被这些夜巡护士给抓个现行强行又给关押回来——晚上病人不能离开病房，因为夜晚医院会游荡伤害病人的怪物，这是这所医院的规矩。

而且晚上这个 ICU 病房出现的骚动这些护士明天白天说不定会讨论，如果被苗飞齿他们知道，那之前白柳煞费苦心做的局就全部没有用了。

木柯缓慢地把视线转移到对面的病人和病床上的血灵芝上，按理来说他也不是完全走到了绝路，这里的怪物是有弱点的，而且这弱点还相当明显——木柯拿到的资料里写了，血灵芝就是病人本体，灵芝不死则病人不死，灵芝死亡则病人死亡。

但血灵芝这玩意儿除了是对面的病人弱点，还是个对这个植物患者的加成 buff！

《爱心福利院怪物书》刷新——植物患者（2/3）

怪物名称：植物患者（血灵芝激活版）

特点：移动速度 500，生长需要大量水分，喜欢潮湿的环境

弱点：？？？（待探索）

攻击方式：吮吸血液（因得到血灵芝加成，从 A 升级至 S- 级别技能），毒雾污染（因得到血灵芝加成，从 A 升级至 S- 级别技能）

怪物"植物患者"得到"血灵芝"作为辅助加成，给予其血气补给，该怪物综合评定升级，从 A 级升级至 S- 级别，对于 B 级别以下玩家一击必杀。

面板只有 C+ 的木柯本来准备莽一下直接冲过去搞血灵芝，但看到这个综合评价之后，木柯看了一下自己手上的纸条，想到了自己还没有把信息从传递给白柳，咬了咬牙又往后面退了一步。

对面的病人似乎还在恢复期，它站在病床边大口大口地吃着血灵芝，嘴角都是血，没有过来搞木柯，但木柯知道这只是一时的，等对面那个怪物吃够了血灵芝恢复了，他一定会危。

这个游戏里本来就有的物品玩家是无法装进背包的，比如这些纸条和图书，但如此多的信息量，木柯根本没有办法使用键盘来传递。

但如果他用其他更直白的方式传递，他现在死了道具肯定会掉落出来，第二天如果苗飞齿他们过来 ICU 看到这个联络的用具，打开一看，白柳的身份就会被瞬间拆穿了。

怎么办怎么办啊啊啊啊！！木柯急得咬手指甲——要怎么才能把这些信息传递过去！！

木柯把目光落到那个书柜上，又落到了自己的手上被撕下来

的书页，他的眼神渐渐冷静了下来。

白柳现在在他的房间里，而他记得自己书柜里的每一本书的排布。

这足够了。

白柳的面板突然响动了一下，他现在还是载入的玩家木柯的面板，面板突然响动，他这边没有操作就是木柯那边在操作，白柳正靠在门上假寐等着木柯消息呢，现在声音一传来，白柳立马睁开了毫无睡意的双眸。他点开系统背包，里面的键盘果然被动过了。

"Y""F5"。白柳目不转睛地看着键盘，很快键盘上又被取下了三个新的键纽，"X""45"。然后是"Z""678"。最后一次是，"enter"。

这代表一次的信息输入完毕，可以开始执行任务操作。

白柳眯了眯眼，XYZ，这是一个三维轴，而且 F 这个形状很像是……白柳的目光瞬间移到了房间里的书架上，他略微有点不可思议地挑了一下眉头。

木柯这家伙，居然记忆强悍到这种地步吗？

白柳很快就弄懂了木柯想要表达的意思，但他仍旧觉得很惊讶，这家伙记忆力好到过分了。

——F 代表书柜的层数，X 代表书柜上的第几本书，Z 代表这本书的第几页。

木柯在看完下面的书柜之后，居然还能记住自己病房里书柜里的所有书的摆放位置，以及里面关键信息的页码，没有记混，最后还能想到用这种坐标轴的形式来给白柳传递信息。

换一个人，就算在 ICU 里找到了关键信息，在只能用键盘的情况下也是无法传递出来的，能记住两个书柜里的所有书页的具体信息位置，并且靠着坐标轴对应过来，这根本不是常人能做到的事情。

难怪木柯他父亲想尽办法要救他，这样天赋绝伦的天才，就算只能多活一年，创造的价值也是无可限量的。

　　白柳开始翻书，找到对应页码之后，白柳也没有折起来或者做笔记来标记这一页，这些方式都太累赘了，白柳毫不犹豫地把木柯指定的书页撕了下来，为了混淆信息他还无耻地多撕了几页毫无关系的。

　　虽然这个医院明令禁止毁坏图书，但反正现在夜深人静的也抓不到他，而且这是木柯的房间，白柳撕得毫无心理负担。

　　撕完之后，白柳取下另一个 enter 键帽，代表自己执行完毕，对面很快又发过来一串新的坐标轴，白柳迅速地找到定位之后，撕下来，他们的交流和执行的速度都非常快，不到五分钟木柯那边就取下了一个"end"键帽，代表信息传递结束。

　　白柳一目十行地快速浏览这些书页上的信息，很快他就皱起了眉头："灵芝不死则本体不死……"

　　如果这句话是他理解的意思……白柳目光一凝——木柯那边要出问题，那个病人根本还没死。

　　白柳目光一扫面板，木柯一直平稳的面板属性中"精神值"突然开始以一种迅猛的速度下滑，旁边一行红色的小字若隐若现：

系统警告：玩家木柯正在遭受怪物"植物患者"的"毒雾污染"S- 级别技能攻击，一分半钟之后精神值清零！请玩家木柯迅速离开怪物毒雾攻击范围！

　　木柯缩在白柳的病床底下，捂住自己的嘴巴竭力忍着自己被雾气熏得呛咳的冲动。

　　另一个病床上的怪物病人嗅闻着，像一只蜘蛛一样展开四肢，手握在病床两边的铁杆上，中间的身躯拱起，低着头露出尖利的牙齿，大口大口地咀嚼着病床上生长出来的血灵芝，磨盘那么大的血灵芝很快就在这个病人锯齿般的牙齿间被咬食殆尽。

　　病人的腹部也像是蜘蛛的腹部般鼓起，能看到一团团被它吃进去的菌丝在它的肚中蠕动，把它被菌丝包裹得像是血膜般的皮肤撑得半透明。

在大口咀嚼血灵芝的同时，这个病人的身上喷洒出一种肉眼可见的红色雾气。

这雾气很快弥漫到整个病房中，把整个屋子变成了一种诡异的浅粉色，木柯缩在床下呼吸的时候被迫吸入了这种雾气，他头脑很快就昏沉了起来，精神值以一种不正常的速度下跌着。

木柯本来想挣扎一下购买一瓶精神值漂白剂，但一想他已经把信息传递出去了，他这只剩 6 点生命值的主身份线已经没有什么价值了，死不死都无所谓，死了还正好可以给白柳彻底坐实"木柯"的身份，就没必要再浪费积分来救他了。

他的目光涣散，呼吸声微微急促，在白柳待过的床下没有安全感地蜷缩着。

对，就是这样，白柳也是如此冷静地处决着自己的主身份线，没有用处的主身份线可以放弃，白柳是这样说的，那我也可以做到的，木柯闭上眼睛不断地自我催眠着，尽管他握住书页的手隐隐有些发抖。

但是随着精神值的下降，加之那个吃完血灵芝的怪物病人仰头打出了好似满足的一个嗝，木柯还是在对面的怪物病人爬下病床开始嗅闻着寻找他的时候，因为恐惧而无法自控地捂住嘴巴颤抖了起来。

眼泪迅速地盈满木柯的眼眶，他费力地，喘着粗气抠出键盘上的三个键帽，给白柳传递了最后一个信息——

"delete" "M" "E"。

删除我，放弃我，清空我的仓库，不要让死亡的我掉落出任何可以暴露你的物品，请你不要来救我——木柯是如此对另一头白柳说着的。

白柳已经耗尽了牧四诚的技能，鱼骨也在苗飞僵那边，已经没有任何可以用来救他的东西了，白柳来只能送死，并不划算，木柯竭力冷静地思考着——我的作用已经没有了，信息也传递了

出去，死就死了，没什么的。

但白柳要活着，他还有很多要做的事情。

木柯从有记忆开始最畏惧的一件事情就是死亡，但无论怎么畏惧，这东西都还是无法逃避，因为他的疾病与生俱来，从有记忆开始，木柯就时时刻刻都笼罩在死亡的阴影下，毫无风度地狼狈挣扎着。

他从未想过自己面临死亡时还有如此从容的一刻。或许是因为知道死亡不会真的到来，或许是对另一个人盲目的信任和对方给他的安全感，让他愿意为此暂时逃避对死亡的恐惧。

木柯生来拥有的能力和家世就是很多普通人一辈子都不可能拥有的东西，他一睁眼见到的就是世界上最顶层的奢侈事物。

如果人生来就要分三六九等，那么无论是以能力还是资产来划分，木柯无疑都是最上面的那一种人，按理来说，他理所当然可以俯瞰这个世界上的大部分人。

他原本应该就像是他表现的那样，是一个傲慢、讨人厌、高高在上，又让人无可奈何的大少爷。

那也只是原本，死神太公平了，他把木柯一瞬间从金字塔的顶端击落，从此以后这位金娇玉贵的大少爷就和这些他原本可以踩在脚底的平民一样，战战兢兢地在俗世里为了求生做尽各种丢人现眼的事情。

他可以为了求生央求着他的父亲重金求来很多医生，跪地作揖求观众给他打赏，把自己的灵魂出卖给白柳，但他做了这么多事情，还是无法避免迎来死亡的这一刻。

虽然只是 50% 的生命值，但死亡的质感却是百分之百，木柯的呼吸变得短促，他的心脏开始发痛，这让他越发地蜷缩自己的身体。

精神值飞速地下滑着，很快跌破了 40 大关，木柯的眼前出现了很多幻觉，他的双目渐渐失去了焦距，捂住嘴唇的双手开始缓慢滑落，胸膛剧烈地起伏着，眼泪不知不觉地从他的眼尾滑落。

　　良好的记忆力可以让木柯回忆起很远的事情，但在这一刻，因为精神值下滑，这只会让木柯看到更多过去他潜意识里恐惧不已的细节。

　　他看到自己的父亲在门外摇头，露出一种犹豫的神色，很快就开始找其他的女人连夜不归，因为他需要更健全的继承人，而他的母亲默许了这一点，尽管所有人都宠爱他，但就像是宠爱一只不长命的宠物，不会给他过多的期望，也不会给他过多的权力。

　　他看到每一个医生都对他摇头，这让他无法安睡，只能把头蒙在被子里祈祷明天慢点到来，因为不知道他是不是还有明天，明天还能不能醒来。

　　木柯拒绝做任何剧烈运动，偶尔还需要蹲下来喘气回血，保证自己的心跳正常，还会有一些不懂事的同学来模仿嘲笑他这种丑陋的姿态，尽管木柯很快就会让自己的父亲给这些同学一点颜色看看，但相应地，他没有了任何朋友。

　　他的父亲看到了这一点，于是他的父亲为了让班上的同学理解他的脆弱，和他做朋友，他爸爸砸钱给老师，让老师在班级里放了一部叫作《泡泡男孩》的纪录片。

　　这部纪录片讲的是一个得了获得性免疫缺陷疾病的小男孩，因为缺失了正常的免疫系统，不得不永远地住在一个泡泡里，老师放完之后说木柯同学也得了这样天生的疾病，所以大家不要歧视他，要好好保护他。

　　而又有同学用一种怜悯又无法理解，但不带恶意的语气对他说，那样活着好可怜，如果是我我宁愿去死。

　　泡泡男孩也只活到了十二岁，而那个时候十二岁的小木柯扬着下巴，很刻薄地说，我就是想活着，关你什么事。

　　高高在上的木柯小少爷蝼蚁般脆弱又孤独地长大了。

　　他像一只仰起头保持骄傲的蚂蚁般可笑，明明随便一个人都比他坚强，他却因为住在一个金钱打造的水晶盒子里，一直苟延残喘地活到了现在。

　　而每一天，木柯都在想，明天我是不是就要被埋葬在这个水晶盒子里了？他开始疯狂尝试一些很奇怪的东西，比如空降公司做游戏。

　　木柯在尝试的时候遇到了白柳，其实他之前是假装不认识白柳的，他在游戏里看到白柳的一瞬间，他就想起了这是那个被他丢掉电脑的职员，木柯拥有如此良好的记忆力，就像是为了弥补他短暂的人生，好让他记住每一个细节般。

　　但是木柯太害怕白柳不救他了，他拼命装傻，拼命示弱，而白柳只是用一种什么都看穿的眼神看着他，却并不拆穿木柯拙劣的把戏，伸手对他轻声说，那这就当作是我们第一次见面吧，我叫白柳，是你灵魂的拥有者。

　　我会救你，让你活下去，但你要自己努力，而我认为你有靠着自己的努力活下去的能力。

　　木柯一下从那个他活了二十多年的"泡泡"里被白柳拉出来了，有人愿意把自己的生命托付给他这个脆弱的人，平静地告诉他，在事情发生之前，我假设你能做到，而如果你做不到，那我们就一起死吧，木柯。

　　你不需要依靠任何人，甚至我也可以依靠你，你会让我们都活着的，我相信你，木柯。

　　木柯双目空洞地被病人用纤长的手脚从床下刨了出来，因为精神值过低，木柯沉浸在了那些凌乱的碎片记忆里，他像一具死尸一样滚了出来，对那个低下头来要来咬他脖子的病人露出的尖利的双排牙齿没有任何反应。病人口中黏液滴在他的锁骨上，温热的触感让木柯身体颤了一下，他眼尾滑落一滴泪，手中握着那个被抠下来的三个键帽"delete""M""E"，嘴唇轻轻张合："白柳……"

　　原来死亡到来是这样的感受，好像也不是那么不可接受。

　　木柯恍惚地想：好像我恐惧的不是死亡本身，而是不被认可、毫无价值地死去，而当我知道我的死亡将带来比死亡本身更大的价值的时候……

"如果我的死亡能带来比死亡本身更大的价值，那么死亡也不是不可接受的。"白柳握住木柯颤抖的双手，他微笑着引领着木柯握住骨鞭子勒上自己的脖子，"如果我的死亡能让你顺利地进入 ICU 找到'续命良方'这个主线任务的线索，让你和我的另外 50% 活下去，那我愿意为了你和我死去，木柯。"

"……我也愿意，白柳。"木柯双目涣散地对着那个对他张开大口的病人说道。他颤抖地闭上了自己的眼睛，深吸一口气咬牙握紧了双手。

怪物病人张开大嘴，即将咬上木柯瘦弱肩膀的最后一刻，ICU 的门突然从外面被人猛地一脚踹开，白柳目光冷厉地踩在正面倒下的门上，他的身后闪现出一道黑影，在墙面上几个纵跳就跳上了那个要张嘴撕咬的病人的后背，黑影举起高高的匕首，对准黑影狠狠刺下。

系统提示：玩家刘怀使用个人技能"闪现一击"，A+ 技能暴击造成怪物"植物病人"一分半钟的僵硬。

病人张大血盆大口，眼珠子滴溜溜地转动，正准备攻击的尖利细长的十指悬在半空中，突然不动了，刘怀喘着粗气从僵硬不动的病人的后背上跳了下来，一擦下颌上的汗水，甩手冷声道："快走！护士要过来了！"

护士密集的高跟鞋声很快朝着 ICU 涌了过来，白柳一边干脆利落地提起躺在地上还没回过神来的木柯，一边扶起他对准他的嘴巴就灌了一瓶精神漂白剂进去，拖着木柯就开始往外跑。

木柯蒙蒙地吸了，他被白柳半强制地灌了半瓶精神漂白剂才勉强搞懂现在是什么情况。他怔怔地、无法置信地看着拖着他前行的白柳冷淡的没有表情的侧脸。

白柳又来救他了。

CHAPTER　28

　　白柳的移动速度也不算快，很快背后的护士就要追上来了。

　　也不知道为什么这群护士穿了细高跟鞋还能在滑溜溜的地面上比白柳他们三个大老爷们都跑得快，但没办法，人家就是跑得快，刘怀被逼得一个咬牙开了技能，一手一个拖着白柳和木柯这两个低级玩家在夜色中的走廊里飞速潜行。

　　系统提示：玩家刘怀使用个人技能"刺客隐蔽"，该技能覆盖玩家本人、玩家白柳、玩家木柯。

　　技能说明："刺客隐蔽"为 A 级别个人技能，可在逃跑和偷袭的时候降低被其他人或者非人类发现的概率，使玩家像是变色龙一样呈现和周围环境一样的保护色，因玩家刘怀携带玩家木柯和玩家白柳，该技能使用时间降低为一分钟。

几乎在一瞬间，刘怀就像是一阵飘忽的雾气一样消失在了阴暗的长廊中，白柳和木柯也是，他们身上就像是突然出现了一层屏障，让这些护士从他们身边匆匆跑过而找不到他们在什么地方。

他们身上就像是披了一层让他们变透明的外衣，让别人很难发现，但凑近了还是能看到一些隐隐约约的轮廓。

刘怀贴着墙壁缓慢移动，带着背后的白柳和木柯，开始往安全出口的方向走，和往电梯方向匆匆行走的护士擦肩而过，这些护士窃窃私语着——

"有病人在夜游。"

"一楼没有房间有病人出来，是哪一层的？"

"不知道，坐电梯上去看吧，已经晚上了，通知其他护士到电梯口集合，安全出口那边别去，九点过后那边不是我们能去的地方……"

这些护士是不会从安全出口走的，发现了有病人夜游，这群护士要挨个检查楼层看是哪一楼的病人夜游，她们也不会走安全出口，她们一般坐电梯，虽然不明白为什么，但的确护士从来不走这个安全楼梯，这个安全楼梯宛如虚设，好像就专门是设计给病人偷跑出来的。

但走到出口的时候刘怀面色一沉，他明白为什么护士不走安全楼梯了。

因为安全楼梯这里，有别的东西在走。

安全楼梯的出口外有一个小孩在举着一个很大的手机打电话。

这小孩手脚和颈部都插着没有拔下来的注射器，注射器里还有干涸的血液，很明显这小孩被抽了很多次血，整个人被抽血抽得已经皮包骨头，脸色青白得吓人，像一具行走的骷髅架子，它一边嘟嘟囔囔地打着电话一边摇晃着硕大无比的脑袋转过身来，露出正面。

小孩眼珠子上翻，眼睛大半都是眼白，面上是一种很痴傻的表情，嘴角还在流口水，甩动手脚，发出一种很奇特欢快的咯咯

咯的笑声。

这小孩瓮声瓮气地对着电话里说道："投资人先生，你要来见我是吗？"

"你要带我走，是吗？"它语气突然变得奇怪，眼中缓缓流下两道血泪，摆手摇晃着头颅，"原来不是带我走，是要带我的血液走啊……一管，两管，三……我没有血了投资人先生，我没有了，好痛啊！！请不要再抽取我的血液了！"

这小孩突然尖厉地哭号起来，它面目狰狞地伏趴在地上，疯狂地跳到那个并没有任何通话声音的电话上，踩踏着，它身上所有的注射器都在摇晃着，然后这个小孩歪着头"啵"一声取下了自己颈边的注射器握在手里，痴呆的面容露出一个弧度大到诡异的、一直咧到耳后的傻笑："我也是需要血液的，投资人先生。"

《爱心福利院怪物书》刷新——畸形小孩（1/3）

怪物名称：畸形小孩（被抽血后狂暴版本）

特点：移动速度 1500—2000，对任何有血的投资人无差别狂暴攻击

弱点：？？？（待探索）

攻击方式：注射抽血（A+ 级别技能，会将注射器插入投资人的颈项中不断抽血直到对方失血过多死亡）

攻击方式：电话定位（A+ 级别追踪技能，深夜还在外游荡的投资人先生们，小朋友会拨打电话来找顽皮的你们哦，只要你们的电话铃声响起，你们不接它们也可以循着电话铃声找到你们，你们接起，它们更能迅速地找到你们。无论你们接或者是不接，都会被发现哦，当然接起来小朋友找到你们会更快，会一下子就跳到你们的背上和你们打电话哦～）。

"糟了，我的刺客隐蔽技能只有 A！"刘怀脸色一变，"这小怪物的电话铃声可以识破我的隐蔽！"

这个电话是被强制绑定在他们身上的，系统是不允许玩家丢开电话的，因为要方便"小孩"随时呼叫投资人，之前刘怀一直以为这个"小孩"就是福利院里面那批，没想到这个私人医院这里，居然也有"小孩"给他们打电话。

一瞬间，白柳、木柯和刘怀三个人的电话都响了起来，刘怀迅速地挂断，但很快又响了起来，他的脸色变得很难看，拿着电话开始缓慢地往后退。

一个畸形小孩是不可能同时给他们三个人打电话的，他们三个人的电话同时响起，这只代表一件事——

白柳冷静地开了口："这里不止一个畸形小孩。"

黑夜中拨打出电话的嘟嘟声越来越多，从漆黑的楼梯里缓慢地走出了越来越多被吸得皮包骨头的畸形小孩。

它们有些四肢萎缩，有些跛脚，有些蹲在地上捂住心口，手上举着一个巨大的电话，睁大着滚圆的乒乓球大小的眼睛，歪着脑袋贴在听筒上，眼睛透着一股血污般的红到黑的颜色。

它们用一种古怪尖厉、小孩哭叫般的音调高喊着，张大的喉咙里甚至能看到悬吊晃动的艳红色悬雍垂："投资人！！我要血！！"

它们很快四肢着地，循着电话声嘶叫着，刨动着手脚飞快地朝白柳他们这边靠近。

白柳眯起了眼睛，又一次挂断了自己的电话，很快就有新的又拨打了过来。

原来那群小孩只被允许"晚上九点到十二点"以及"早上六点到九点"打电话给投资人，其他时间段拨打给投资人会占线是这个意思——其他时间段会有这些鬼怪畸形小孩为了追踪投资人打电话过来，这么多畸形小孩不间断地打电话过来占据他们的电话通路，正常小孩打过来自然会占线。

"白柳，我带着你们两个移动速度会下降……只带一个还有可能从这堆小孩里冲出去……"刘怀对上白柳毫无波动的目光，

他咬牙，"好，我知道你不会丢掉你队友，那我们怎么办？你来救你队友，你总要想办法！"

木柯艰难地动了一下，他想从白柳的肩膀上扯出自己的手。

但是白柳拉得太紧了，他扯不开，木柯快要哭出来了，他声音凝涩嘶哑："白柳，你放弃我吧，还有小木柯，我死了你带他通关我也不会——"

"闭嘴。"白柳冷淡到极致地扫了木柯一眼，"你送死的行为破坏了我的计划，你浪费自己的生命值，还浪费了我很多积分来救你，你最好自己给我挣回来还给我，我还没有和你算这笔账。"

木柯一怔，他意识到白柳真的生气了，因为他送死的行为浪费了自己的生命值。

而白柳非常讨厌这种浪费的行为，木柯有点惶恐地抿嘴，不再开口了。

白柳脸上的神色有点可怕，这人脸上露出真的很不爽的表情的时候，气势是比较恐怖瘆人的，虽然白柳脸上没有太多表情，但就是透出一股让人自动闭嘴的气场，一时之间刘怀都讪讪地闭上了嘴，都没有敢继续开腔。

白柳很快就恢复了平淡的表情，开始冷静地下命令："这群畸形小孩定位我们是通过电话，虽然是 A+ 的技能，但也不是完全没有对付的方法。"白柳看向刘怀，突兀地开口："虽然已经很久了，但刘怀你还记得和牧四诚偷盗合作时你该怎么做吗？"

刘怀一怔，虽然不明白白柳为什么提起这件事，他一边拖着白柳他们跑，一边有点喘息地回答："记得，他偷东西引怪，然后我转移仇恨值，把跟在他身上的怪引过来，然后在怪物要追上我的时候，他又来攻击。"

"通过我和他反复转换仇恨值，把怪在我和他之间调引来确保我们的安全。"刘怀很快否决了这个办法，"但现在这个电话会一直响啊！这群畸形小孩根本不是根据简单的仇恨值判定来追人的！它们是根据电话的声音来追踪的！我们三个人身上的电话都在响，这个方案根本无法奏效！"

刘怀话音未落，就看到白柳目光一凝，伸手就往那个冲过来的小孩身上一抓。

系统提示：玩家白柳使用玩家牧四诚的个人技能"盗贼猴爪"偷盗了"畸形小孩"的电话，畸形小孩十分生气，决定给他一针。

小孩顿时尖厉地惨叫一声，就要往白柳这边扑过来，这些动作只在短短几秒之间发生，在刘怀反应过来之前，白柳干脆利落地往刘怀身后一躲，下令："刘怀，引走这个小孩。"

刘怀和牧四诚合作多次的默契让他对这种对方偷盗后自己需要转移仇恨值保护对方的情景无比熟悉，在大脑反应过来之前，刘怀下意识就伸手用匕首刺了一下小孩。

系统提示：玩家刘怀使用个人技能武器"暗影匕首"刺了"畸形小孩"一刀，畸形小孩十分生气，决定给他打电话！

小孩又是仰头厉叫一声，顿时往刘怀这边扑了过来，但同时刘怀的电话响动的频率越发密集。

这个小孩的动静和电话的响声让越来越多的小孩举着注射器往他那边涌过去，刘怀心中不禁暗骂一声白柳这个坑货在干什么？！坑他吗！

随着越来越多小孩循着电话声朝他这边过来，刘怀脸上冷汗一瞬就下来了。

但下一秒，刘怀身上的电话声在响了一声之后，白柳突然说："刘怀，把电话接起来。"

刘怀简直要疯了："接起电话来会被打电话的那个畸形小孩迅速定位的！会直接被对面的小孩通过'电话定位'这个技能找到！我就死了！"

"不会。"白柳举着一个巨大的黑色电话，掀开眼皮看向刘怀，"因为打电话给你的是我。"

"投资人的电话不能互相打的！"刘怀一个头两个大，"这里的电话都是单向设计，只能小孩打给投资人，你这个电话我接不了的！你根本打不过来——"

"我让你接起来。"白柳语气极其淡漠地重复了一遍，眼中透露出一种带着一点很浅淡杀意的冷，语调却还是和缓的，"这个电话你能接，不要再让我重复第三遍了。"

刘怀被白柳那个毫无情绪的眼神看得呼吸一滞，他立马摁下了接听键，果然他的电话铃声戛然而止，对面是白柳平缓的呼吸声。

那些循着电话声在黑夜里找寻刘怀的小孩举着注射器目露迷茫，只有一个手上没有电话的小孩要哭不哭地到追着刘怀跑，刘怀愕然地看着白柳手中的电话——那电话好像不是白柳自己的，而是那个畸形小孩的，所以他才能打电话给他。

白柳什么时候偷到的这个电话？！不对，他为什么能偷怪物的东西？！他有的不是控制技能吗？！

在刘怀还在惊愕思索的同时，白柳毫不犹豫地又一次靠近一个小孩，他猴爪凌厉地闪过，神色冷静，一点都不像是一个抢小孩东西的缺德大人。

被抢的畸形小孩木呆呆地反应了一会儿，看着自己空空的双手，很快眼泪就盈满了眼眶，开始抽泣。

"呜呜呜，投资人抢走了我的电话，还给我！"

系统提示：玩家白柳使用玩家牧四诚的个人技能"盗贼猴爪"偷盗了"畸形小孩"的电话，玩家白柳体力即将耗尽！请迅速休息补充体力！

白柳腿一软差点单膝跪下，他靠在墙面上喘息，之前在 ICU 他就强制使用了牧四诚的"盗贼潜行"技能，导致他后续至少有一天体力槽都无法通过体力恢复剂来恢复体力，只能靠自然休息恢复。

但他在木柯的病房里其实也就休息了几个小时，恢复的体力只够他勉强使用两次"盗贼猴爪"这个技能。

使用 A+ 技能，对于白柳这个 F 级别的玩家来说，还是消耗太大了。

"刘怀！"眼看那个被白柳偷走电话的畸形小孩就要靠近白柳，高高举起注射器对他恶狠狠地扎下，白柳语气有点虚弱地唤了一声刘怀。

刘怀如梦初醒，一匕首扎了过去，那个小孩被人从后背扎了个对穿，凄厉地叫了一声，眼中流出血泪，转身阴郁无比地举着注射器摇摇晃晃地朝着刘怀扑过来了。

系统提示：玩家刘怀使用个人技能"暗影一刺"给了"畸形小孩"一刀，畸形小孩又委屈又生气，决定先给这个弄伤自己的坏家伙一针。

白柳靠在墙面上，木柯和他的电话都在响着，白柳飞快地拨打着木柯的电话，在几次占线之后，木柯的电话终于通了，白柳转头看向木柯："接起来。"

木柯迅速地接起了电话，他的电话不再响了，正在向木柯靠近的小孩顿时成了没头苍蝇，但很快随着白柳的电话响起，这些小孩又向着白柳的方向靠过来，木柯紧张地看着白柳："白柳，你的电话还在响！"

"对。"白柳冷静地呼出一口气，"但我没有体力去偷第三个电话了。"

木柯慌了，意识到现在的白柳状态非常差，他是冒了很大风险来救的自己，木柯向被畸形小孩围堵的白柳靠近，想替白柳挡在这些小孩面前。

　　他都快急哭了："那你怎么办？！你刚刚应该打给自己的啊！打给我干什么啊！"

　　白柳冷冷地后退了几步："离我远一点，木柯，如果你继续做这种送死浪费生命值的行为，我不介意直接弄死你。"

　　木柯脸上的表情一滞，有点手足无措地顿在了原地，他清晰地意识到白柳还在生他的气，这比死亡还要让他不知道该做何反应。

　　白柳看了木柯一眼，喘息着对木柯下命令："……你迅速跑回 501，这是刘怀的病房，我和刘怀帮你引开这些小孩和护士，你跑快一点，注意避开小孩。"

　　说完，见木柯咬着下唇不动，可怜巴巴地望着白柳不走，很明显不想把白柳一个人丢在这里自己跑，一副"你一个人怎么办"的委屈表情，看起来和那个被白柳抢了电话的畸形小孩差不到什么地方去。

　　白柳终于有点头痛地扶着额头叹了一声气，他把自己手上的这个抢来的电话抛给了木柯："你跑回去之后，再用这个电话打电话给我，消减掉我的电话铃声，这样我就不会有事了。"

　　木柯听了之后，有点慌里慌张地点了头，他精神值已经恢复了，体力也还凑合，在得到指令之后咬牙往还有小孩出没的安全通道的楼梯上跑了，白柳有点疲惫地看着木柯疯了一样拼命跑动的背影。

　　白柳呼吸有点不顺畅，他这个得了绝症的身体被他连着折腾了两天，实在是被他自己消耗得快到极限了。

　　木柯这家伙，实在是有点孩子气，真把他当主心骨了，强化他的地位的同时又过度弱化了自己的存在和作用，这不是好事，他这个身份线只有 6 点生命值，而木柯很明显只信任他这个身份线，所以这家伙才会产生随他去死或者替他去死的想法。

　　但木柯不能死，在这个需要处理大量信息的游戏副本里，白柳认为木柯的作用很明显是大于他的，而木柯的表现也证明了这

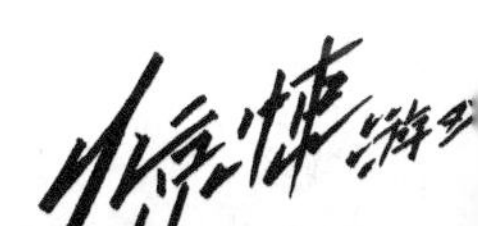

一点。

就算没有他，木柯也可以在投靠苗飞齿父子之后，靠着自己优秀的记忆力整理出这个"续命良方"，从而掌握一定的主动权。

只要木柯在小白六的配合下保障小白六存活，那么白柳至少可以通关，但反过来，作为一个被苗飞齿父子锁定要击杀的对象，记忆力也一般，各方面综合评定下来，白柳带着小木柯安全通关的可能性是远远小于木柯带着小白六的。

特别是在刘怀的配合下，木柯带着小白六通关的可能性，翻了一倍不止。

白柳抬眼看向那边的刘怀，他放在腰间的电话还在响，小孩窸窸窣窣地用诡异的爬动姿势举着注射器向他靠近，但是他是真的没什么跑动的力气了。

这种有求于人的时候，白柳什么好话都能往外说，他对着刘怀懒懒地张开了双臂："大刺客，现在你带着我一个人跑，移动速度应该可以跑过这群小孩了吧？"

"可以。"刘怀简单应道。

下一秒，一把匕首横空飞过来扎入了白柳头顶的墙面上，刘怀几个如行云流水的跳动，就踩在了白柳背后的墙面上。

他躬着身子，像一只蜻蜓般两只脚稳又轻盈地点在了之前他扔过来的匕首上，身躯微微下蹲，刘怀一只手横在胸前围一个圆，划开靠近白柳的畸形小孩，另一只手提起白柳的后领，在白柳要被小孩扎入颈部血管前的最后一刻，把这个虚弱到说话都要喘息的家伙提出了畸形小孩怪物的包围圈。

刘怀手腕发力，双臂用力一甩，直接把白柳甩出了包围圈。

包围圈里的人从白柳变成了刘怀，但刘怀身上的电话因为在和白柳通话中，是不响也无法打进来的，没有了电话响声定位，很多小孩都目露迷茫。

而很快白柳这边的电话响声就响了起来。

这群小孩黑红色的眼睛阴森森地看向才站起来的白柳，用各

种扭曲的姿势向白柳这边靠近，而那边的刘怀拔出匕首一甩，扎在墙面上飞速踩踏，几个轻快无比的横跳就靠近了白柳。

白柳几乎只能看到这个身形隐蔽的刺客在墙面上一点若隐若现的影子，刘怀就像是闪现一般出现在了白柳的身后，拖住了他宽大的病号服后领。刘怀在墙面上飞速跑动着，扯着白柳的后领在湿滑的地面上滑动了起来。

如果说被牧四诚带着走是一种风驰电掣的极速列车体验，被刘怀带着走就像是坐在了一只低空飞行的燕子身上，是一种又轻又静的移动，时不时尾巴还要点一下水面，停一下。

这两种截然不同的移动方式的交替正是之前牧四诚和刘怀合作很有效的原因之一，可以有效地把这些怪物吊来吊去。

后面的畸形小孩紧追不舍，如果要追到了，刘怀就把电话一直在响的白柳扔出去吸引这些小孩，再进行位置转换，就跟他之前和牧四诚合作的仇恨值转移是一样的，这让刘怀有点恍惚地想起了他和牧四诚合作无间的那段时间。

但很快刘怀在白柳的轻声低语下回神："我的电话声音停了，木柯跑得挺快的。他应该是回去打电话给我了，我们走安全通道上去吧，那边没有护士。"

白柳和刘怀就是在拖延时间，等木柯安全进入房间之后给他打电话，消减掉畸形小孩的"电话追踪"功能。这个私人医院只有两个上楼的方式，安全通道和电梯，电梯那边是护士守着的，并且太被动了，被抓到了很有可能就无法参加第二天的受洗，白柳他们只能从楼梯这边上去。

在只能使用两次技能抢夺两个电话、让两个人的电话不响的前提条件下，白柳选择了他认为性价比最佳的方案——让移动速度最快的刘怀，和他需要确保存活的木柯先安全。

这样的话，白柳就会把自己放置于风险最大的场景里，也就是只有他一个人的电话是响的。

但白柳觉得无所谓，目前来看，他的确是最没有价值的一个人物。

就算刘怀失手让只有 6 点生命值的他死了，白柳也不会觉得有什么可惜的，但刘怀比他想象的对他保护得更为严密，让白柳最终 1 点生命值都没掉，只是在被刘怀甩出去的时候摔了几跤之后，安全地回到了 501 病房。

501，刘怀的病房。

木柯满脸都是冷汗地捂着心口蹲在地上。心脏病人不能跑太快，更何况是上楼梯，他刚刚为了尽快回到病房打白柳的电话跑得有点不要命了，导致他现在特别难受，完全喘不上气来，只能蜷缩成一团蹲在地上大口大口地用力呼吸。

刘怀也坐在床边，两只手拿着匕首仰着头喘气，身上的病号服也湿透了。

拖着白柳一个玩家高速移动实在不是刘怀这种刺客习惯做的事情，他的体力槽是没有牧四诚这种身体强度相对更好的盗贼高的，所以拖着白柳追逐战对刘怀来说体力耗费也很大。

汗水一滴一滴地从刘怀的下颌滑落，被他喘着气抬手擦去，他仰头给自己灌了一瓶体力恢复剂。

总的来说，这三个人里看起来状态最好的反而是白柳，但也只是看起来。

白柳的体力也耗空了，生命值只有 6，这让白柳的身体状态下滑到了最低点。

白柳坐在他一直不愿意碰的稻草床的边沿，两只手无力地搭在膝盖上，手指轻轻蜷缩颤抖着，他低着头缓慢地恢复调整着自己呼吸频率，胸膛大幅度地起伏，脸色白得有点吓人。

木柯缓过来之后见白柳这个样子，有点担忧地想要蹲着挪过去看，结果刚刚动了一步，双肘撑在膝盖上的白柳就抬起了头。

他看向木柯目光里没有任何情感。

白柳就那么平静又漠然地看着试图靠近他的木柯，那种好似在看不听话的工具一样的有点冷厌的眼神看得木柯心头一颤。

木柯下意识地停住了靠近白柳的步伐。

"木柯，"白柳病恹恹地抬起眼皮，"谁给你的越过我让你自己死亡的权利？"

"你的灵魂归属于我，我拥有处置你每一点生命值的权利，我什么时候让你去死你才可以死，在我下命令之前……"白柳无波无澜地看着有些发抖的木柯，脸上一丝情绪也无，"你没有给予自己死亡的权利，我希望不要有下次让我见到你给我下'delete me'这种命令了，我们之间是单向的关系，也就是只有我有权对你下达命令，你的一切命令我有权不接受不执行，明白了吗？"

木柯好似做错了事情的小孩，他有点迷茫地看着白柳，在意识到白柳是真的在和他认真说这件事之后，又有点慌张无措地立马点头："我明白了。"

"作为你自作主张的惩罚，"白柳淡淡地说，"你这次游戏通关的所有积分奖励全部归属于我，你有任何意见吗？"

木柯耷拉着头，抠了抠自己的手指："……没有。"

隔了一会儿，木柯突然开始低着头抽泣。他已经很努力地在忍耐了，但死里逃生的各种剧烈感情混杂在一起，刚一安全就被白柳这样劈头盖脸地骂了一顿，还给了惩罚……他在地面上蹲着，抱着膝盖蜷缩成一小团，眼泪大滴大滴地流出来，他用袖子粗鲁地随便擦拭了两下，竭力想要控制住自己不争气的眼泪。

对自己无能为力的愤怒，对牵连了白柳来救他的无力，努力想要牺牲自己保护白柳最终得到的却是白柳对他的冷漠和不认同，和又一次被白柳从死亡边缘拉回来的劫后余生的情绪，混合成了一堆木柯也理不清的委屈，让他控制不住地想哭。

"哭什么呢？"白柳的语气又带上了一点叹息，"抬起头来，木柯，你对我的决策有什么不满的吗？"

木柯哭得眼睛鼻子都红了，他抬起头来，眼泪从睫毛上滴答滴答地掉在地上，他哭得打嗝，连话都不太利索："没有，嗝，不满。"

“那你哭什么呢？”白柳轻声问。

眼看木柯抽泣着望着他倔强地不开口，白柳干脆利落地打了个直球：“我命令你告诉我你为什么哭。”

“我就是，不明白。”木柯哭得伤心极了，“为什么你要来救我啊，我一点价值都没有了，还会连累你，要是你死了怎么办啊，我一个人肯定没办法通关，反正我都是要死的，我要是，呜呜呜，我要是牧四诚就好了，他在这里一定能帮你更多。”

“今晚除了最后这一小部分，其余的事情，无论是假装普通玩家混入苗飞齿队伍里，躲过那个测谎天平，还有最后看完所有书还有效地给我传递出来‘续命良方’的信息，”白柳看着木柯，他的语气缓和了下来，他平静地阐述着，“你都完成得非常好，而这些事是牧四诚无法为我做到的，甚至我自己都做不到，只有你才可以。”

“你在你自己眼里或许没有价值了，”白柳摸摸怔怔的木柯的头顶，他放松下来，安抚性地浅笑，“但在我眼里，你活着对我来说有非常重要，你有无法被替代的价值，所以我来救你了。”

木柯的眼里映着笑得很温柔的白柳，如果是牧四诚，他一定立马会对木柯说：快跑！这就是白柳那种很虚假的安抚营业式微笑！用来骗人的！

木柯也能感受到这一点，但他知道白柳说的是真的，他的眼前很快蒙眬了，木柯用力擦着眼泪，忍了又忍，还是忍不住大哭出声。

“我还害怕，我以为自己真的要死了，我没有办法了。”木柯号啕大哭着，用衣袖擦眼泪，活像个在外面受了欺负向自己家长告状的小孩，“我真的很努力了，我用尽一切办法活下来了！但是那个怪物太厉害了！它突然就、就活了！”

白柳打断他：“你没有用尽一切办法活下去。”

木柯哭着看向白柳，他哭得上头，都有胆子反驳白柳了：“我真的有！”

"你还没有向我求助过。"白柳平静地说，"以后记得试试用这个办法，不过总的来说，今晚干得不错，木柯。"

他像一个奖励得了小红花的小孩的幼儿园老师那样拍了拍木柯的头。

木柯愣怔着被拍头，眼泪彻底决堤。

"呜呜呜呜！"木柯哭得停不下来，"呜呜，好，好的！我下次，一定，一定记得！"

看着哭个不停的木柯，白柳几次试图让木柯别哭之后，还是不行，最后就算是白柳抬出了"我命令你别哭"这样的词汇，木柯也只是捂嘴不哭出声，但眼睛里还在啪嗒啪嗒掉眼泪，特别可怜抽噎着说，他停不下来，可能还需要几分钟。

木柯自认不算是特别爱哭，但不知道为什么一见到白柳，他就像是受了委屈见到家长的小孩子，这家长还允许他告状，木柯觉得自己就有流不完的眼泪了。

虽然他觉得有点丢脸，但他就是忍不住。

木柯低下头一边羞愧，一边觉得有点……微妙的开心。

白柳也就没管努力小声哭的木柯了，他转向一旁表情有些一言难尽的刘怀。

刘怀脸上写满了"你平时就是这么忽悠你队友的是吗"。

白柳就当没看见，他语气平平、十分正经地另起了一个话题："我们谈谈接下来的计划？"

刘怀顿时收敛了神色，他眼神有些复杂地看向白柳，在看了白柳忽悠木柯的全过程后，刘怀有些控制不住懊恼地叹气："我还是无法相信我就那么轻易地被你说服了，和你一队我可是要和苗飞齿他们作对，就算这个游戏通关了，我也有很多后续的麻烦。"

"但你不和我一队，你和你妹妹连通关这个游戏都很困难。"白柳抬眼，"而且你妹妹刘佳仪就多半会被苗飞齿直接血祭，或者吃掉。"

　　说服刘怀对于白柳来说是很简单的一件事，而找到刘怀并且拉拢他，也是非常简单的一个思路。

　　木柯房间内的怪物复活、白柳在牧四诚速度技能已经用完的情况下，他要把木柯从 ICU 里救出来，就要在护士环绕的情况下再闯一次 ICU。

　　白柳自己一个人显然是办不到这件事的，他也不可能再让苗飞齿去闯一次，虽然也不是不能骗他们去闯一次，但苗飞齿的技能也耗尽了他的体力槽，他这种耗空体力槽的状态和白柳的一样，是无法靠体力恢复剂恢复的，他也不会轻举妄动，所以白柳最多骗苗高僵一个扛怪低移动速度的玩家过去。

　　但苗高僵对于需要逃逸的白柳来说，作用并不大。

　　白柳需要一个高移速，擅长隐蔽和逃逸，并且白柳知道他弱点好控制的玩家——没有比刘怀更合适的人选了。

　　刘怀和苗飞齿他们一样都在五楼，找到这人的病房也很简单，五楼只有三个新病人入住——苗飞齿、苗高僵、刘怀。

　　新病人的病房标志是不同的，除开苗飞齿和苗高僵的那个新病房里面就是刘怀，在白柳手握刘佳仪和"续命良方"两个重量级筹码的情况下，说服刘怀甚至花不了他一分钟的时间。

　　刘怀仰着头倒在了病床上，他双目有些涣散地望着雾气蒸腾的天花板："你说佳仪会是我们这群'投资人'狩猎的目标，我们需要那堆孩子的血浇灌床才能活下来？"

　　"我纠正你话里两个不太准确的地方。第一，确切来说，并不是我们需要她的血浇灌床来活下来，而是你需要吃掉这个床吸收了她的血后长出来的血灵芝才能活下来，她就是你这个绝症病人的"续命良方'。"白柳拍了拍刘怀躺着的这张床。

　　刘怀抬手盖住了自己的眼睛，就像是在逃避什么般紧紧抿住了唇。

　　然后白柳抬眸看向刘怀，比了一个二的手势，很平静地说："第二，我和你说过了，刘佳仪不仅仅是'投资人'的狩猎目标，

她的眼盲让她在孩童队伍里也处于弱势。"

白柳语气不急不缓："你要知道，刘怀，孩童那边还有一个喜欢吃小孩肉的未成年苗飞齿，我的小朋友说苗飞齿很喜欢跟在刘佳仪后面吞口水，刘佳仪这种看不见的小女孩在各方面都处于绝对劣势，是小苗飞齿非常好的一个下手对象。"

"可以说你的妹妹刘佳仪在某种层面上来说，是一个双重狩猎对象。"

刘怀缓缓地攥紧了拳头，他放下自己盖住眼睛的手，转过头直直地看向白柳。

白柳平淡地继续说了下去："而我，我保证我的小朋友会保护你的妹妹，今晚你的妹妹能够成功给你打电话就是我的小朋友保驾护航的结果之一，我说了我会保护刘佳仪，因为她也是我朋友想要收养的孩子。"

刘怀深吸一口气坐了起来，他盘腿坐在了床上看着白柳："我现在相信这一点了，那你说，接下来我们要怎么办？"

"这个游戏的逻辑已经基本清晰了。"白柳后仰身体，随手打开刘怀的床头柜子的抽屉，从里面拿出了一支笔，然后不知道从什么地方扯了一张大致空白的书籍扉页，低着头在上面写写画画开始分析。

白柳习惯在分析的时候简单书写一下，他用笔在纸张上点了一下，开始写关键词："二级游戏""50—80"。

一边写，白柳一边说话："《爱心福利院》是一个死亡率至少 50% 的二级游戏，这个游戏分割了我们的生命值，把我们分成'成年人'和'小孩'两个不同的身份线，分别占有 50% 的生命值。"

白柳在纸面写了两个"50"，然后在两个"50"中间打了一个互相对抗的箭头："但我们这两个身份线从一开始就不是什么合作关系，因为这个游戏很明显只能存活 50% 的玩家，那么更合理的设置是，我们和这群共享一个生命值进度条的小孩应该是一个对抗的关系。"

　　所以白柳之前才会对小白六保持一种警惕心，因为某种程度上来讲……

　　"我们和这群小朋友是敌人。"白柳淡淡地抬眸看了一眼脸色有些沉的刘怀，他继续叙述，"而这个'续命良方'最终验证了我的想法。"

　　"我们这群'投资人'要存活就要抽取对应的小朋友的血液，从那首鹅妈妈童谣的时间进程来看，'周一出生，周二洗礼，周三结婚，周四病重，周五病危，周六病死，周日入土'，我们至少要在病重，也就是周四之前抽取这群小孩的血液，才能顺利存活，不然'病重'之后，再过一天我们就会死亡。"

　　白柳在纸上写了一个"DDL"（dead line）："三天后"。

　　"而这群小孩也是同样的道理，要在周四之前逃离爱心福利院才能避免被我们抽血，顺利存活，所以他们的主线任务是逃离福利院。"

　　白柳手指敲了一下自己的笔，状似思索："其实我感觉小白六，也就是我的小朋友已经察觉到了我们之间的对抗关系，但之前我把我自己的把柄交给他的这个行为，让他意识到了我想干什么，也让他可以随意处置抹杀我的性命，这种程度的交付让他最终还是选择了和我达成合作关系。"

　　刘怀怔怔地看着只有 6 点生命值的白柳，他在对上白柳古井无波的眼神的一瞬间颤了一下，他猛地明白了白柳要做什么。

　　"我再次确认一点，你可以为了你的妹妹付出生命对吧？"白柳掀开眼皮看向神色晦暗不明的刘怀，他的语气很平静，平静到不像是在谈论自己的生死，"我和木柯生命值都快见底了，相信你也看出来我们这边的方针了。"

　　白柳无比平静地说："我们保小不保大。"

　　小白六之所以最后愿意信任他，就是因为白柳愿意为了小白六牺牲自己，让小白六活着，为此白柳心甘情愿地奉上了可以让小白六轻易扼杀自己的把柄。

而小白六也明白了这一点，并且对白柳这种毫无理由的全部奉献和牺牲好奇着，这就是白柳想要的，没有人比他还懂要如何赢得十四岁的自己的信任了，那就是成为陆驿站这种可以对他无理由奉献牺牲自己的人。

十四岁的白柳信任陆驿站这类型的人，因为在伤害自己和伤害白柳之间，他知道陆驿站一定会选择伤害自己。

那么现在游戏里十四岁的小白六就会信任现在的"投资人"白柳，白柳变成了自己的"陆驿站"——那个会对他无私奉献，甚至是付出生命的"投资人"。

刘怀的脸色阴晴不定。

而白柳就像是没看到刘怀的脸色一样收回了自己游动的目光，继续看向了自己手中的纸张。

白柳完全没有被刘怀的挣扎的情感影响到，而是无动于衷地继续分析了下去："并且以我的看法，如果只是取一个孩子的血就能灌出来一株可以救我们的血灵芝应该是不太可能的，因为这是一个死亡率最低 50% 的游戏，如果只是取得自己小孩的血就能顺利存活，我觉得这不是一个二级游戏的正常死亡率。"

一边说，白柳一边在纸张上写"6 → 3"。

"所以如果从这个角度来看，这个游戏还有更多的设置，如果单纯地从二级游戏死亡率 50% 到 80% 这个区间来看，这是一个六人的死亡游戏，玩家的死亡人数应该在 3 到 4.8 之间。"

白柳用几笔在纸上简单地勾勒出了一个小女孩的图像："但我们这个副本还有一个特殊的点在于孩子那方还有一个玩家，也就是刘佳仪。"

听到"刘佳仪"的名字出现，刘怀的目光定在了白柳的脸上。

白柳若无其事地继续说了下去："在一共只有五个可以取血的小孩的情况下，假定死亡率为最低的 50%，只需要死三个玩家，假定刘佳仪被抽血死亡补足其中一个死亡名额，假设存活的玩家全是我们这些'投资人'。"

白柳目光专注地在纸面上写："投资人最大通关概率"。

"那么在以上对投资人最有利的条件全数满足的情况下，最多也就能存活三个投资人，按照这个比例和死亡率 50% 的前提，一个'投资人'通关，一个床最少大概需要 1.6 个孩子的血。"

白柳在纸上写了一个"1.6"，他把"1"和小数点之后的"6"分别画了一个小圆圈圈了起来。

他眸光宁静："那么谁是这个'1'，谁是这个'0.6'，游戏也已经暗示得很明显了。"

"我们投资的儿童就是我们的核心取血儿童，也就是那个'1'，用我们投资的小孩的血浇灌我们的床，再加上另外一个小孩 0.6 左右的血，就可以结出缓解绝症的血灵芝。"白柳面色冷静地画了一个叉，涂抹掉了那个"1.6"，"但这个方案被我排除掉了，因为通关性价比太低了。"

"一个投资人在各方面达到最大的性价比的前提下，很大概率需要 1.6 个小孩的血才能通关，那么换言之，牺牲一个投资人不取血，就可以让 1.6 个小孩保持安全。"

"我们这群吸血的成年人活下来，远不如他们活下来的价值大，通关性价比高。"白柳在自己在纸面上画的刘佳仪简笔画小女孩上面随手画了一个保护罩，抬眸看向刘怀，继续往下说道，"所以我最终决定在游戏里优先保全小朋友那一方的生命值，这个'续命良方'对于我和木柯来说无效，我们不会走这边的主线任务。"

白柳说到这里，看着脸色苍白的刘怀意味不明地停顿了一下："我们虽然选择了牺牲自己保护幼年的自己，但如果计划奏效，我们本身是不会死亡的，我们可以通关。"

"但你，刘怀，你和我们情况不一样。"白柳眸光晦涩地看着一言不发的刘怀，"你和刘佳仪是两个独立又敌对的个体，如果你选择了优先保全刘佳仪，很大概率你会因为得不到血而死亡。"

"所以你怎么选？"

　　明明是如此残忍的一个选择，白柳问出来的语气却带着好奇的探究欲，他抬眸望着刘怀，眼神认真专注又带着一种像是在观察和他不同种类的生物般的思考。

　　刘怀能为了他的妹妹做到什么地步？这人口中说的对他妹妹的爱，真的就像是陆驿站那个奇怪的家伙一样，可以为了这种莫须有的情感做到放弃自身全部利益的地步吗？

　　特别是刘怀还是一个求生欲很强的人——白柳漫不经心地想道。他的笔在他随手画的代表着刘佳仪那个小女孩的保护罩上一点一点地，很快保护罩上就布满了奇怪的黑点，仿佛这个保护罩被蒙上了一层阴影。

　　刘怀像一株发不出声的植物般坐在床边，他拿着匕首的双手垂在身侧，显得静默又麻木，但呼吸声十分急促。

　　白柳迅速地收回了自己的目光，他在刘怀的脸上看到了让五官都扭曲狰狞的挣扎和恐惧，那是一种对未知逼近无法控制的惧意。

　　这恐惧和犹豫真切无比，刘怀对于死亡的害怕和退缩让之前他口口声声说的对刘佳仪的可以为之牺牲自己一切的爱有点像是自我感动的外在标榜，白柳很快觉得索然无味起来，他不再观察刘怀，而是漠然地想道，这和他之前见过的，那些自以为是的"爱"好像也没有什么不同。

　　白柳以为能在刘怀身上见到陆驿站那种让他无法理解的东西，到头来还是一样的，好像甘蔗渣一般在人的口舌间咀嚼出口了千万遍"我爱你""愿意为了你付出一切"等等。

　　都是些吐出来后一点味道都没有的东西，仅有的甜都是为了自己，最终给别人的沾着自我感动的唾沫碎渣，一捏就碎，毫无价值的垃圾。

　　人终究还是自私的。

　　白柳散漫地开了口："如果你想以投资人的身份通关，我也可以让小白六帮你抽取——"刘佳仪的血。

"白柳，如果我死了，你的朋友真的会收养佳佳吗？"刘怀看着白柳，他脸上还带着那种害怕和恐惧的神色，还有些隐隐的忐忑。

刘怀像是一只要被迫剥离自己幼崽的养育者，脸上有一种神经质的不安："佳佳看不见，又黏我，我害怕我走了之后她一个人不好过，我感觉你的朋友人很好，好好照顾她，如果她的眼睛你愿意帮忙想想办法……"

这个还没毕业的大学生开始絮絮叨叨一只人类幼崽的养育注意事项，这其实是有点违和的，这让他更像一个成熟的、刘福和向春华那个年纪的家长。

刘怀脸上害怕的神色未曾消减过，但说的桩桩件件都是刘佳仪的事情，似乎比起他的死亡本身，他更害怕的是他的死亡让刘佳仪过得不好："她晚上不太喜欢一个人睡，有个小熊，是我缝给她的，有点旧了，但她就喜欢那个，你们如果带她离开福利院，记得带走。她平时话不多，但很乖，就是一直听不到声音的时候会怕，给她放电视就好，她喜欢小仓鼠，但下手有点没轻重，你们不要给她买，死了会哭得很惨——"

白柳沉静了很久，他看着刘怀，打断他的话："你真的想好了，要为你妹妹牺牲自己？"

刘怀静了一秒："这不需要想啊。"

"我进入这个游戏，就是为了让她有更光明的未来，但这一切首先是，她要活着。"

刘怀的思路很清晰，他看着白柳，露出了那种很丑的很苦涩的笑："白柳，要是我是你和牧四诚这么厉害的玩家就好了，但我不是，我没有办法带给她更光明的未来了，但我也有我能做到的事情，我会拼命让她活下去的，这也是我唯一能为她做的事情了。"

"其实死亡不是一件很难接受的事情。"刘怀好似终于松了一口气般，他垮下了肩膀，有点恍然地摇摇头，好似在自我安慰

般碎碎念，"在进入这个游戏的时候我就知道迟早有这一天了，只是佳佳还没有一个好的托付，她还没有看见过我长什么样子，我始终是不甘心的……"

但不甘心也没用，这个游戏里他要活刘佳仪就要死，这个残忍的游戏并没有给他更多不甘心的机会。

"如果，如果杀死任何一个人我可以活下去，我都会不顾一切去试试……"刘怀静了下去，他垂下了肩膀，长久地没有说话。

眼泪从刘怀的眼睛滑落，砸在他手中被紧握的匕首上。

他曾经为了活下去用匕首击杀过自己最好的朋友。

但终究，他遇到了他无法背叛的人。

白柳也没有打扰他，刘怀坐在本要被浇灌鲜血的床边，像是一具即将躺入棺材的死尸般脸色苍白，他握住匕首的手在轻微颤抖，白柳觉得很可笑——刘怀这个时候才开始为他的死亡恐惧。

在知道自己会死的时候，刘怀第一反应是刘佳仪，然后才是自己，这种潜意识的情绪反应让白柳觉得不可思议。

刘怀低着头惨然一笑，攥紧了拳头，深吸了一口气又抬起了头。

"白柳，我记得你的个人技能是交易，如果我死了，我可以，可以拿给你一个很有用的东西。"刘怀看着白柳，他整个人都露出一种很累的颓，脸上带着一种很虚无又像是解脱的空洞眼神，眼中只有恐惧和眼泪，他抓住白柳的手，语气哽咽，"但前提是你帮我——"

"让刘佳仪重新看见是吧？"白柳说，他看着刘怀疲惫倦怠又绝望的脸，平静地移回了自己的眼神，"等你要死了再说吧，我不做空头交易。"

是夜，儿童福利院。

躺在床上的小白六无声地睁开了双眼，他听到了一阵足以吵醒他的断断续续的笛声，但他的房间里其他人都还在睡，奔跑一晚上让这些小孩都消耗了过多的精力，除了一直都保持一定警惕的小白六，其余孩子都睡得很熟。

小白六动作很轻地从床上下来，穿上鞋子，他看了一眼挂在墙壁上的钟——凌晨两点。

深夜的集体睡房里只能听到这些小孩很轻微的鼾声，孩子们躲在小床上用被子盖着柔软的身躯，小木柯甚至用被子蒙过了头，好像这样就能保护住自己。

但其实只要有人想，就可以轻而易举地弄碎这些小孩，小白六看着他们房间的门被缓缓打开，随着笛声的韵律发出木门转动的吱呀声，露出外面漆黑阴森空荡荡的走廊。

门外一个人也没有，这个门是自己打开的。

笛声开始变得连续，悠扬欢快地飘了进来，睡在床上的小孩们开始拧着眉不安地扭动，好似进入了什么神奇的梦，开始呓语和舞动手脚。

见状小白六很冷静地直接摇醒了小木柯。

难怪他不受这个笛声影响，这笛声起作用的方式是对睡梦中的小孩进行控制，但小白六才来这个福利院第二天，而他在陌生和不熟悉的地方睡眠很轻，笛声一响起小白六就醒了，所以不会被这个笛声催眠影响到。

小木柯被小白六推得渐渐苏醒，他揉着眼睛，额头上布满冷汗，迷迷瞪瞪地深吸一口气，他醒来之后有点恍惚地看了站在床头的小白六一眼，似乎还没有反应过来自己已经醒了，也没有反应过来自己的床头站了一个人。

小木柯半眯着眼睛，迷迷糊糊地伸脚下床穿鞋子要往走廊里走，一边走一边呆呆地说："我们要离开这个福利院，这个福利院会抽我们的血，杀死我们……"

"你清醒一点，你只是在笛声的催眠下做梦了……"小白六拉住小木柯的手腕，把要往外走的小木柯扯过来面对自己，然后他眯起了眼睛。

小木柯的眼神是清醒的，他还在发抖，虽然脸上睡出了红印子，看着有点睡意未散，但眼神是很清明的，还因为害怕泛着一层泪光。

"那不是梦……"小木柯哆哆嗦嗦地说，那个梦明显让他吓得不轻，"我看到有很多护士把我们绑在床上，她们用很多根注射器从我们的手背上、脚背上扎进去，然后红色的血顺着输液管涌出来，滴到一个不锈钢的罐子里，后来我们取不出血液了……"

小木柯怕得肩膀都缩起来，他用力抱住自己的肩膀："她，她们还会用扎牲畜的那种很粗的黑色针头扎我们的头皮和脸，用橡胶管捆住我们的脖子挤压我们脸上的血管，方便她们抽取血液。"

"……我们被捆得脸发紫发乌窒息了，拼命挣扎也逃不下病床……"

小木柯流着眼泪惶恐地抬头看向面色冷静不为所动的小白六，有点着急地上前一步抓住小白六的手想拉他一起走："我发誓那真的不是梦！我看到了明天我们受洗之后会发生的事情！那群投资人都是坏家伙！他们洗礼我们资助我们都是为了我们身上的血，他们不是免费资助我们的，我们跑吧！我们离开这里！"

"他们当然不是免费资助我们的。"小白六语气冷淡，"这个世界上没有免费的事情，尤其对你和我这种没有过多价值的幼年人类来说，唯一有价值的自然只有我们的身体，他们投资我们图的是我们身体里有的东西，他们这样做有什么好惊讶的，不是理所当然的事情吗？"

小木柯怔怔地看着很平静的小白六，有点呆愣害怕地后退了一步："你早就知道那群投资人是坏人？"

"他们不是什么坏人，他们只是拥有购买我们身体的能力的消费者。"小白六眼中毫无波澜地看着明显受到了惊吓的小木柯，"而我们这种自身没有购买能力的人类属于可以随意买卖的商品，只能被购买。"

小白六脸上一点表情都没有，他就像是在阐述一个客观真理般平宁地说：“我们只有作为商品的价值，所以被购买是很正常的事情。”

“但是这里的人要吸我们的血啊！”小木柯很是焦急地低喊了一句。

小白六淡淡地看着他：“所以呢？你以为外面的人就一定是什么好人，就绝对不会吸你的血吗？他们也许会吃你的肉，对你干别的更可怕的事情呢？你有什么反抗的能力吗？你逃出去有什么意义吗？在你有去购买别人的能力之前，就算逃出去，你这个商品也只不过是从‘爱心福利院’这个小货架，逃入了一个更大的货架罢了。”

听到小白六这样说，小木柯彻底呆住了，他张了张嘴想反驳，但却不知道从什么地方开始反驳。

“你已经……”小白六一顿，“抱歉，你几岁了？”

小木柯被小白六说得又要哭了，他拧着自己的手指，泫然欲泣地回了小白六的话：“我，我十一岁了。”

“哦，你已经十一岁了，想法不要这么天真了，木柯。”小白六淡漠地接起了上面的话，然后继续说了下去：“这个福利院每周日都会消失一批孩子，这群孩子很明显就是被挑选然后消失的，而且我们这一批的小孩长相都很不错，我一开始还以为是会被带去——”

小白六看着样貌过于精致的木柯，目光在木柯从睡衣中裸露出来的雪白肩头上微妙地顿了一下。

小木柯睁着大大的眼睛看着小白六，单纯又迷茫地问：“被带去做什么？”

小白六若无其事地微微偏头，移开目光岔开了话题：“……没什么。”

他一开始的确是以为这个福利院是做儿童情色交易的地方，所以在他的“投资人”说让他保护木柯和刘佳仪的时候，小白六第一反应就是这个，因为从他的经验看来，这种收养孩子的地方

的确很容易滋生这种东西，但很快小白六就意识到了不是这么单纯的目的。

这群濒死的"投资人"对他们另有所求。

因为如果是为了"情欲"这种相对直接的目的，他们完全可以在这群小孩进入的第一天晚上就开始享用他们，但已经一天过去了，这群"投资人"对他们都没有采取明显行动，仍然只是用电话来维持一个单向联系。

小白六就在猜想，这群"投资人"或许自己都没有搞清楚购买他们这堆"商品"的目的。

换句话说，这群"投资人"也在探索他们这堆"商品"的功能。

用他们来做慈善宣传？死前的心理慰藉？又或者是一种求生不能走投无路的封建迷信，觉得做了好事能延长寿命？

但这些"目的"都太隐晦间接了，小白六觉得有更核心的东西决定了"投资人"对他们紧密的观察和投资，而把医院建在福利院对面的这种做法让小白六想到了一个点——他们能治病。

这种能治病包括心理上的自我安慰。比如这个"爱心福利院"里他们第二天要受洗的教堂，这个教堂的装修很好，明显有一定象征意义，"投资人"或许可以通过做善事祷告寻求上帝庇护这种方式来寻求一种虚拟的治疗。

不过比起这种来，还有一种更为直接的治病方式，那就是直接用这群小孩来治病。

小白六很平静地看向小木柯："在我进来的第一天，我就知道自己的作用应该是一味药引子，只是不知道我入药的是哪一个部分，现在看来是血。"

小木柯无法置信地摇头："你既然知道他们要抽你的血，你为什么不跑？你昨晚还在和你'投资人'打电话，打了半个小时闲聊，你疯了吗！他根本不是好人，他就是个吸人血的怪物！"

小白六看向小木柯的目光冷了点："第一，爱心福利院是全封闭式的，除了开放日我们根本跑不出去；第二，要不是昨晚我的‘投资人’付费让我救你，你死在我面前我都不会多看一眼，他就算是个怪物，也是救了你的怪物，你最好搞清楚这点。”

小木柯语塞，很快反驳了小白六：“他救我也是为了我的血！”

“不可能。”小白六眸光晦暗不明，但反驳得很干脆，“虽然我也不是很理解他的目的，但他的确放弃了自己的生命，要优先保全我和你，还有刘佳仪的性命。如果他想要抽你的血，他完全可以花钱雇我帮他干，今晚你就会被我抽干。”

小木柯瞬间脸色煞白地后退了好几步，惊惧不已地双手交叉放在胸前做出了一个守卫的姿势：“你，你怎么……这样！”

小白六懒懒地扫了小木柯一眼，突然有点恶劣地上前一步张开双手恐吓小木柯：“我怎么样？按照你的标准，我比起我那位救你的‘投资人’还要坏得多，十一岁的木柯小朋友。”

十一岁的木柯小朋友被吓得后退了好几步，还差点跌倒，眼泪都飘出来了：“啊啊啊！你不要过来啊！”

恶趣味地吓了一次小木柯之后，小白六迅速地收回了自己的双手，恢复了面无表情的样子：“就算这里所有投资人都是吸血的，我的那位‘投资人’也是站在我们这边的，因为他要杀你太简单了，他会帮我们的，所以你最好给我听他指挥，不要轻举妄动。”

小木柯狂点头，他被小白六一惊一乍的吓得心脏都有点不舒服，说话都结巴了：“好，好的，我知道了！”

小白六在确定小木柯会听话之后，转身往走廊走去，他站在不知被什么东西打开的睡房门背后探头去看走廊，看着看着突然小白六皱起了眉。

笛声飘扬的走廊里，好几个房间的门都是打开的，悬吊的敞口灯上粘满蜘蛛网，随着夜风和笛声在轻轻摇晃，不知道从什么地方传来小孩跑动的脚步声和轻笑声，在夜幕里空无一人的长廊里缥缈地回荡，有种瘆人的诡异感。

但这些都不是小白六皱眉的原因。

“有东西进来了。”

小木柯躲在小白六的后面，他不敢一个人待着，醒来之后又睡不着，也硬着头皮模仿小白六探头去看走廊，听小白六这么说，面露迷茫："我没有看到有东西进来啊……"

"你抬头。"小白六平静地开口，"在天花板上。"

听到小白六的话之后，小木柯脖子卡了一下，他宛如一台生锈的机器，僵硬地缓缓抬头。

福利院的长廊是一米多宽的深高拱门类型，又高又狭窄，上面还画了很多五彩斑斓的动物油彩画，在夜色里这些若隐若现的动物都显得鬼气森森，好似眼中露出了真的肉食动物的光，这一般就是小木柯晚上最怕的东西了，但现在有比这些动物让他更恐惧的东西了——

这些油彩画上悬吊了很多像是蝙蝠一样的小孩，这些小孩身上缠满血液干涸的输液袋和输液管，密密麻麻的输液管包绕着小孩，而输液管的针头扎入墙壁内，它们就靠不断移动这些输液管针头扎入墙壁来前行。

这些小孩就像是小木柯梦里那样，已经被彻底吸干了，它们的脸上的皮肤都被吸得发皱发干，像一块晒干的橘子皮一样贴在它们的头骨上，手脚都细瘦无比，像是营养不良发育畸形的大头娃娃，眼珠子在它们干瘪的脸上显得黑白分明又大得吓人，因为眼皮已经萎缩了，能看到凸出它们脸部的完整的半只眼睛。

血被抽光了的半透明输液袋就像是一件花衣服包裹在它们身上，而它们正在吹笛子。

但它们正在吹的笛子并不是常规的笛子，而是一支非常长和大的针管，上面被钻了孔用来做竖笛，针管的壁还沾染着干了的血，在它们干薄的嘴皮下发出音调奇怪的笛声。

"《彩衣吹笛人》。"小白六似有所悟，"原来昨天我没有看到吹笛子的人，但又感觉笛声四面八方无处不在，是因为这群吹笛子的家伙在屋内的天花板上。"

小木柯看得腿软，狂扯小白六的衣服角："我、我们回去睡觉吧。"

小白六根本不管小木柯，他仰头看了一会儿这群吹笛子的小孩，见它们分别进入了不同的打开的睡房的门里之后，就轻手轻脚地跟着出去了，小木柯看着都要晕过去了，但让他一个人待在房门大敞的睡房内，他又怕，最终小木柯欲哭无泪地跟在小白六后面走，他还在发抖，像个不敬业的跟屁虫。

这群吹笛子的小孩进入了不同的睡房之后，转动着大得好像下一秒就要从眼眶里掉出来的眼球，站在天花板上，把头咔一声拧成了几乎和地面平行的角度，歪着头观察着下面正在沉睡的小孩。

小白六侧身藏在半开的门旁边，没有进去，微微倾身从门缝里观察这堆吹笛子的小孩要干什么。

天花板上的小孩环绕着睡房走了一圈，它在每一个睡着的孩子的正上方歪着头认真打量，最终停在了一个睡得正熟的小孩身上，好似最终锁定了目标一样，它身上缓缓垂落触手般的输液管，轻轻掀开这个孩子的被子。

小木柯看得呼吸不畅，死死地捂住了嘴害怕自己叫出声。

很快这个孩子就苏醒了，他明显和木柯一样是从那个笛声带来的恐怖的梦境里苏醒，脸上还带着泪痕和惊慌，一下子看到这么一个恐怖的小孩差点惨叫出声，但他的嘴被输液管捂住了。

天花板上那个小孩似乎用输液管向这个醒来的小孩比画了什么，很快这个小孩就破涕为笑，飞快地跳下床穿上鞋，跟着这个天花板上的小孩走了，小白六迅速后退回自己的房间内关上门，只留了一小条门缝看走廊上的场景。

每个进入不同睡房的吹笛子的小孩都带着一个喜笑颜开的小孩出来了，天花板上的小孩用针筒吹奏着调子古怪的笛声，地上的小孩排队哼着歌，挨个跟着出去了，就像是昨天小白六看到的场景一样。

但突然这个队伍停住了，天花板上所有的小孩突然都歪着头

透过那道门缝，用它们死气沉沉的眼珠子盯着门缝后偷窥它们的小白六，躲在小白六身后的小木柯疯狂地拽小白六的衣角，用一种惊恐到快要哭出来的眼神望着小白六。

小木柯捂住嘴控制自己不要哭出来，他抖着手，缓慢地指了指他们的头顶。

小白六一静，他缓缓抬头，看到他的头顶上有一个小孩正歪着头，发皱发黑的脸上一双兵乓球那么大的眼珠子，正双目无神、目不转睛地看着他。

这个小孩应该是刚刚小白六出去的时候从天花板进来的，它正下方的输液管还缠着一个小孩的头颅，这小孩和小白六他们是一个睡房的，本来也在睡觉，现在被包裹在输液管下的脸上带着奇怪的笑意看着小白六和木柯。

小白六缓慢地打开了门让他们出去，那个小孩蹦蹦跳跳地走了，天花板上那个小孩俯身观察了小白六和捂住嘴发抖流眼泪的小木柯一会儿，用输液管抚摸他们，似乎是在确认什么，最终窸窸窣窣地收回了自己的输液管，面无表情地踩在天花板上离开了。

走廊里又响起了笛声，在染血的针管里呜呜作响，和着被带走的小孩们哼唱的声音渐渐远去，在走廊里空灵地回响，消失在了走廊的尽头。

小白六在检查完天花板上的确没有任何怪物之后，迅速地从门内把睡房的门反锁。

小木柯彻底虚脱地软倒在地，他捂住自己的心口艰难地呼气吐气，调整心跳频率，刚刚他是真的差点被吓死，但等小木柯缓过劲来转头一看，小白六好像什么都没有发生一样，已经躺在床上把被子掀起来盖好自己准备睡觉了。

一点也不像是刚刚才差点被怪物给带走的样子。

小木柯又是无语又是崩溃，他走到小白六的床头压低声音指责他："刚刚我们差点就被抓走了！你下次冲出去之前能不能先想想！”

小白六盖好被子眼睛闭着，小木柯过来骂他，他也没有睁开眼睛，而是不咸不淡地解释道："不会抓走我们的，我之前观察过，这个笛声带走的小孩非常有指向性。"

他在昨天观察的时候就注意到了这一点，这个笛声对所有小孩是无差别催眠的，但最后带走的孩子却只有那么几个，之前小白六还疑惑是怎么做到的，昨天他们的门没有被笛声打开，他是在睡房内通过窗户观察的走廊，视线有局限性，所以没有看到这群天花板上的小孩。

并且昨天并没有吹笛子的小孩进入小白六所在的睡房，所以他对这些小孩锁定带走小孩的方式不清楚。

但小白六觉得自己有必要弄清楚，毕竟他那位"投资人"一定会对这些信息很感兴趣，所以小白六才会冒险出去。

"但，就算是有指向性，你怎么知道我们不是会被带走的那种小孩？"其实小木柯也察觉到了这一点，这群"吹笛子的小孩"很明显是在找符合某种特征的小孩带走，但问题就在于他们并不知道对方挑选小孩的标准是什么。

小木柯拧眉质问："今晚我们的门也打开了，这说明今晚我们房间里也有符合带走条件的小孩，你怎么知道我们不是？"

"因为今天星期二。"小白六终于舍得掀开眼皮看了小木柯一眼，"今天只是我们的受洗日，所以我们不会被带走。"

小木柯有点反应不过来："……为什么受洗日我们就不会被带走？"

小白六："按照我对受洗礼的常规理解，我们在受洗之前应该是没有被抽血的资格的，因为我们在受洗之前是罪恶的，只有主的鲜血才能洗涤我们的罪恶。"

小白六说着说着懒懒地打个哈欠，他连续两天熬夜，实在是有些困了："而且你还没发现吗？这群'吹笛子的小孩'是在救人。"

小木柯一怔："救人？"

"是的，救人。"小白六又合上了双目，双手合十放在胸前，安详地躺着，像是下一秒就要睡着了，"它们身上带着输液管和输液袋，应该是从私人医院过来的，所以我猜测它们知道那边的那些绝症投资人下一步要抽哪些小孩的血，所以在带走那些被选中即将要抽血的孩子。"

"比如我们房间内的这个被带走的小孩，我看到今天白天的时候院长领他去登记了，说有'投资人'要领养他。"小白六很平和地说，"被领养之后会发生什么事情，我相信你在梦里都看得很清楚了，木柯。"

小木柯想到梦里的那些抽血酷刑，没忍住打了个寒战。

小白六毫无波动地继续说了下去："而也正是因为这个，如果我没有猜错，被带走的小孩先是在'笛声'的催眠下看到了他们未来可能会发生的事情，然后见到了这群样貌诡异的、和他们梦里被抽血之后一模一样的小孩。"

"那群'吹笛子的小孩'应该是对他们表达了他们是这个抽血的受害者，带他们到一个安全的地方，永远都不用回来，所以这群小孩才主动清醒地跟着这群样貌诡异的'吹笛子的小孩'走，还走得那么欢天喜地。"

小白六顿了顿："而我们的'投资人'已经放弃了抽我们的血，所以就算是在受洗之后我们也是安全的。"

"因为我们不需要拯救，所以它们不会带走我们。"

小木柯躺在床上，侧过身子看着似乎已经睡熟了的小白六，没忍住小声问了一句："……白六，你怎么这么确信你的'投资人'不会背地里偷偷登记，带走你然后抽血你？"

小白六呼吸声均匀，没有回答小木柯，好似已经睡沉了，小木柯哀愁地叹了一口气，嘀咕了两句"白六你这么轻信你的'投资人'，到底是谁比较天真"，然后他想着想着，忧虑地睡着了。

在小木柯即将睡熟的最后一刻，他半梦半醒间似乎听到了小白六很平静地回答："如果他骗我，我就杀了他。"

儿童睡房的黑夜中，还有两双眼睛僵硬地睁着。

小苗飞齿和小苗高僵浑身发颤地躲在被子里，他们听完了小木柯和小白六的对话，也看到了那个闯进来的，恐怖无比的"吹笛子小孩"，似乎是因为他们两个都是清醒的，那个吹笛子的小孩还在他们正上方盘旋了许久。

现在这两位还没有在游戏里历经各种恐怖事件的 S- 级别玩家的儿童吓得浑身冷汗，动都不敢动，归根究底这两个人在童年时也只是普通人罢了。

或许也不能算是普通人，毕竟也是长大之后有胆子做出杀母或者纵容孩子杀自己妻吃尸体的事。

但杀的是自己得了绝症的妈妈、老婆，一个毫无作用的女人，和自己被杀怎么能是一码子事呢？

小苗高僵衣服全是冷汗，只能维持勉强的镇定，被吓得够呛。

而小苗飞齿这个有恶胆子用开水烫死自己绝症母亲，喜欢吃小孩肉的人，那是完全接受不了自己也被这么对待的。一想到他未来要被抽血成那个干巴巴的只剩皮和骨头的样子，小苗飞齿吓得都快崩溃了，脚忍不住都抽搐了几下。

就算他用被子捂住了头，也还是发出了他极力压制但依旧能被听到的、受到惊吓的呜咽声。

听到睡房里传来略重的两道呼吸声和一点轻微的哭声，看似已经睡熟许久的小白六安宁的脸上忽然勾起一个奇异的微笑。

CHAPTER　29

周二早上六点十五分，白柳的电话准时响起。

"早安，投资人先生。"小白六很有礼貌地问好，"昨晚我发现了——"

"吹笛子的小孩？"白柳滑开系统面板，饶有兴味地反问。

《爱心福利院怪物书》刷新——畸形小孩（1/3）

怪物名称：畸形小孩（被抽血后狂暴版本）

特点：喜欢深夜出没带走小孩

弱点：？？？（待探索）

攻击方式：注射抽血（A+），电话定位（A+）

触发新攻击方式：吹笛小顽童，A级别技能，可用笛声引诱带走玩家的副身份线

恭喜玩家白柳集齐畸形小孩的攻击方式。

小白六那边一静，他没有问为什么白柳知道他们这边发生了什么，而是毫无波动地继续汇报："是的，出现时间大概是在凌晨两点，是以睡梦催眠的模式，让受害者能看到投资人在未来抽自己的血……"

白柳安静地听完小白六的汇报，若有所思："看来畸形小孩和你们是一方的，也对，你们都属于受害者，那每天晚上追你们的畸形小孩估计和这个吹笛子的小孩一样，就算是让你们失踪，但主要目的还是带你们走把你们藏起来保护你们，其实是为了不让我找到你们。"

但被藏在什么地方……一群鬼小孩能把一群真小孩藏得让活人完全找不到，那藏在阴间还是阳间就不好说了，白柳觉得被这群小孩带走的小孩的结局可能是另一种层面上的死亡，只不过是安乐死。

按照《花衣吹笛人》那个带走小孩的桥段来看，小孩应该也是被淹死的，只不过是快乐地在笛声中死去。

小白六的观点和白柳的一致，他冷冷淡淡地说："我不觉得是保护，应该也是死亡，如果每晚都带走孩子，如此大数量的小孩我不觉得你们这些很有钱的'投资人'会找不到，我也不觉得一群死亡的小孩可以安置好另一群小孩。"

"是的，不过的确也有可以利用的地方。"白柳眼睛眯起来，"这群吹笛子的小孩应该是知道怎么从你们那个全封闭式的福利院跑出来的。"

小白六又是一静："你需要我逃离这个'爱心福利院'？"

"对。"白柳说，"但现在的问题是，如果你跟着这群吹笛子的小孩跑出福利院，要怎么从这群小孩手里保护好你自己，而且你不光要跑，你还要带着其他人一起跑。"

白柳的手指在床边轻轻敲了两下，他眼神里藏着很多晦涩不明的情绪："这个所有人里面，包括苗飞齿和苗高僵，你要带他们跑出去，然后——"

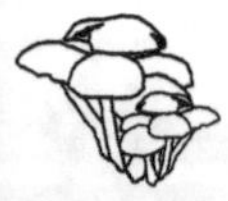

“做掉他们，然后取血给你对吧？”小白六声音无波无澜地补充，“这个没问题，我可以让他们跟着我走，但是得加钱。”

“一个人十万。”

白柳微不可察地一顿，他懒懒勾起嘴角：“成交。”

“但这个交易有两个要注意的核心点，如果你违背其中一点这项交易就作废。”白柳语调闲散地补充，“第一，核心任务是逃出去，但是首要保障是你的个人安全，其次是木柯和刘佳仪的安全，如果无法保障不要轻易行动。”

“第二点，杀死苗飞齿和苗高僵不是你的必须任务。”白柳垂眸轻声说，“如果可以，我希望你把他们留给我来，小白六，毕竟你才十四岁，我二十四岁了，或许比你更适合做这种事。当然，二十万我会照样付给你的。”

这次小白六静了很久，然后他的声音有一点真情实感的疑惑地问道：“十四岁和二十四岁来做这件事，有什么不同吗？”

“实质并没有没什么不同。”白柳顿了一下，“但我就是不想让你做，等你成年之后，能为自己行为承担责任了再决定自己要不要做一个坏人吧。”

“现在坏人让给我这个成年人来当吧，小朋友。”

等小白六那边挂了电话之后，白柳仰头看向他病房窗户外面暗无天日的环境呼出一口气，心想他真的是被陆驿站念出条件反射了。

刚刚一瞬间小白六说他要杀人，白柳第一反应就是自己在唆使未成年人犯罪，这是重罪，陆驿站最怕他搞这种，毕竟白柳的确很擅长，所以陆驿站每天念八百遍让他不要伙同未成年搞传销，搞得就算是在游戏内，白柳遇到这种情况也下意识地回避了一下。

不过他来的确更好，毕竟小白六那边的任务已经够麻烦的了，做掉小苗飞齿那两个人对于小白六一个小孩也不是什么很轻松的事情，小白六的核心任务是逃跑，最好就把这种容易在逃跑过程中出事的任务丢给他做比较合适。

早上九点。

病房里的广播通知所有病人都可以出来活动了，以及通知新病人去观看自己儿童的受洗礼。

系统提示：触发支线任务，得到儿童电话通知的玩家收到邀约，可前去爱心福利院观看自己的投资儿童受洗礼。

白柳现在在木柯的病房内，今天是受洗日，但"白柳"已经死亡了，要去参加受洗礼的五个"投资人"必然会少一个，白柳和木柯有一个要放弃掉这个支线任务，很明显是木柯放弃。

木柯精神状态很差，他连续两晚没睡都在记东西，而且又被吸血又是追逐战，还哭了一个晚上，所以现在这位小少爷眼睛肿得像条金鱼，呆滞地仰躺在床上不动弹。

这位小少爷其实也不是很喜欢这张湿黏的稻草床，但他现在实在没有精力来计较这些了。

很显然，这位用脑用眼过度的小少爷很需要休息，而白柳决定以"木柯"的投资人身份参加受洗礼。

但木柯需要休息是一回事，能不能休息就是另外一码事了。

他根本就睡不着，就算是已经累得连话都不想说了，只要木柯眼睛一闭上，脑子里就全是各种乱七八糟的画面和信息，因为各种过激情绪而一直保持活跃的大脑皮层让他头痛欲裂，就算是白柳把床让给他睡了，自己睡在地上，他也根本睡不着。

木柯见白柳从地上站起来准备出去了，木柯也挣扎着还想从床上爬起来，他有点担忧地看着白柳："要不还是我去吧，我毕竟是真的木柯，他们要是还有什么测谎的道具或者把戏，我上的话也能应付。"

"不用。"白柳整理好了自己的病号服，他昨晚睡在地上，用书垫了一下，睡得不算很好，脸色很疲倦。

白柳转头过来看床上的木柯："我有事情要交代给在医院的

你去做，也是只有你能做的事情。"

木柯一怔："什么事情？"

"我需要你帮我查一些人的病案资料。"白柳说。

这个副本的福利院的时间线是十年前，正好是现实中那些企业家投资那所儿童福利院，开始筹备第一批儿童入学的时间。

这两个福利院是同一个副本的两种表现形式，参照《爆裂末班车》和《镜城爆炸案》来看，虽然游戏副本和现实事件表现的形式不同，但核心事件一般都是相同的——很有可能这些重病企业家也对这些孩子做了同样的事情，抽取血液来养血灵芝治病。

但陆驿站查得人都要魔怔了也没有找到这些企业家对孩子下手的任何线索，毕竟已经十年了，很多能查到他们身上的办案线索已经彻底断了，那些被抽血的小孩多半也已经死了，要抓到一些蛛丝马迹相当困难。

还有一个就是白柳认为就算有线索，估计也早就被这些有权有势的人扫尾扫干净了，不然这群人不会放弃资助福利院，让这种自己犯过罪的地方脱离自己的掌控。

最后，白柳就算从这个游戏出去了，告诉了陆驿站福利院这个案子是怎么一回事，陆驿站也信了白柳这些怪力乱神的说法，但是没有具体的证据和线索，他们拿一堆享有盛誉的、名声很好的企业家也没有任何办法。

但白柳答应了要帮陆驿站查这件事，并且他也吃了陆驿站的报酬——他喜欢做交易有始有终。

游戏外做不到的事情，游戏内未必做不到；游戏外没有的线索，游戏内未必没有。

白柳看向木柯："木柯，等下我写几个名字给你，白天护士对病人的看管很松懈，你看看能不能混入她们存储病人资料的档案室，找出这些人的病案资料，然后帮我全部记住，尤其是他们使用的药引子的小孩名字，以及每次取血的时间，最好能全部记住，然后等我回来告诉我。"

　　病案资料相当繁复，还是好几个人的病案资料，要让其他人混入档案室还在不被护士发现的时间里记住这些信息，是很困难的事情。

　　但对于木柯来说这就是一件很简单的事情了，他不假思索地点了头："可以，你把病人名字告诉我吧。"

　　白柳说了几个名字，问木柯："记住了这些人的名字了吗？"

　　木柯点头，点完头之后他眉头微微蹙起，疑惑发问："这些都是现实里的企业家，他们应该是普通人吧？他们的名字怎么会出现在这个游戏里的档案室内？"

　　白柳垂下眼皮："他们可能不是什么普通人，在这个游戏里他们应该是怪物一样的存在，以及，如果可以的话，木柯，你尽可能地记住病案室里所有登记过的病人投资人的名字。"

　　木柯一怔："……要记全部吗？为什么？"

　　"一个开了十年，最近才开始渐渐没有投资的大型儿童福利院……"白柳微妙地停顿了一下。

　　"大型私立儿童福利院的投资耗费是很巨大的，如果背后没有一个规模相对较大的利益链条来支撑，我觉得不太可能维持这么长时间的多集团的无偿投资，除非是形成了商品产业链。"白柳冷静地分析阐述，"很明显，一个儿童福利院能提供的商品就是儿童，以及儿童的副产品，常规来讲我更容易猜测情色交易，但这里应该是血液。"

　　白柳的态度有种近乎不近人情的冷漠，他毫无感情地陈述："一个开了十年，一次可以入住几百个儿童的福利院里流通的儿童能提供的血液量……我觉得能救的人不止我说的那几个，所以我觉得在这所福利院开设的时候，排队等着的绝症病人也不止明面上那几个企业家。"

　　白柳用一种让木柯毛骨悚然的平静眼神看着他："如果我的猜测没错的话，那个档案室里的资料登记的，除了曾经登入过这个游戏的玩家……"

"应该都是在现实里吸过小孩血来治病的'投资人'。"

系统警告：玩家白柳谈论内容涉及游戏的核心，玩家白柳的小电视对这段谈话已做屏蔽消音处理。

木柯彻底蒙了，他有点回不过神来，手忙脚乱又脊背发凉地从床上走了下来："等等，白柳你的意思是——不，等等，如果所有病人的病案资料都要记，我现在短时间可能记不住那么多！我、我脑子不太好使了现在，而且你刚刚说的话到底是什么意思……"

"具体的我后面再和你解释。"白柳打断了木柯的询问，他淡淡地扫了惊慌失措的木柯一眼，"如果你记不住全部的，就重点记我那和你说的那几个，这种层级的犯罪，他们之间应该是有比较紧密的关系链，只要抓住几个，很容易拔出萝卜带出泥。"

白柳推开了门，他转头对有些呆愣的、坐在床边的木柯点一下头，神色平和："休息一下，我需要你时刻保持高精准度的记忆力，需要你记忆的信息还很多。"

"我不用休息，我睡不着，我现在就去帮你记病案……资料……短时间记不住，我多记一会儿就可以……"

说着说着，木柯缓慢地眨动了两下眼睛，他甩动了两下头，但他的头颅就像是突然变沉一样砰一声砸到了稻草床上，他呼吸有点急促地看着握着门把手居高临下地看着他的白柳。

白柳脸上什么表情都没有地看着倒在床上的木柯："你需要休息了，木柯。"

系统提示：玩家白柳对玩家木柯使用高强度可吸入安眠药。

木柯眼前一黑，他感到病房都在天旋地转，他艰难地挣扎着抬起眼皮，只看到白柳转身关上了门，消失在了他即将垂下来的眼帘之间，他伸出手想去抓白柳离开的背影，但只是手指动了两下，他不甘心地闭上了眼睛。

"我不要休息……我要做事……"

木柯在意识彻底消失沉入睡眠之前，听到白柳说的最后的话是："安眠药的效果大概到中午十一点半，那个时候护士在吃饭，档案室是无人的，你那个时候醒来比较合适。"

"好好睡吧，木柯。"

木柯在稻草床上蜷缩成一小团，他眼睛闭上，发出均匀的呼吸声，睡得很熟。

白柳看了一眼之后，转身把门反锁关上。木柯的精神太差了，从昨晚开始就一直处于一种受惊过度的状态，整个人就像是一只炸毛发抖的猫，无法好好入睡休息会很影响他的记忆力。

游戏里适合木柯休息的安全时间段也不多，木柯处于那种警惕过度的状态白柳是可以理解的。

只有今天，苗飞齿不在，白天护士巡逻的密度很高，怪物出来的概率很低，没有比现在更适合木柯全力休息恢复的时候了。

但白柳不在这一点会极大地剥夺木柯的安全感，木柯果然在白柳一站起来之后立马就从床上坐起来了，眼睛里全是红血丝也要跟着他，看样子完全睡不着，白柳干脆用药弄晕了木柯。

九点半，所有要去观受洗礼的"投资人"在医院门口集合。

游戏中央大厅，核心屏幕区。

苗飞齿和苗高僵的小电视位置因为在之前和白柳的对决中略逊一筹，这两人的小电视数据出现下滑，导致推广位都略有下降，从靠近"国王推广位"的位置滑到了核心推广位，而白柳的小电视排位略有上升，但他的小电视的数据还没有好到能冲到"噩梦新星推广位"上。

现在的情况就是两方人马在"核心推广位"上相遇了，白柳还略占上风，他的推广位刚好位于苗飞齿父子的正上方。

同处一个推广位附近的玩家观众流动量是很大的，因为观众可以互相看见对方的情况，当有玩家表现得出色的时候，他的小电视的观众就会欢呼紧张兴奋，虽然不同玩家的小电视观众之间互相听不见声音，但那种氛围很容易就吸引周围的观众，从而导致一方吸收另一方的观众，一个越飞越高，一个越跌越低，目前来说白柳和苗飞齿父子就处于这种僵持的状态。

而这种僵持的状态很容易造成观众流失。

但好在白柳这边的观众流失不严重，站在白柳小电视面前那些难得一见的大佬都没有走，王舜看这个情况不由得吐一口气——主要是白柳的玩法太要命了，那种胆战心惊一不小心就要翻车的玩法很勾人的好奇心。

有个排名第四的公会，卡巴拉公会的玩家高层对白柳哭笑不得地点评："真是吊人胃口，这家伙的玩法还是真适合'死亡喜剧'专区，难怪第一次就掉到那个地方去了。"

卡巴拉的公会高层头发上都会戴着一个生长树枝形状的绿色挂饰，非常好认，王舜一眼就认出来了，而头发上的树枝挂饰颜色越深的代表等级越高。而点评白柳的这位观众长发上的挂坠已经接近深绿色了，看起来是一位等级不低的公会高层。

"确实，我很少见到这种不要命的玩家了。"有一位穿着齐整的白色制服，制服的右边胸口上用金线绣了一把带着翅膀的七弦琴标志的观众颔首。

这位观众有一张英俊典雅的混血面孔和一头梳到脑后的灿金色头发，说话的时候神色有些漠然，王舜认出了这件制服是排名第三的公会，黄金黎明公会的联赛队员制服。

但这位观众王舜之前在赛场上没见过，而且他对这个公会的人员实在是有些脸盲，很多外国人，不过这位应该是今年刚入队的备选队员，和没死之前的张傀一个地位。

"不过白柳应该也很难处理这种情况，他现在算是走在钢丝上，只要走错一步苗高僵就会杀了他。"一位面色懒洋洋的观众点评道。这位观众穿着十分狼狈，衣衫褴褛宛如街上的乞讨者，在整个游戏里有这种装扮恶趣味的只有一个公会——排名第七的公会，天堂共济会。

这是一个非常奇怪的公会，这位公会的创始人是一个非常有钱的乞丐，已经死在游戏里了，但在他的精神影响下整个公会都是这种喜欢穿破烂衣服的奇怪画风——这公会的玩家名字出现得最频繁的地方是游戏内的"举报墙"上，每天都有玩家举报这个公会的玩家有暴露癖，衣着不整。

而这位刚刚发言的天堂共济会玩家观众衣着就在被举报的边缘，不过他并不在意，而是举起手指点点小电视当中的白柳，饶有兴味地说："所以说新人有光环是真的啊，这个游戏的小电视设计为了避免新人没有积分使用导致死亡率奇高这种情况，让新人可以及时使用观众打赏的积分购买道具使用。"

"而游戏一年以上的老玩家得到的小电视打赏积分会被转存到系统钱包中，只有在游戏结束之后，根据获得积分多少，按阶梯被扣除5%到20%不等的手续费之后，才能到直播玩家的手中。"

"而正在直播游戏中的新人，完全可以根据自己被打赏的积分多少来判断自己操作是否正确，而老玩家是没有这个福利的，他们只能按照自己的经验判断一直走下去。"这个观众继续说着，他挑眉，"但在这种僵持的情况下，这种新人光环是无效的，因为他得不到太多打赏。"

"而一旦发现自己操作失误导致打赏积分大幅度下跌，很多新人就会心态失衡最终走向死局。"这位观众目不转睛地看着小电视里的白柳，"你会怎么做呢，白柳？"

"你这个贫穷的、身无分文的家伙，会怎么走向下一步？"他若有所思，"苗高僵和苗飞齿在医院门口等着你交代'续命良方'，他们正在说，如果你不交代就杀了你。苗高僵并不是一个会随意容忍不稳定因素在自己身边的玩家，你会老实交代你好不容易得到的任务线索吗？"

小电视中的白柳目光低垂，他匆匆走过医院的长廊，往投资人会合的地方走去。

除了白柳他们这些玩家，还有一些其他的"投资人"要去观礼，只不过所有"投资人"都长得一样，如果不主动打招呼，站在医院门口还真认不出谁是谁。

但是苗飞齿和苗高僵还是很好认的，毕竟苗飞齿很喜欢把玩他手上那两把猪草刀，而一般站在苗飞齿旁边的就是苗高僵。

假装木柯的白柳走过去恭敬地打了招呼，而苗高僵一见他，就单刀直入地提起了"续命良方"的事情。

这个东西白柳瞒不住苗高僵，也不可能骗他们，因为必须要这两个人得到正确的"续命良方"系统才会说他们解锁主线任务，不然系统没有反应。

并且……白柳和苗高僵对视了一眼，这人还用一种审视的目光看着他，白柳需要在苗高僵这个人面前证明自己的价值。

白柳干脆地把自己撕下来的书页递给了苗高僵，但里面还混杂了一些其他的书页作为混淆信息。

苗高僵和苗飞齿一目十行地扫完了之后，这两人的面部顿了一下，应该是弹出了系统面板解锁了主线任务，苗高僵对白柳的脸色缓和了一瞬："的确是'续命良方'。"

但就算有混淆信息，苗高僵也很快理清了整个"续命良方"，他的脸色就沉了不少："但是要我们杀死小孩取血，要是这样做的话，要削掉我们一半生命值。"

"老二级游戏玩法了，就是强制吃掉玩家总生命值的一半。"苗飞齿用小拇指掏了掏耳朵，很不以为意，"我也看我那个小崽子不顺眼，又麻烦又没有作用，之前还一直盯着我吞口水一副想吃我肉的样子，恶心死了，弄死就弄死吧。"

"还有那个小白柳。"苗飞齿摩拳擦掌，他舔了一下嘴皮，露出一副很明显的垂涎样子，"这个游戏设计弄死小孩这点挺符合我心意的，我就是喜欢弄死小孩然后吃他们身上的肉，血抽出

来之后我可以吃皮肉，不浪费，正好。"

"但最好不要今天动手。"苗高僵警告地看向苗飞齿，"你的体力槽至少还有一天才能恢复到可以用体力恢复剂，如果今天白天动手，你会被卡技能卡得很严重。"

"啧。"苗飞齿斜眼扫了苗高僵一眼，"我知道，但是就算这里的怪是 A+，你也不用这么紧张吧，我们三级游戏都玩过多少次了。"

苗高僵温言劝了苗飞齿几句："小心为上。"

苗高僵警惕性太强了，没有百分之八九十的把握不会轻易行事，之前他拿到了白柳的那些东西里是包括积分的，这家伙因为警惕里面藏着白柳的交易寄托物品，没有直接收入系统包裹，而是用布包了起来——用的就是上一场游戏杜三鹦用过的那个布料类别的道具"虚伪的布料"。

这个布料系统给的道具解释是"虚伪的真实"，也就是实际存在但又不可触摸的布料，这东西包住的东西并不能算是玩家直接拥有，所以白柳的交易技能是不成立的，因为另一方玩家并没有"得到"交易物品，就好像是淘宝买家那个已购买但是未收货的状态。

而且苗高僵会有意规避白柳用祈使句和他说话，他非常小心，任何白柳用疑问语气和他说话的结束句，都会被苗高僵不动声色地点回去，白柳试着和苗飞齿套了几次话，也被苗高僵挡了。

白柳到现在有点明白苗高僵人气投票里面那个"心细如发，城府深沉"的标签的意思了。

苗高僵的确是非常难对付的一个对手。观察力太到位，细节做得太严密，就算是白柳现在占了先手，他也找不到苗高僵的可以钻的空子。

在几次套话不成之后，白柳在苗高僵越发狐疑的目光下不得不装老实地闭上了嘴。

只能再想想其他办法了。

等到差不多十点，福利院昨天领他们这些投资人过来的那个院长就过来了，同样也是这个院长领他们去福利院观看受洗礼。

从昨天他们过来的路径过去，又从白柳登入的那栋教室后面向后走，能看到一座规模很大，建筑都很完善的教堂，这是现实里的那个福利院因为资金窘迫而缩减了几次规模之后没有了的建筑。

这是一座很典型的教堂，尖顶纯白的大理石外表，底面雕刻了很多白柳不太了解的符文，他多扫了两眼，确定这不是《新约》或者《旧约》里的内容，是一种非常奇怪的符文祷告语，不属于白柳熟知的任何一种会镌刻在教堂墙壁上的文字，是扭曲又狰狞的象形文字。

最高的建筑上能看到很多壁龛里有小天使，这些天使有真人小孩大小，样貌逼真栩栩如生，宛如是从真人的脸上拓印下来做的雕像，眼珠子大得出奇，好像下一秒就要从它们脸上滚下来一样，这些天使的脸部上都有奇异的深色纹路，就像是皮肤发皱隆起之后深色的血管，又像是被风吹日晒导致的面上的油漆剥落而出现的裂纹。

但这所教堂其他地方都很新，雕像不至于老化成这个样子。

白柳不动声色地收回自己打量的目光，跟在其他投资人后面进入了这所教堂。

教堂内部很宽敞，又高又宽，人的脚步在地上走着都能回荡出声响，光线从教堂两边高高的窗户直射进来，落在他们这些满脸都是死亡气息的绝症病人苍白的脸上。他们的座位正对着的是一个圣坛，圣坛上有一个一米多高的十字架，很常见的教堂装饰，但白柳眯着眼睛看了一会儿发现了不对。

他们做恐怖游戏的其实会经常使用一些宗教元素，耶稣被钉在十字架上受难的雕像图片白柳看了没有一千也有八百，但这个很明显不对劲。

这显然是一个逆十字，并且这个逆十字上钉的不是白柳印象中的耶稣雕像，而是一个青少年的雕像。

逆十字上的青少年看着比小白六大一些，他闭着双眼，双手双脚都被荆棘捆着，耶稣的十字相又被称为苦相，但这具十字相和传统耶稣受难像脸上苦痛的表情不同，他脸上没有任何表情，有种近乎纯真的漠然，似乎对于自己在受难毫无感觉。

木质的十字架上，荆棘从他脚踝和颈部缠绕而过，绕过脸部，白柳几乎能看到他的长睫在他被荆棘缠绕出伤痕的脸上落下的阴影——但这只是一尊纯白的雕像而已，没有这么细致地雕刻。

但就算没有被这么细致地雕刻，这依旧是尊很美的雕像。

四肢流畅优美，脸部的比例更是惊人地优越，他躺在逆十字生长出来的荆棘丛里，脸微微侧倾依偎在自己被捆绑住的手臂上，光线透过侧面的窗户落在他的宁静的睡脸上，在有些昏暗的教堂内氤氲出一种圣洁的光辉。

像睡着了的神明。

院长站在了雕像前面挡住了白柳观察的目光，她看着所有已经入座的病人，说：“今天，我们来这里，迎接新生，但受洗只是一个开始，教堂内禁止杀戮孩童，请各位投资人少安毋躁，要等到你们真的确认那是你想要的孩子，也确定那个孩子的确可以给你们带来新生之后，你们才可以带走他们。”

“不是所有的孩子都能带给你们新生。”院长用一种很深沉的目光看着座位上的人，她振臂高呼，“要血缘纯正的孩童才能带给你们崭新的生命！”

下面的投资人忍不住兴奋地附和：“崭新的生命！！”

白柳坐在苗飞齿苗高僵的后排，听到这句话，苗飞齿侧身过去和苗高僵抱怨了一下：“这游戏怎么还给小孩设立了安全屋，教堂内禁止杀戮孩童，要是等下抓的时候这群小孩全往教堂跑，多不方便。”

“正常，毕竟是二级游戏，总不能让你那么轻易就通关。”苗高僵思维清晰地分析，“但我觉得这游戏的关键还是一定要抓住自己的那个孩童，那个血缘纯正应该是这个意思，和我们流着

一样的血，应该只有符合条件的小孩做主要药引子才能浇灌出我们要的那个血灵芝。"

但苗高僵微微一顿，很快就补了一句："但按照二级游戏一贯的尿性，我觉得一个孩子的血应该不太能够救一个玩家，这样卡不住玩家的死亡率，保险起见我们多抓几个，一个玩家对应两个孩子，应该是差不多的。"

苗飞齿和苗高僵闲聊着怎么处置这些小孩，这两人从知道了"续命良方"之后，毫不犹豫就把孩童划分成了自己的敌对方，现在已经在聊怎么把幼年时期的自己抽血了，苗飞齿还嘻嘻笑着说要不在系统里买个超大号的榨汁机把这些小孩扔进去榨，会不会出来的血多一点。

白柳在后面默不作声地听着。

他倒是不惊奇今天"投资人"不能对小孩下手，按照那段歌谣和他对受洗的一贯理解，受洗之前的孩子是罪恶的、不纯净的，大概率是无法被抽血使用的。

如果今天就可以直接攻击小孩，苗飞齿和苗高僵这两个高危险的玩家来参加受洗礼，小孩又完全没有任何抵抗力，那么今天早上白柳就会想方设法让小白六带着其他人跑了。

很快院长在带领所有投资人念了几段祷告词之后，领着一堆穿着长到脚踝的纯白宽大衣袍、赤着脚的小孩进场了。

全场的投资人都轻微骚动了一下，他们一模一样的面孔上露出同样的表情。他们狂热又贪婪地打量着这些被院长牵到他们面前的、源源不断散发着生命气息的小孩。

这就是他们的新生。

就连懒懒散散靠在椅子上的苗飞齿也坐直了身体，他伸长头打量这些小孩的眼神就像是一个榨汁机在看即将进入自己内腔的水果，带着一种要搅碎他们的残忍的兴奋和贪婪，他鼻头耸动了两下，露出一副有点陶醉的表情。

"这群小崽子闻起来可真好吃。"苗飞齿宛如一头要进食的动物一样，他不停地舔着自己的嘴皮，死死地盯着走在孩子队伍里的小白六，"那个小白六，看起来皮子可真柔嫩，我很久没有一次性吃完一个小孩了，他说不定可以。"

小白六穿着拖到脚踝的宽大白袍，没有穿鞋，低着头看着自己手中捧着的燃烧的扁蜡烛，火光摇曳地照在他平静的脸上，他光着脚走在孩童队伍的最后面，在院长的指引下站在了台子上。

孩子们在院长的指挥下在台子上捧着蜡烛站成了一个横排，小白六缓缓抬眸，台下是很多张一模一样、瘦削苍白带着诡异的笑容在审视他们的"投资人"面孔，在孩子手中的烛火的摇晃下，这些人的面孔好像在高温的空气里变形扭曲，变成呐喊的形状，大张着口要向他们扑来。

站在小白六旁边的小木柯只偷偷抬头看了一眼，就吓得低下了头，而小白六依旧无波无澜地扫视着下面所有人，最终他的目光缓缓地定格在了白柳的身上，不再挪开——很明显他之前在这堆投资人里找白柳。

白柳略显诧异地挑眉——这小朋友，这下面所有的投资人都长得一个鬼样子，他是怎么把自己认出来的？

有人抬进来了一个浴缸，或者说一个长得很像是浴缸的东西，院长解释说是孩子们用来洗礼的坛子，里面被放满了晃荡的清水，周围还有一圈就像是洗不掉的、残留下来的血痕。

这个浴缸被放在这些孩子的面前。

院长站在所有的小孩面前，她举手做了一个手势，让所有的孩子仰头看向她。

她露出一个非常慈祥的微笑："好了，孩子们，我们唱一遍圣歌，然后开始挨个给你们洗礼，记得最后将圣歌加入自己的名字。"

参差不齐的小孩子的歌声响起，他们用童真又清脆的嗓音唱着，他们手上捧着的蜡烛火焰在他们天真的眼中跳跃出明亮的光。

"我们月曜日（周一）出生

我们火曜日（周二）受洗

我们水曜日（周三）结婚

我们木曜日（周四）得病

我们金曜日（周五）病加重

我们土曜日（周六）死去

我们日曜日（周日）被埋在土里

这就是我们的一生——这就是白六（每个孩子的名字）的一生。”

“非常棒。”在一首古怪的开场歌之后，院长打开了她手上那个登记的花名册，低头开始念上面的名字，“接下来我会让每位‘投资人’为自己的投资儿童洗礼。很简单，只需要将你的孩子浸入这个清水池，但清水只能洗涤完这些小孩从外界带来的细菌，哦不好意思，不是细菌，是我口误，是罪恶，清水对洗涤他们身上的罪恶还远远不够……”

院长抬起头，她的目光扫过所有的小孩，脸上的笑变得阴森刻薄：“在用清水洗涤完之后，你们可以取孩子一部分的血用来洗涤他们的罪恶，然后带走一部分血，去医院里鉴定他们身上是否还有其他的罪恶，如果没有，你们在周三就可以来带走，或者说，领养这些孩子了。”

白柳眼神微动。

难怪这里会有一个“受洗礼”这么不伦不类的仪式。

原来是这些“投资人”害怕这些小孩身体里有什么别的病毒，所以还要提前用这种仪式从精神层面上洗去这些福利院里的孩子身上的“疾病和污秽”，并带走一部分血液回去检查，从生理层面上确认这些小孩的血没有问题，比如有没有细菌或传染病。

这些“投资人”还挺讲究，他们从精神层面和生理层面上嫌这群从外界来的小孩脏，所以设定了这个冠冕堂皇的“受洗礼”来筛选福利院里的儿童的血液。

这相当于是一个“预匹配”的实验，等到“周三”就可以正式开始带走孩子了。

歌谣里的周三是"结婚"，而结婚也代表另一种层面上的"一对一"匹配。

面色狂热的投资人挨个上去将颤抖的孩子浸泡入水，然后又捞起来，捞起来之后旁边就会有人上前用输血袋给这群小孩抽血，投资人拿着一个装满血的输血袋、脸上带着满足的笑下来了。

很快就轮到了白柳前面的苗飞齿和苗高僵。

小苗飞齿一直在哭闹，是被不耐烦的苗飞齿摁进水里然后又摁着抽血的，脸都白了。小苗高僵也浑身发抖，但是要顺从很多，似乎意识到了反抗是无用的，他看着四周的投资人的眼中带着一股绝望的悲哀，颤抖地伸出手被抽血。

下来之后苗飞齿随手掂量了一下手里的血袋："差不多100ml，啧，要不是要拿回医院做检查，我都想来一口。"

苗高僵则是环视了一圈之后，下了结论："这群小孩和下面坐着的投资人是一一对应的关系，我们要是对其他人的小孩动手，这些病重的投资人就会没有小孩，很快就会因为无血病重变成 ICU 病房里的那种怪物，我们很有可能会被对应的投资人怪物锁定仇恨攻击。"

苗飞齿皱眉："那最好还是不要对这些 NPC 投资人的小孩下手，锁定仇恨跟着追的怪物最麻烦了，后期很容易偷袭和补刀我们。"

"而且我们本来就准备对玩家的小孩下手啊。"苗飞齿把血袋左右手抛着玩，眼睛盯着血袋里流动的血，"我要小白六，你要那个小瞎子吧，怎么样？还是把我们木柯的小孩留出来。"

说着苗飞齿他很随意地转头看了一眼坐在他们背后不声不响的白柳，笑嘻嘻的："作为木柯你告诉我们'续命良方'的回报，我们不动你的小孩，但如果要一个孩子以上的血才能通关，那你就自己想办法吧，小白六和那个小瞎子是我们的。"

"不过你还有别的办法。"苗高僵很虚伪地宽慰白柳，他拍

了拍白柳的肩膀，"你可以试着让儿童木柯一个人跑出福利院，只要他在逃跑的路上没有被任何一个怪物抓到，顺利跑出去存活下来完成主线任务，他成功了，你也可以通关。"

虽然苗高僵这样安慰白柳，但很明显苗高僵和苗飞齿觉得这样的方案毫无可行性。

这两个人一开始就完全没有把通关的希望放在小孩那边，因为成功的可能性太小了，这是一个二级游戏，要从一堆等级为 A+ 级别的怪物里成功逃出来，就连具有一定技能的 A 级别玩家都困难，更不用说是一群什么都不懂什么也不会的小孩了。

这是一个成功的可能性几乎为 0 的方案。

白柳低着头，假装瑟缩般抖了抖肩膀："好的，我会试试的。"

苗飞齿见白柳这样，不屑地嗤笑了两声，转过头继续玩他的血袋了。

在苗飞齿和苗高僵转头过去的一刹那，白柳的脸上恢复了平静。让小孩作为游戏的主体的确是非常冒险的一个策略，但这是白柳目前能计算出的，性价比最高，风险最低的通关策略。

虽然风险已经相当高了。

"木柯的投资人，请上来为你的孩童洗礼。"院长朗声念道。

白柳抬眸，他看向那个穿着白衣、脸上没有一点表情的小白六，他们隔着蜡烛的火焰，非常短暂地对视了一眼，小白六先别过了脸，他不习惯被人直视，白柳忽然勾唇微笑起来，那笑里有一种回忆般的懒散笃定。

——而十四岁的他，最擅长的事情之一，就是逃出福利院。

白柳款款上前，他现在的身份是小木柯的投资人，他要为小木柯洗礼，白柳在院长的呼唤和指导下站定在了小木柯前面。

小木柯紧张地吞了一口口水看向他，他把蜡烛递给了院长，对着白柳张开了自己的手臂，他的身体有些控制不住地颤。

小木柯的确很怕，他怕到甚至分不清面前这个不是他的投资人，毕竟都长得一样。

白柳按照院长的指示，他的手穿过小木柯的膝盖，把小木柯整个抱起来。

小木柯抱住白柳的脖子，他的恐惧从眼神和肢体语言里都可以表露出来，悬空的脚抖得非常厉害，脸煞白，白柳脸上什么情绪都没有，他并没有安抚小木柯，而是很平静地前倾身体，将怀里的小木柯浸入清水中。

小木柯缓缓地没入清水中，他害怕地紧闭双眼攥紧了拳头，气泡从他面孔前浮起来，他能感受到自己温热的眼泪融进了冰冷的水里，好像身体的热度都这样流失进了水里，变得冰冷起来。

我会不会死啊……小木柯有点恍惚地想，我的心脏好像……要跳不动了，感觉。

几十秒之后，白柳又把他抱出来，浑身湿透的小木柯大口大口喘着气，他嘴皮都青紫了，下意识地死死抱住了白柳的脖子，呛咳着吐了几口水出来，旁边等候着要给木柯抽血的人上前来，拔出针管的塑胶保护套露出尖利的针尖。

小木柯惊恐无比地疯狂摇头后退，他几乎要扯着白柳的衣服爬到了白柳的头上，白柳握住了他不断挣扎的脚踝。

白柳看向眼中泛出眼泪的木柯："你安静一点。"然后他抬头对那个抽血的人说："不用给他抽了。"

抽血的人和正在挣扎的小木柯都一怔。

院长问："投资人，你确定不取这个小孩的血？你带走他之后他有任何疾病影响你，我们不再对你负责。"

"无论他的血怎么样，"白柳抬头看向院长，他态度很平淡，"都不用取血检查筛选了，我确定他就是我要带走的小孩，我自己承担他有疾病的后果。"

湿漉漉的小木柯蜷缩在白柳的怀里，他怔怔地看着白柳，发尾还在滴水。

白柳低头看了怀里的小木柯一眼，放下了还没回过神来的这位小朋友，在小木柯耳边轻声说："跟着小白六离开这里，我不

会要你的血。”然后若无其事地拍了拍小木柯的肩膀，白柳起身下去坐回了原来的位置。

小木柯呆呆地从院长的手中领回了自己的蜡烛，站回了队伍里小白六的旁边。

很快，小木柯反应过来，他微微靠近了小白六压低声音快速耳语，语气还有点激动："小白六，他是你的投资人对吧！他真的和你说的一样没有要我的血！"

"我说过了。"小白六目光淡定地回复，"他是个不要命来救我们的、奇怪的投资人。"

但很快，小木柯惊恐地看向小白六："但是他是你的投资人，为什么给我洗礼？他给我洗礼那你怎么办？！"

"下一位受洗者，小白六，请小白六的投资人上前为他受洗。"院长看向小白六。

小白六顺从地低头站出队伍。

院长叫了两三遍，下面没有人应，忽然有人轻蔑地笑了一声，慢悠悠地站起来回道："院长，小白六的投资人不幸去世了，不如我来帮他洗礼吧？"

站起来的人是苗飞齿。

"不行，这位投资人先生，您已经为一个孩子进行过洗礼了。"院长摆摆头拒绝了苗飞齿，苗飞齿看了小白六一眼，舔舔嘴巴略有些遗憾地坐下。

院长走到小白六的前面，用一种像在看卖不出去的商品的晦暗目光打量着小白六，口中的话语却很怜悯慈悲："多么可怜的投资人，多么可怜的孩子，你被遗弃了，哦，当然，你来到这个福利院本身就代表你已经被你的父母遗弃了，但是现在连能发挥你人生仅有价值的，愿意带你走的投资人也在你受洗前夕抛弃了你。"

小白六低着头站着受院长的责骂，他漆黑的眼珠子看着自己手上捧着的蜡烛，火光映在他毫无表情的脸上，明明灭灭。

"你是个被神明遗弃的孩子。"院长装模作样地长叹，"你身上的罪恶无可比拟，所以神明都选择了让所有人遗弃你，你知道你自己错在哪里吗，小白六？"

"我想我不知道，院长。"小白六很平静地回答。

院长用一种很冷漠又森然的目光看着小白六，她义正词严地谴责他："孩子，你错在没有人愿意帮你洗去你身上的生来就有的罪恶，你需要独自完成受洗礼，你需要受到惩罚，你需要在这个池子里待很长时间才能洗清自己的罪恶。"

小白六被院长扯着推进了满是清水的坛子里，在小白六还没有站稳时，院长已经拿走了小白六手里的蜡烛，摁着小白六的肩膀让他坐在了坛中，院长面无表情高高在上地垂眸俯瞰小白六。

她一只手举着蜡烛，另一只手摁在小白六的头顶上，毫不犹豫地抓住了他的头发，把他往水池子里摁去："你需要被洗干净，我的孩子。"

小白六被摁入了水池中，他正面朝上被人完全浸没在了水面下，呛咳和窒息的下意识反应让他抓住这个浴缸一般用来洗礼的坛子的两边，但很快小白六就不得不松手让自己完全沉到池底。

抓住他头发不放将他往水底摁的院长温柔地笑了两下，她举起燃烧的蜡烛，垂下眼帘看水波下面的小白六："在这根蜡烛燃烧完之前，小白六，你不被允许离开受洗池。"

灯芯的光妖冶地跳跃了两下，蜡烛滴下了滚烫的蜡滴在小白六抓在池子两边的手上，类似于火焰灼烧般的刺痛让小白六本能地松开了原本就湿滑的坛壁。

清澈的水波在小白六的视野里晃荡着，他看到他正对面上方的院长温柔的笑脸在晃动的水面上，落在他眼中变得狰狞又可怖。

白色的蜡滴砸在水面上瞬间凝固，变成一块块宛如小孩被剥下来的指甲盖般的蜡状漂浮物，他的头发还被院长往下拉，小白六被迫扬起了颈部，因为缺氧胸膛起伏得很快，他像一只引颈受戮的、没有抵抗力的小动物，只是他的眼神是突兀的平静，平静得像是他没有被摁到受洗池水面以下。

他好像早就预料到了自己会经受这一切。

然后，在小白六氧气要耗尽的时候，他会抓住机会，用尽全力地撑起来冒出满是蜡滴的水面吸一口气，然后冒头的小白六又被院长迅速地摁下去，就这样一次又一次艰难地呼吸着，反复感受着好像下一秒就要死在受洗池里，那种即将窒息的、用尽全力从溺水中浮出的挣扎感。

小木柯看着都开始捂嘴眼眶泛红，苗飞齿看着受苦受难的小白六露出了仿佛是得到了愉悦的表情，他伸长脖子试图更近地去看被淹没在水下的小白六痛苦的面容。

苗高僵倒是不太喜欢这种折磨小孩的场景，这会让他想到苗飞齿绑架过的那个小孩，他微微侧过头拧着眉没有看，脸色有些发沉。

而白柳安静地在下面看着，他的眼神似乎有点恍然，又过分平和。似乎面前这个在淹死边缘的人不是十四岁的他，也不是他在这个游戏里唯一的通关筹码。

久远的记忆就像是竭力地从水下冒头的小白六一样，从他蜡封的海马回中浮出。

白柳很讨厌水，因为他曾经也像小白六一样因为犯错而被这样惩罚过，好像也是十四岁吧，白柳记不太清了，人类都会本能地遗忘让他们不适的记忆。他做了一些错事，他拿了一个成年人的钱，答应了帮对方做一些事情，就像是小白六这样。

然后很快这个事情就被福利院的其他小孩告发了，那个福利院的院长惊慌又恐惧地看着他，就像是他做了什么十恶不赦的事情一样，当然白柳，那个时候他还叫白六，平时就因为自己"上不得台面"的血腥的各种爱好被院长和老师们所畏惧议论着。

她们看着白柳的眼神，就是那种"啊我就知道，你终于做出了这种事情"的厌恶又害怕的眼神。

说实话，白柳享受这样的眼神，但很快他就受到了惩罚。

白柳眯着眼睛，有些迷蒙地回想着。好像是把他的头摁进什么东西里，他不太记得了，总之就是满是水的一个容器里，一边打骂他一边尖叫着叫他下次别再这样做了，他躬着身子呛着水，柔顺地同意了。

但是那些惊慌失措的老师就像是好不容易抓到了机会惩治他一般，她们并没有简单地放过他这个她们口中的小恶魔，又轮番淹了他一会儿，才精疲力尽地尽兴而归，好像是教育了一个迷途知返的杀人犯般兴致勃勃地离开了。

同样被淹了一个下午的陆驿站喘息着躺在地上，他旁边躺着被淹得奄奄一息的白柳，或者说是白六——他那时还没有改名字。

陆驿站这位举世罕见的大傻子，在老师接到其他小孩的告发之后，逼问到底是谁干了这种坏事的时候，站出来替白柳背了锅，主动承认是他干的，请老师罚他——这货甚至都不知道白柳干了什么，特别爽利地就帮白柳背锅了。

但可惜的是陆驿站这蠢货一片自我奉献式的好意并没有得到一个完美的结局——告状的那个小孩咬死就是白柳做的坏事不放。

最终的结果就是白柳和陆驿站这个帮忙遮掩但其实什么都没干的"共犯"，都被老师狠狠惩罚了。

就算都被罚，陆驿站是个出了名的乖小孩，老师们都很喜欢，所以他本来不会被惩罚得这么厉害，但他不肯走，老师要罚白柳多久，他一定要留下来陪着白柳多久，这位老实憨厚的乖孩子眼睛发红地蹲在白柳旁边，像一头拉不动的顽固小牛，谁来让他走都不走，也不反抗，也不骂人，也不阻止老师折磨任何人，就是不走，就直勾勾地盯着被淹得直呛咳的白柳。

白柳被摁进水里，陆驿站就把自己的头埋进水里，去看水下挣扎的白柳，着急地说马上就好了，你再坚持一下，马上就完了。

我在的，白柳，陆驿站在水下就像是在嘶吼一样说，我相信你什么坏事都没有做！

白柳在水下看着陆驿站那张在水里焦急发慌地对他说话的脸，气泡咕噜咕噜地从陆驿站嘴巴里冒出来，白柳被折磨得有点

想笑，他也的确笑了——他其实根本听不到这傻子和他说了什么，也搞不懂这个傻子对他毫无根据的信任从何而来。

如果白柳那个时候还有力气说话，他一定会告诉陆驿站，蠢货，我真的干了很坏很坏的事。但可惜他没有力气了，他被淹得快死了。

陆驿站这倒霉家伙最后和白柳承受了差不多的苦头，正一边呛水一边从地上爬起来，他跟跟跄跄地上前，想把同样浑身湿透躺在地上喘气的白柳扶起来。

然后就像是脑子发抽一样，陆驿站突然蹲下来直勾勾地看着白柳，问他，你要不要换一个名字，告诉她们你改头换面改好了，再也不会用"白六"这个名字和人接头做坏事了。

她们以后或许就不会这样惩罚你了——陆驿站非常异想天开，在白柳眼中非常愚蠢地提出了一个完全没有任何建设性的建议。

这不是他第一次做这种白柳觉得脑子进水了的事情了，事实上陆驿站这家伙常常有这种毫无根据的想法——比如一定要和他做朋友也是。

躺在地上的白柳眼珠子转动了一下，他被陆驿站扶起了一只手臂，转过头用被水打湿淹没过的眼睛望着这个满含期待地看着他的陆大傻子，湿漉漉的头发滑下来，盖在了白柳的眼前遮住了他的眼睛，他很突兀地捂住自己的肚皮笑了起来，也不知道在笑什么，也不知道为什么想笑，总之他就是很奇怪地、很大声地在被自己身上的水染湿的地面上笑着。

一边笑一边蜷缩呛咳吐着喉咙里的水，吐完之后，白柳又变得十分平静，看向被他笑得有些发愣的陆驿站，他淡淡地说，好啊，你说要改，那我改一个名字吧。

圣坛上小白六的受洗，或者说受刑终于结束了，院长终于松手让小白六从池子里出来了。

在教堂是不能屠戮孩童的，所以白柳并不担心院长会直接淹死小白六，她只是在惩罚小白六这个没有投资人愿意要的孩子。

因为受洗也是这群小孩的任务之一，做不到会受到惩罚是很自然的事情。

小白六猛地从池子里冒出来，趴在池边呛咳了好几口水，他抬手擦了擦自己嘴边的清水，摇摇晃晃地从坛子里爬出来，很快小白六就从一种要被淹死的窒息状态里恢复过来，这位差点被人当众淹死的小孩什么反应都没有，就像是习以为常那样，很淡然地从院长的手中接过已经燃烧完毕的蜡烛，他很礼貌地对着掐着自己的脖子让自己受洗完毕的院长鞠了一个躬之后，站回了队伍。

长久的缺氧让小白六的脸颊上弥漫开红晕，眼睛也因为生理性泪水湿漉漉的，他的头发黏答答地贴在脸的两旁往下滴水，原本宽大的白袍现在因为湿透全贴在他的身上，这让他看起来瘦又小。

小白六低着头捂住口鼻克制地咳了两声，眼眶泛红。

看着……有点可怜。

背后的逆十字架上原本沉睡得很安宁的雕像不知道什么时候皱起了眉，原本散开的手指微微并拢，好似被小白六的呛咳声打扰到一般，而他身上的荆棘也缠绕得更紧密了。

小白六受洗之后过了几个小孩，轮到刘怀上前给刘佳仪受洗。

刘怀替刘佳仪洗礼的动作很轻，刘怀也没有舍得让刘佳仪在水里待很久，很快就捞出来了，刘佳仪也很乖，她还主动伸出手卷起衣服让那个人帮她抽血，被刘怀有些哭笑不得地制止了。

他最后在刘佳仪的额头落下了一个很珍惜的吻，拒绝了那个人取刘佳仪的血，在刘佳仪有些迷茫的表情中默默地回到了下面投资人的座椅上。

刘怀坐得离白柳他们比较远，坐在后面，他没有听到苗飞齿和苗高僵聊的要对刘佳仪下手的话，但他大概能猜到这两个老玩家的做法，刘怀神色紧绷，远远地看了白柳一眼。

"今天的受洗礼就到这里，请各位投资人到福利院的食堂用餐，休息一会儿。"院长带着宛如商场开场营业般的微笑招呼着，"下午我们受洗过的孩子将为你们献上纯净的歌声，用一场合唱

表演来庆祝我们的相遇，表演地点在教堂前面，表演时间下午三点到七点，请各位投资人准时到场，聆听欢唱。”

白柳低头看了一眼时间，现在是十一点四十分。

躺在稻草床上的木柯猛地睁开了眼睛，他迅速地爬起来看了一眼时间——十一点四十了，他从白柳离开之后睡到了现在！

木柯有点懊恼地咬咬牙，他是真的觉得自己在浪费时间。一个档案室的内容，他半天不一定能记完，也不知道苗飞齿什么时候回来，他越早混进档案室去记东西是越好的。

但白柳让他睡觉的效果很明显，木柯精神状态肉眼可见地好了很多。

一早上安全无忧的睡眠让他彻底放松下来了。木柯下到一楼，果然大部分的病人和护士现在都在一楼的食堂用餐，没有出来用餐的病人就是早上被护士送过药的病人，现在正房门紧闭，木柯路过的时候，贴近房门都能听到这些病人的房间里传来那种咯吱咯吱的、隐隐约约的大口咀嚼声——这让木柯想起了那天晚上大口吃血灵芝的那个怪物病人发出的声音。

木柯默默地离门远了一点，他记得整个一楼的布局。病案档案室在护士值班室的后面，想混进去就要在护士值班室没有人的时候——比如现在，或者早晚交班的时间点。

木柯左右打量了两眼，确定没人之后，深吸一口气蹿入了病案档案室，结果一进入他就倒抽了一口冷气。

“好……”木柯愣怔地看着满是灰尘的档案夹，有点欲哭无泪，“好多！怎么这么多！比昨天的书还多！”

他久违地又有了考试前夕争分夺秒复习功课拼命记东西的感觉。

木柯拍了拍自己的脸，他冷静下来抽出了一本档案，打开开始记忆：“姓名，王国强，于 200X 年捐赠一百七十万给《爱心福利院》，与其‘结婚’的孩童是……”

CHAPTER 30

下午三点。

教堂前面的孩子推推搡搡地站成一堆，而投资人坐在小孩们摆放在草地上的座椅上，院长还给他们投资人发放了节目单——这所福利院的所有孩子都要分批给他们表演，都是合唱节目，有些还不止唱一首，唱完还要合影，所以才会持续四个小时。

这种费尽心思讨好投资人的操作白柳并不陌生。他所在的福利院在遇到领导来的时候，也会领着一群小孩装模作样地出来表演，所有老师都绞尽脑汁地让这些小孩表现甚至是表演得很喜欢来访领导，恨不得从头对着这些领导唱到尾，因为老师说唱的就是会比说的好听。

这种做法本质上没有错，是为福利院谋取更多利益的手段，但一般来说这个利益白柳享受不到，所以白柳通常都觉得自己就像是马戏团里被牵出来耍杂技的猴，还是拿不到钱的那种猴。

不过白柳没想到他自己还会有被福利院里的孩子唱歌讨好的一天，实在是种新奇的体验。

白柳翻了翻放在自己腿上的节目单——《快乐日》歌曲，由新受洗的小朋友为大家奉上。

小白六站在角落，他换了一身衣服，脸上被化了很艳俗的妆，脸蛋红彤彤的，额头上还点了一个红点，他的发尾因为受洗还在滴水，站在后排目光有些懒散不在意地随意哼唱着歌，显然是在偷懒。

"快乐日，快乐日，神明救我，使我欢乐。

赎罪宝血洗我罪恶，生命活水解我干渴。

快乐日，快乐日，神明救我，使我欢乐。"

这歌曲讨好的意思太明显了——这是这群"投资人"的快乐日，而不是这群小孩子的。

歌听了没一会儿，白柳就兴致缺缺了，坐在前面的苗飞齿和苗高僵两个人干脆就抱胸打起了瞌睡，但苗飞齿手上还握着刀，苗高僵也没有完全睡着，这两个老玩家都还保持着一种基本的警惕，但这无疑是一场冗长乏味的表演。

除了坐在后排的刘怀看得目不转睛，他眼神一分一秒都没有从刘佳仪身上移开过，颇有一种看一眼就少一眼的悲哀之感。

四个小时里，苗飞齿已经抱怨了好几次怎么这么长，能不能直接开始屠杀小孩。

但对刘怀来说，这四个小时又太短太短了，他仰视着那个额头上点着小红点，在轻轻摇晃着身体唱歌的刘佳仪，忽然低头擦了一下眼睛，但很快他又抬起了头，刘怀不想浪费任何一秒可以看刘佳仪的时间。

不过或许刘佳仪永远都不会知道刘怀这样看过她了，她现在还看不见。

等小白六他们唱完下去之后，按照节目单他们下一场节目还有十五分钟才开始，白柳起身绕过座椅准备向教堂里走去，仿佛在假寐的苗高僵瞬间就睁开了眼睛，他斜眼看向白柳："你要去干什么？这才唱了个开头。"

"去找我的小孩，看看能不能教他逃出去。"白柳说。

苗飞齿意味不明地嗤笑了一声："欸，你就让他去吧，人家唯一的通关机会。"

苗高僵迟疑了几下，最终还是让白柳走了，这里就在教堂前面，白柳就算想要提前偷袭他们看上的小孩也是不行的，因为这个教堂禁止屠戮小孩，这也是他们现在都还没有动手的原因。

当然苗飞齿还没恢复的体力槽是他们现在还没动手的另一个原因。

白柳对苗飞齿他们点点头，往小孩退场的教堂里走了，苗高僵看着白柳的背影，眼神又沉又阴郁："我始终觉得这个木柯不对劲。"

"你有点烦人了爹。"苗飞齿懒骨头一样贴在座椅上，他侧过头看向苗高僵，"面板你也查看过了，电话你也听过了，这个木柯绝对就是个普通玩家，面板都没有超过 B，游戏次数也才两次，就是个纯新人，应该是倒霉，进来就被白柳给控制了，我们杀死白柳他正好就解除控制了，你说说，他到底有什么地方不对劲？"

"他道具栏里有一个破键盘。"苗高僵眉骨很低，这让他皱眉的时候眼睛和眉毛聚得很拢，看起来有种阴狠的戾气，"我记得我两次查看他的系统仓库的时候，那个破键盘上掉落的键帽不一样。"

苗飞齿听到苗高僵这样说，也撑着椅子坐直了，苗高僵心思很细，他总是能注意到一些常人注意不到的细节，也擅长怀疑细节和利用细节，而苗飞齿和苗高僵合作这么久，知道苗高僵这种怀疑一般不是无的放矢。

苗飞齿被苗高僵一提醒，挑眉问道："爹，你的意思是，有人通过键盘在和木柯交流？你还记得木柯的键盘上掉落的是什么键帽吗？"

苗高僵眉头越锁越深："问题就在这里，我对键盘的排布不熟悉，我只能意识到键盘上空着的位置变了，但具体是什么位置、对应的是什么键帽，因为我只是扫了一眼，其实我记得不太清楚。"

"通常来说，系统背包只能自己一个人查看，木柯一直都和我们在一起，不太可能把键盘递给某个人然后又拿回来，并且这样的交流方式风险太大了。"苗高僵语气沉沉，"我觉得更有可能是有人和他共用了系统背包，如果有人的技能是可以和木柯共用系统背包，那这套交流方式就是行得通并且极其隐蔽的。"

苗飞齿沉静了一会儿，在场上他们不清楚个人技能的玩家只有一个。

"你的意思是，白柳没有死？他的个人技能不只是控制，还有这个共用系统仓库背包？"苗飞齿表情也瘆人了起来，眼睛眯成了一条细缝，"木柯是他打入我们这边的棋？还在不断用键盘和白柳交流着？"

"但这只是我的猜测。"苗高僵顿了顿又看向脸上已经出现凶相和杀气的苗飞齿，"木柯一个 C 级面板的玩家，你什么时候杀都来得及，最好不要冲动行事，因为你现在在应援季，贸然杀死一个投诚了你的普通玩家对你的声誉没有好处，会影响你的支持率。还有很重要的一点……"

"共用系统背包这个技能已经是'规则技能'的范畴了，这需要侵犯系统权益才能做到。"苗高僵双手撑在膝盖上，深思，"目前游戏内也只有几个人的个人技能是'规则技能'，我觉得白柳的个人技能是'规则技能'的可能性不大，因为如果他真的有'规则技能'这种 bug 级别的个人技能，完全就可以像红桃皇后那样直接靠技能钳制我们，不需要这么被动。"

"但也不能完全排除这个可能性，毕竟白柳是一个新人，使用不好自己的个人技能也是有可能的，再看看吧。"

苗高僵看着白柳进去的教堂，眼神阴鸷："等你恢复了，他真露出马脚，再杀他也不迟。"

此时的白柳走到后台，小木柯和小白六正面对面地坐着，正在用纸巾蘸水擦拭脸上化妆的痕迹，见白柳进来了，小木柯还警惕又恐惧地后退了两步，他没认出这就是之前给他洗礼的白柳。

倒是小白六面不改色地扫了他一眼，站起来轻声说："这里不适合说话，我们换个地方。"

小木柯瞬间意识到这就是小白六那个给他洗礼的"投资人"，他略有些尴尬地点头问好，然后小白六拉住白柳的手把他带走了。

小白六把白柳带到教堂后面的杂草丛生的小树林里，白柳靠在墙面上，低头看着站在他面前还在执着地擦自己脸上腮红的小白六，这小朋友擦得又狠又认真，他似乎不太喜欢化妆品的味道，皱眉把自己的五官都擦变形了。

白柳很自然地拿过了小白六手中湿透的卫生纸，蹲下来给他很仔细地擦拭起来。

"你那样擦是擦不掉的。"白柳用一点卫生纸，反复点摁在小白六的眉心，"口红你那样擦会被擦得整个额头都是。"

小白六面无表情地被白柳摁住肩膀擦额头："你很懂怎么用口红嘛，自己经常用？"

白柳假装没听出这小朋友言语中暗含的讥讽："我之前也被这样化过妆，和你差不多的场合。你是因为我没有给你洗礼而导致你被院长惩罚而生气吗？"

"不算生气，只是觉得自己被耍了而已。"小白六看着白柳，嘴唇抿了一下，抬眸看向白柳，"但因为这个，你得给我——"

"好的，我知道，加钱是吧？好的，随便你开。"白柳前倾身体，凑近去擦被小白六胡乱擦到眼尾的红色口红印迹。

白柳凑得很近，呼吸平稳地喷洒在小白六的皮肤上，眼尾垂下来有种专注地在呵护一个人的错觉："别动，你这里还有一点，院长那样说你，你真的没有生气？被父母和神明，还有我这个投资人抛弃的孩子。"

小白六屏住了几秒的呼吸。

很快他就侧过脸不去看白柳，语气很平静："我没有生气，毕竟院长某种程度上也没有说错。"

"也对。"白柳擦完站了起来，他现在这个投资人的身体非常细长，站起来之后几乎可以用俯瞰来形容他看小白六的样子，"神明的确没有眷顾过你，因为你是个从来没有相信过神明的坏孩子。"

小白六仰头看着他，眼中赤裸裸地写着"那又怎样"。

对，他就是天生的坏孩子，就是不相信神明，所以那又怎样。

"我也一样。"白柳轻笑。

他好似随意地，开玩笑一般揉了揉小白六的脑袋："你要不要改一个名字，万一改了名字，神明就眷顾你了呢？我当初改了名字之后，的确运气变好了一点，当然还是很差。"

"神明是看名字来眷顾人类的吗？"小白六面无表情地吐槽，"那神明也太愚蠢了吧……"

白柳从自己的脖子上解开一个挂坠，那是一个被他用绷带和碎裂的鱼鳞包裹住的硬币，白柳俯身把这枚硬币挂在了小白六的脖子上："这是我所有的财产、技能，我在这里所拥有的一切，可以说这是我把灵魂贩卖得到的产物，我能拥有的最昂贵的，也是我最珍惜的东西。"

"现在我把它给你，从此以后你就是我，你拥有我的技能、金钱，很抱歉刚刚让你一个人受洗。"

系统警告：玩家白柳是否将系统移交给自己的副身份线？移交之后玩家无法再使用任何面板中的技能积分，与游戏中的 NPC 人物无异，游戏生存率将大幅度降低。

白柳："确定。"

白柳闭上眼睛弯下身子抱住了有点发怔的小白六，他纤细高瘦到有点诡异的身体弯成一个佝偻的弧形，就像是年迈的人在拥抱自己的亲人，他微笑着："但我觉得，从现在开始，你也算是得到神明的眷顾了。"

眷顾小白六这个坏孩子的是这个不知道从什么地方冒出来的奇怪的投资人，而不是什么被缠在逆十字上无法动弹的神明。

如果有神明，那也是他自己。

小白六被抱在白柳的怀里，他张了张口，想说什么，但最终什么都没有说出口，只是安静地接受了这个拥抱。

虽然他觉得这种肉麻的肢体接触有点恶心。

但他的投资人先生是给了钱的，所以小白六决定忍耐这位有点恶心的投资人先生。

"给你的这个硬币非常重要，你一定要好好保管。"白柳松开了小白六，"如果你被杀死了，这个硬币会掉落出来被别人捡到，那可是一件很恐怖的事情。"

白柳笑着用细长的手指点了点小白六胸口的硬币："因为我见不得人的秘密和灵魂可都藏在里面。"

"你刚刚那样问我，你是想要我改名字吗？"小白六握住自己胸前的硬币，突兀地开口道："先说好，我不接受大幅度的改动，但作为你慷慨给予我金钱的报酬，我愿意满足投资人先生你的个人恶趣味。"

"陆驿站，我可以改名字，但我不喜欢大幅度的改动，你有什么推荐的吗？"

白柳眼神顿了顿，他轻声说："白柳怎么样？"

"白柳？"小白六疑惑地反问，"哪个白，哪个六？听起来和没改一样。"

十年前的陆驿站眉眼弯弯地看着白柳，说，叫白柳怎么样？

白柳有点无语地说，听起来完全根本没变，改动有什么意义吗？

陆驿站说有意义啊，这是个好名字，这两个字都很好，白柳问他好在哪里。

陆驿站摸摸白柳的头，他笑得晴朗又天真，说："因为是白天的白，柳暗花明的柳，从此以后，你就会进入柳暗花明的白天了，白柳，你以后一定会更好的。"

十年前的白柳静了一会儿："你可真是无聊，陆驿站，玩这种字眼游戏。"

白柳摸摸小白六的头，笑起来，就像是陆驿站曾经笑的那样，眼中带着茂盛生长的天真和不知道从什么地方来的自信，和着教堂背后孩子们清朗的合唱声和夏季野草丛中的风带过来的清爽味道，小白六眼中那张奇异的"瘦长鬼影"般的脸上，显出一种很真诚的，好像是祈祷一般的微笑弧度。

他轻声说："你的名字是白天的白，柳暗花明的柳。"

小白六静了一会儿，他别过头："无聊的字眼游戏。"

"那你改吗？"白柳问。

小白六："改，你给钱了。"

"你以后就叫白柳了。"白柳顿了一下又说，"我的欺骗手段很有可能暴露了，很有可能今晚就会死在我的对手手里，你是我唯一的希望，所以我把所有的东西都托付给你，你一定要活下去，白柳。"

白柳很清楚他面对的是两个打过联赛的老玩家，苗飞齿稍微冲动一些，但苗高僵的警惕性是很足的，所以白柳才会做"三层纸杯"。

但"纸杯"毕竟只是纸杯，纸是包不住火的。

在未来会产生大面积玩家冲突的前提下，木柯不可能一直躲着，而木柯一旦出现，那么白柳之前准备的那个他和木柯置换的方案很有可能就会露出破绽，暴露出他和木柯是合作关系，并且还存在暗地里的联系。

　　而从苗高僵今天对他的态度来看，多半是已经发现了什么不对劲的地方——比如木柯背包里那个键盘。

　　白柳在制订计划的时候就预料到了这一步，因为木柯的面板暴露无可避免，那么这个系统背包里的交流道具也是一定会暴露在苗飞齿和苗高僵的视野里的，所以他才选择了用键盘这种相对不直观，也不容易引起注意力的方式来交流。

　　木柯和他用键帽交流，白柳就已经是抓住了苗高僵这个智力值比较高的中年男人很可能对数码工具认知不够的知识空隙了，但苗高僵也不可能全无察觉。

　　苗高僵两次查看木柯的面板，这两次键帽上的空隙都不一样，因为都处于单边等待对方回消息的间隙——这是两个人共用系统背包里的道具交流无法避免的一个漏洞。

　　苗高僵多半已经意识到这个键帽的空隙在不停改变，但是由于对这一块知识的匮乏，苗高僵就算是拿到了键盘，也不能很清晰地了解到他和木柯到底交流了什么信息——这也是白柳选择键盘作为交流道具的原因之一。

　　那么很明显，他对于即将进行抢夺战的苗飞齿和苗高僵而言是一个不稳定因素，这种不稳定因素在一个很吃生命值的二级游戏里是很致命的，为了确保成功通关，更为保险的做法当然就是直接做掉他，所以白柳推测自己的死期应该很近了。

　　在这之前，白柳觉得有必要将自己身上最有价值的东西移交给小白六。

　　也就是这个中间被掏空的，破损硬币状的游戏管理器。

　　白柳教导了小白六具体的游戏管理器和他的个人技能的用法，这小朋友一开始有点迷惑，但很快就上手了，对自己所处的现实是个多人大型游戏的事实接受得相当地快，完全不需要白柳做出阐述，这小朋友很快就开始自主地在系统商店里畅游了。

　　在白柳走之前，小白六看着白柳问："你之前告诉我那两个

游戏的具体过程，就是为了现在能让我很快地适应这个所谓的游戏管理器吧？"

"根本不是什么朋友之间的游戏分享。"小白六脸上一点情绪都没有，"你这个满口谎话的骗子，你对我说的每一句话，做的每一件事情都是有目的性的，这让我更不理解你为什么要放弃取我血，为了我去死了。"

"这根本不是你能干出来的事情，当然我也绝对不会做这种愚蠢的事情。"

"说吧。"小白六攥紧了自己胸前的硬币，他直勾勾地看着白柳，"你还需要我帮你做什么，你给的钱足够我帮你做很多事情了。"

"我只想要你活下去。"白柳转头笑眯眯地看着小白六，"真的没了。"

他从教堂后面走出来的时候，正好看到刘怀也在和刘佳仪絮絮叨叨地说些什么。

刘怀倒是想像白柳一样直接把所有东西都给刘佳仪，但刘佳仪看不见，她拿着这么多东西反而不太好，刘怀虽然不信任白柳，但对白柳的交易人品还是比较信任的，无奈之下只能对白柳说如果我死了，我会在死前把所有东西都给你，你转交给我妹妹。

然后提前给了白柳 400 积分作为报酬。

白柳答应了。

很快，这个合唱演出就到了最后要合影的时候，好不容易卸妆完毕的小白六因为要合影，又被老师逮着用口红在额头中间戳了一个大圆点，他略有几分生无可恋地站在了后排，发尾带着受洗之后还没干透的水，微微地看向了前面站着的几个投资人。

白柳和几个新投资人站在了前面。

院长对他们架起了照相机："200X 年爱心儿童福利院文艺汇演合照。"

咔嚓一声，表情漫不经心的小白六就留在了色彩斑驳的照片里。

白柳一直很好奇小白六是怎么把他从一群投资人里找出来的，但他没问，如果他问了，小白六或许就会指着照片上的白柳告诉他——

只有你看着我们的眼神，没有剥夺和贪婪的意味。

你很平静地看着我们，就像是看着曾经的自己。

"合唱表演结束，请各位孩童交给投资人感谢对方投资自己的礼物。"院长举手示意，"这是我昨天交代给你们的任务，都做了吧？"

小孩子稀稀拉拉的应和声响起："我们都做了，院长。"

这些孩童开始排队送自制礼物给投资人。

小白六从队伍里走出来，他默不作声地从白柳身边走过，什么都没有递出来——因为他的投资人"死了"，他不用也送不出去礼物了。

但白柳在教堂后面就向白六要了白六给他准备的礼物，白六并不是十分乐意给他，但白柳死不要脸并且说自己给钱了，最终白六屈服在了金钱的魅力之下，他伸手递给了白柳自己准备的礼物。

礼物是两幅自己画的画。一幅是一条被放在玻璃罐子的小鱼，一幅是在爆炸火车上燃烧爆裂的碎镜子，正好是昨晚白柳和小白六聊天时说的两个游戏里的场景，画下面的落款是"W"。

白柳低头看着这两幅画，他明白了他在现实世界看到的那两幅画，以及画中场景的违和感从何而来了。

白柳看向站在他面前的小白六。因为小白六并没有真实地经历过那些游戏，所以他只能依靠他目前知道的东西试图去想象和描绘白柳告诉他的场景，而这个小小的福利院是目前小白六仅仅可以看到的世界。

所以他用了这个福利院内的事物去描绘白柳所说的那些宏大的场景，这让白柳在第一眼看到这些画的时候就觉得有点怪异，

因为画面上的东西太"窄"太庆气了，不是他惯用的风格。

这个怪异来自于，小白六和他的认知差异。

白柳的目光落在了眼尾还有一点没擦干净的口红的小白六身上，小白六很快别过了眼——他不喜欢被人直视。

哦，对，白柳想起来了，他在这个年纪还讨厌被人直视，但现在的白柳做什么都习惯直视对方，这是他在工作里养成的习惯。

小白六和他差别太大了，他早已经不是目光被困在这个狭隘福利院内，喜欢张扬锐利，饱和度极高的色彩的那个小孩了。

但他的确曾经是这样的小孩。

晚上七点半，合唱结束。

院长把所有投资人送回医院，苗高僵意味深长地和白柳道别之后，白柳若无其事地回了一句晚安，然后回到了木柯的房间。

木柯的房间是空的。

这家伙还在下面的档案管理室，白柳低头看了一眼时间。

他为木柯规划的时间是从中午十二点开始一直记到晚上九点十五分，一共九个小时十五分钟，按照木柯最快的记忆速度，差不多可以在护士换班之前记住三百份到五百份的病案资料——这是白柳通过从现实世界得到的那个福利院儿童数量的记录，预估的病案资料室里可能有的"投资人"病案数目。

还有差不多一个半小时。

这个点木柯应该会用键盘联系他，但是……白柳摸了摸自己光秃秃的脖子，他已经把游戏管理器给小白六了，他是无法和木柯取得联系的，他也不可能现在下去了解木柯的情况，也无法告知木柯任何可以帮助到他的信息。

病案管理室。

木柯捂住嘴在一堆灰尘满天的档案室里翻找记忆，在这个暗无天日的地方他自己都不知道待了多久，这个地方不像是病房里有钟表，木柯只能偶尔看一下外面巡逻护士的走向来判断现在是什么时间。

看到有护士往食堂的方向走了，木柯有点紧张——这说明已经是晚饭时间了。

这个点，苗飞齿他们应该已经回来了，木柯迅速打开了自己的系统背包，他刚想拨弄键盘询问一下白柳，就看到键盘动了。

"enter"——这是进入的意思，应该是已经回来了。

木柯拔下一个"backspace"和一个"？"键帽，这是一个后退键和一个问号，他的意思是"我是现在回来吗？"然后放回了键帽。

白柳的回复很快过来了："end" "？"

木柯无奈回复："N" "O"

这里的病案数目比他想象的还要多，木柯简单看了一遍名字，如此多毫无规律的名字他记起来也有点困难，更不用说还要记每个名字对应的小孩，病重的时间点和具体信息。

这个时候木柯就不得不庆幸白柳有先见之明了，这种烦琐的细节信息他睡了一觉之后起来记的确要有效率且清晰得多，但一个下午他还是记不完——因为这里的病案资料给得太长了！

这里的每个病案中还记录了病人之前在其他医院的详细诊断过程，每个病人的病历都复杂得不行，因为都是治疗过很多医生才宣告的无药可医，病案资料复杂得就相当于一本小书。

白柳的信息又发过来了："9" "1" "5"

木柯懂了，这是让他卡点在九点十五分护士换班完的时候回去。

但是这就有个很严肃的问题，苗飞齿和苗高僵已经回来了，他们说不定会在路上碰到木柯。

木柯："V" "P" "？"

木柯用的这是 PVP，但是因为键盘上只有一个"P"，就用了后半截的，但他觉得白柳一个搞游戏的，应该也能看懂。

PVP 也就是游戏中 player vs player 的缩写，意味着玩家对

抗玩家的游戏，木柯这是在问他路上碰到了苗飞齿这些和他们敌对的玩家需要对抗怎么办？

这次对面沉默了更长时间，似乎在理解这个的意思，木柯有点迷惑地等在键盘旁边，然后等到了一个很冷僻的回复。

白柳："L""F""G"

木柯看到这三个字母没忍住吸了一口冷气，他没看懂。

隔了一会儿木柯才从自己的记忆里翻找出这个词汇的意思——LFG是多人联网游戏中游戏术语"looking for group"的缩写，意思是寻求玩家组队，但这说法其实用得很少，都是多年前的大型联网游戏才会用的缩写了，现在更多的是用语音邀请组队了，或者直接弹组队邀请。

也亏得木柯记忆力不错，又去研究过游戏这个方面的东西，才能勉强回忆起来这个缩写的意思，他琢磨了一下——白柳这意思就是让他遇到了苗飞齿不要慌张和敌对，冷静地向他寻求组队。

翻译过来就是让木柯假装自己就是木柯，虽然说起来怪怪的，但大概就是这么个意思。

不过白柳昨晚也和木柯说过，苗高僵在今天很有可能对他们的身份起疑，"木柯"这个身份并不是绝对安全的，但要攻击他们，至少要等到今晚的九点十五过后苗飞齿的体力槽恢复之后，那时他才能使用高等技能。

在没有主攻玩家配合的情况下，苗高僵暂时不会对他们下手。

因为他们昨晚在九点十五这个时间点强闯ICU的时候消耗掉了苗飞齿一个大招，导致苗飞齿今天的体力都无法靠药剂恢复，处于一种被迫坐冷板凳的自动恢复状态。

而木柯潜入档案室，刚好就可以在九点十五护士换班的时候出来，就算遇到了苗飞齿也是正好处于对方体力槽冷却状态的最后几分钟，所以木柯在九点十五之前是安全的。

一切都卡得严丝合缝，一分不差。

木柯吐出一口长气，所有的事情在白柳的安排下都是刚刚好，他找不出到底什么时候白柳开始做的计划，木柯现在甚至觉得昨晚苗飞齿暴走使用 S 技能耗空体力槽都在白柳这人的计划之中。

尽管昨晚他们差点就因为苗飞齿暴走而狗带了。

但今天，无论是儿童那边，还是他这边，因为苗飞齿昨晚暴走今天无法使用个人技能，都维持了一种短暂的和平。

这保护了儿童和木柯的安全。

木柯就感觉像是，在他完全没有意识到的时候，每一个点都被白柳算计好然后利益最大化了。

但说实话，他在被白柳的计划牵着走的时候，任何这是计划内的感觉都没有，因为都太冒险了！

就像是一个走投无路的赌徒最后一次押上全部筹码的赌博，昨晚要是苗飞齿暴走成功，他和白柳都会瞬间 GG，那可是 S- 级别的攻击技能啊！一下就能把白柳和他 50% 的生命值给清零！

但白柳赌赢了，他们拥有了今天的平安。

九点十分，键盘又动了一下，木柯打开一看"G""O"。

这是让他走了，木柯深吸一口气，他扫视完整个档案室，闭眼回想了一下他记下的东西，然后转身从档案室的门缝里偷偷看了一眼外面——护士值班室的灯是亮的，但是走廊上没有人，漆黑空荡，病人都被护士关回去了，他缓慢地吐出一口气，推开门小心翼翼地往外走。

漆黑的长廊因为不停运作的加湿器，笼罩在一种浓度很高的雾气中，有种潮湿黏腻的诡异感，夜里唯一的光源只有从护士值班室半掩的门里透出来的暗黄色光线。

在如此寂静的地方，木柯只能听到自己细长的脚踩在地面上的脚步声，还有从两边的病房内传来的轻微不明声响——

是一种很纤细的，就像是在三十二倍速下，植物在镜头里飞速生长会发出的那种声音。

还有几个病房的门缝里一闪一闪地发出红色的荧光——这就是昨晚木柯在血灵芝上看到的，那种奇特的蘑菇在生长的时候会

散发的荧光，他的周围也飘浮起了一股很浓的血腥气。

木柯加快了自己的脚步，他没有走安全通道，因为昨晚那边有很多畸形小孩，在现在这个护士还没有出来的节点走电梯是更安全的选择。

木柯进入了电梯，摁了"7"，电梯门在他面前正在缓慢、卡顿地闭合，那些病房门下闪动的红色荧光越来越盛，木柯听到了好似蘑菇炸开释放孢子的声音。

走廊尽头的一个病房门缓缓地打开了——那是昨晚木柯闯过的 ICU 病房，里面走——或者说是爬——出了一个人影，爬也并不准确，这个人影太长了，它躬着身体歪着头推开了门出来，脑袋上抬，似乎在嗅闻着空气中出现的、他吮吸过的血液的味道。

系统警告：生命值只有 6 的新人玩家木柯，有两只怪物发现了您，请迅速撤离此场景！

木柯的呼吸有些急促了起来——两只，这个病人是其中之一，还有一只在什么地方？！

但整个走廊除了这个走出来的病人，木柯并没有发现其他的东西出来闲逛，但这个病人已经在向他靠拢逼近了。

远远的走廊处，那个四肢长得就像是蜘蛛腿的病人，踩在那些病房门缝里映射出的红光上，一步一步地挪动着、扭转着纤细的肢体，头歪斜着盯着木柯，几乎木柯每一次眨眼都能看到它在靠近他。

但木柯所在的这电梯门还是在卡卡顿顿的，一直不合拢，木柯摁得脑门冒汗了门都不合拢。

明明白天看那群护士使得挺好的，这私人医院装潢都这么豪华，不至于用这么一个门都关不上的破电梯吧！

等等……这个电梯质量很好，里面一直摁，门都合不拢的话，只有一个可能性，就是外面有人在摁开门按钮。

木柯浑身僵直地探出头去看，在电梯的一旁站着一个浑身扎满注射器的小孩，它两只脚扭曲在一起，看上去是一种身体畸形，正跪在地上仰着头不停地摁着电梯的按钮，因为刚好被挡住了，人又小，所以木柯没看见。

这个不停摁开电梯的怪物小孩的手指有一边是断掉的，就像是被人切削过后很整齐的断面，它对上了木柯吓到空洞的目光之后，露出一个诡异又天真的微笑，咯咯地笑起来。

"不要上，要下去，你要下去，上面有人在等着抓你！"

木柯吓得差点腿软，但那边的病人已经要赶过来了，木柯飞快推开这个小孩，缩回电梯里疯狂摁关门按钮，在那个病人四肢并用地爬到电梯门的最后一刻，电梯门合上了。

在卡顿了一下之后，终于缓慢地向上升，木柯浑身虚脱地瘫软在了电梯里，他看了一眼电梯上的时间——九点十四。

还有一分钟苗飞齿的体力槽就蓄满了，只要他在这一分钟内不遇到苗飞齿应该就没事了。

电梯突然停在了 5 楼，门缓缓打开，木柯僵硬地抬头看向门外的人。

苗飞齿笑眯眯地蹲下来，对坐在地上的木柯挥动了一下手指："晚上好啊，木柯，这么晚你是从哪里回来？是刚刚去见了白柳吗？"

电梯上的时钟跳了一下——"9:15:00"。

苗飞齿似乎注意到了木柯在时钟上的视线，他笑得越发邪气："哎呀，我体力槽，好像恢复了呢。"

说着，他抽出双刀抵在木柯下巴上，手腕上挑迫使木柯把头抬起来，苗飞齿俯下身体看吓得一直在吞口水的木柯，语气轻快无比："你不是说我这把刀是草猪刀吗？但我这把刀没有操过猪这么脏的动物，但如果你不对我们说老实话……"

"我就用这把刀从你的直肠穿进去操你。"苗飞齿笑眯眯地地从自己的身体两侧抽出双刀，嗒一声点在木柯身体的两侧。

刀背上雪白的反光看得木柯一抖，他想往电梯里后退，但苗高僵不知道什么时候站在了他的背后，居高临下面无表情地看着他。

他没有退路了。

木柯被苗飞齿和苗高僵从五楼的电梯上拖了下去，他一路被拖着进了苗飞齿的房间，门"啪"一声被苗飞齿勾脚踢上。

门外的护士开始踩着高跟鞋巡逻，在深夜里回荡出嗒嗒嗒的，很清晰的声响。

苗飞齿和苗高僵两个人一左一右站在瑟瑟发抖的木柯旁边，守着门不让木柯出去。

苗飞齿蹲下来看着地上的木柯，他伸出长长的舌头舔了一下自己发干的嘴皮："好了，现在是审问时间，告诉我们白柳在什么地方。"

木柯咬着牙齿，他肩膀抖得很厉害，低着头没有说话。

苗飞齿有点不耐烦地卡着木柯的下巴，用力捏着他的下颌骨抬起木柯的头："我再问一遍，你不要以为你只有 6 点生命值我就折磨不了你，我有的是办法卡着你死的线让你痛不欲生，或者你直接把你的系统面板打开，让我们看看在那个键盘上你们又交流了什么。"

木柯的下颌骨被捏得咯吱咯吱地响，他觉得自己的颞关节都要脱位了，又酸又痛，他眼泪忍不住流了出来，口齿十分不清晰地说道："我不清楚你们在说什么——"

苗高僵也蹲下来，他带着一种很伪善的温和表情，好似无奈地劝告木柯，很像是酒桌上劝告年轻人多喝一口酒的油腻中年人："木柯，如果你是一个普通的投靠我们的玩家，我们是不太想动你的，只要你老实交代。我们也在应援季，杀死你们影响我们的支持率。但如果你一直这样宁死不屈，连面板都不打开让我们看一眼，那我们是真的没办法了。"

木柯呼吸很急促，但他依旧没有开口。

"算了，他应该被白柳给控制了，逼问不出什么。"苗高僵站起来用食指点了点苗飞齿的肩膀，他口吻很平淡，"杀了吧，杀了他背包里的键盘会掉落出来，看不懂也没事，至少让白柳少一个可以用的人物。"

怎么办怎么办？木柯心跳快到了极致——LFG，白柳这意思应该是让他向苗高僵他们寻求合作，但是寻求合作就必然要出卖白柳和他交流的键盘，但对方不一定能看懂键盘上的信息。

但是就算不服从，被对方杀死后键盘也会掉落。

"我给你们看。"木柯仰起了头。

他竭力控制着自己的颤抖的手，点开了自己的系统面板，挑出了那个键盘，在心里祈祷这个时候白柳不要给他传递任何新信息，但键盘一出来木柯就闭了闭眼睛。

键盘上新少了三个键帽。

苗飞齿饶有兴味地凑近："这个我能看懂什么意思，缺失的应该是 9，0，6，这应该是个病房的房间号。"

"这应该是白柳病房的房间号。"苗高僵脸上的笑从虚伪变得真切，"木柯，这是你的主人在让你去会合吗？"

苗飞齿压住木柯的脖子，下命令："回复他，说你马上就到。"

"现在有护士在外面。"木柯抖着手，他已经完全乱了，但语气还竭力保持着镇定，"你们怎么上去？"

"杀小孩走安全通道。"苗飞齿用双刀拍拍他的脸，笑嘻嘻的，"忘了吗？我体力槽恢复了，我的移动速度是比护士的快的。"

木柯被他们逼着用键盘回复了白柳自己马上上来。

苗飞齿看向苗高僵说，要现在弄死木柯吗？

苗高僵深思一会儿，否决了苗飞齿这个提议，说白柳这种反应极迅速智力值较高的玩家，如果在这个过程中还在用键盘联系木柯，但是木柯这边没有反应，估计会起疑，所以暂时先留着木柯，等看到白柳一起处死不迟，木柯听得绝望得不行。

苗高僵他们在护士乘坐电梯去巡逻另外一层的时候，很迅速

地拖着木柯从病房门出去了，他们走安全通道上九楼。

但是安全通道这里是有畸形小孩的。

木柯心惊胆战地看着苗飞齿像是切瓜砍菜一样随便就料理了昨晚追得他们满医院跑的畸形小孩，这些小孩在苗飞齿的双刀之下被切成一块一块，断面的血管好似饥渴般地在蠕动着，小孩子尖厉的号哭声充斥着安全通道。

苗飞齿只厌烦啧了一声，双刀从小孩的颈部亮着光闪过，小孩的头颅咕噜咕噜地滚到了木柯的脚边，双眼不甘又怨恨地睁着，但张大的嘴巴却再也发不出哭声。

这是一种碾压级别的实力，木柯想起了昨晚被苗飞齿双刀支配的恐惧，因此也越发提心吊胆起来，他甚至不知道自己对那个 LFG 的解读是否正确。

……白柳真的是让自己顺从苗飞齿他们吗？再这样下去就要直接冲上七楼了！

木柯开始疯狂祈祷白柳不在 906。

与此同时，福利院内。

小白六压低身体跑了出来打电话，他一边走一边警惕地左右看：“我按照你的要求把键帽拔掉 906 了，这是你的病房号吗？你现在在 906？”

“是的。”白柳回复，“之前有人用键盘联系过你，你怎么回复的？”

“让他组队，在这种情况他死不死键盘都要掉落暴露他的间谍身份，不如让他先投降苟着。”小白六皱眉，“但你和我说，那两个人很有可能晚上会来攻击你，我以为你让我拔掉 906 是让他们跑空，你怎么在 906？这样不是他们一上来就会就会把你——”逮个正着。

“我这边你不用管，我在做局钓他们上来，你只要确保你那边就可以了。”白柳很平静地说道，“你之前做得很好，让对面联系的人寻求敌方组队的决策是很正确的，你那边呢？你准备好逃离福利院了吗？”

小白六看到儿童游乐园上跑来跑去的畸形小孩，迅速地找地方侧身躲藏了一下，避免被发现。

经过两天的追逐战他已经很会找位置隐蔽自己了，白柳是出来踩点的，白柳白天让他今天晚上就带着小孩逃逸，因为明天就是"周三"配对的日子了。

"九点到十二点儿童游乐园有畸形小孩四处游走，并且老师也没有彻底睡着，如果是平时我不建议这个时候逃跑，很容易被畸形小孩和老师抓到。"小白六对着电话阐述他看到的情况，语气很冷静，"但今天是洗礼开放日，福利院的门还没关。"

"十二点过后，福利院大门就会关闭，凌晨还会有吹笛子的小孩进来带走其余小孩，所以我们必须十二点之前跑。"

"但如果选择十二点之前跑，怎么躲开老师和畸形小孩就是一个难题，对吗？"白柳沉思了一会儿问道。

"对。"小白六很冷淡地说，"但逃跑这种事情，我觉得很有可能越到后期越难跑，今晚的畸形小孩有五只，这个畸形小孩的数量每晚递增两只，现在已经和我们今晚要出逃的小孩数目一模一样了。"

"如果只有三只及以下，我会考虑让苗飞齿和苗高僵去引诱对方，然后我带着木柯和刘佳仪跑，但今晚有五只，平均下来我们每个人都会分到一只追我们的畸形小孩，让苗飞齿和苗高僵去引诱最多只能引开三只，起不了太大作用。"

白柳起了点兴趣："你这么快就让苗飞齿和苗高僵愿意跟你走了？"

小白六淡淡地回："说服他们很简单。"

"你怎么说服的？"白柳问。

"我和他们做了一笔交易。"小白六不快不慢地说，"我说我可以带他们出去，但他们需要和我做一笔交易。"

白柳挑眉："你使用我的个人技能购买了他们的灵魂？你上手很快啊。"

"不。"小白六反驳，"不是我花钱买他们的灵魂，是他们花钱让我照看他们的灵魂，他们给我十二块五毛，然后把人，或者说灵魂托付给我，然后我带他们逃出去。"

"但不知道为什么，我得到的苗飞齿和苗高僵灵魂纸币和你说的不太一样。"小白六语带疑惑和仿佛被人骗了钱般的不愉快。

但明明这小朋友连拿带抢的一分钱都没出，就挣了两个灵魂和十二块五。

小白六皱眉："和苗飞齿他们交易之后，硬币的系统提示我交易不完全，只拥有该人物部分的灵魂债务权，我无法使用对方的技能和系统面板，只能简单查看他们的系统面板。"

"那你得到的灵魂纸币可以做什么？"白柳询问。

"什么都不能做。"小白六有点不爽地说，"系统注明说要集全灵魂，同时和全部的灵魂交易成功，或者另外一部分的灵魂死亡归到交易对象的位置上，我手上这张灵魂纸币才有交易效力。不过也不算是全无用处，我用这个可以限制苗飞齿和苗高僵的行动，这会让我今晚的出逃好操作一些。"

白柳若有所思，他之前把硬币交给小白六也有这个原因——他想试试看能不能让小白六来交易得到小苗飞齿和小苗高僵的灵魂，从儿童那边迂回控制对方。

但最终得到的果然只是一个半成品——这只有一半债务权的灵魂纸币相当于被撕成两个半张的纸币，看似你得到了什么东西，但你拿着这残缺的纸币什么东西都无法从交易对象那里买到。

要得到对方完整的灵魂，要么同时让苗飞齿苗高僵把本体灵魂卖给他，也就是系统所说的集全灵魂，这个可能性为 0。

苗高僵又不是傻子，为什么要做这样的事？并且之前张傀的事情让这家伙警惕性很高，虽然没有猜到具体的白柳的技能的运作方式，但苗高僵估计已经猜到了白柳的技能没有明面上看起来那么简单。

今天一整个白天，苗高僵都没有从白柳手中接过任何东西，也没有答应任何白柳的语言陷阱，他几乎不回答白柳的祈使句和疑问句，都是采用主动句式来和白柳搭话——这是白柳控制技能的一大弊端，在对方绝对防守的情况下，白柳很难拿到控制和交易的主动权。

当然还有第二种可能性，就是杀死苗飞齿和苗高僵的本体，让灵魂归位副身份线。

这种可能性甚至比 0 还小，但并不是完全没有。

"小白六，你用这个技能的时候不要忘记我和你警告过的话。"白柳提醒道，"这个交易技能限制的是双方，你答应了带着苗飞齿和苗高僵他们逃出去，你就要做到，不然你也会——"

"变成半张灵魂纸币被关在旧钱包里对吧？"小白六很平静地说。

白柳一静，他从头到尾没有和他说过任何关于自己身份的信息，他们登记的名字也只是一个投资人的身份，没有人知道他们的名字，系统似乎有意不让这些小孩知道他们的真实身份，对于这些福利院里系统根据他们生成的儿童 NPC 而言，他们更像是一个虚无缥缈的象征。

估计也很难有小孩会想到这些面目诡异阴森的"投资人"是未来的自己，但小白六能猜到他是谁这一点，白柳并不惊奇。

小白六声音里一点波澜也没有："你在拿给我这个硬币的时候就应该猜到，我会根据你硬币里的信息猜到这点，我是个好奇心很强的人，看到信息就会思考，我现在终于明白你为什么愿意为我去死了。"

"我和其他小孩一样，是你的副身份线，是你的半个灵魂，对吧，未来的白柳？或者说一直匿名的好心投资人先生。"

Embrace You till the End of the Game

壶鱼辣椒 著

第一卷③·爱心福利院

- 完 -